HEDWIG
COURTHS-MAHLER

Du darfst nicht von mir gehen

HEDWIG COURTHS MAHLER

Du darfst nicht von mir gehen

WELTBILD VERLAG

Das für den Einband verwendete Foto stammt aus dem Filmhistorischen Bildarchiv Peter W. Engelmeier und zeigt eine Szene aus dem Film „Fiorile".

Genehmigte Lizenzausgabe für
Weltbild Verlag GmbH, Augsburg 1995

Einbandgestaltung: Peter Engel, München
Gesamtherstellung: Presse-Druck Augsburg
Printed in Germany
ISBN 3-89350-467-2

I

Malve Renard war von ihren weiblichen Verwandten allein gelassen worden, nachdem diese sie in ihre Zimmer geführt hatten. Sie sollte sich erst einmal einzurichten versuchen und dann ihre Koffer von dem Zimmermädchen auspacken lassen. Direkt von der Beerdigung ihres Vaters hatte man sie in das Haus Onkel Heinrichs, des Bruders ihrer vor Jahren verstorbenen Mutter geführt. Dort sollte sie nach dem letzten Willen ihres Vaters die Zeit bis zu ihrer Mündigkeit oder bis zu ihrer Verheiratung, falls diese früher erfolgen sollte, verbringen und nach der Trauerzeit in die Gesellschaft eingeführt werden. Bisher hatte Malve auf dem Landgut ihres Vaters gelebt. Der Vater hatte sie in einer beinahe klösterlichen Abgeschiedenheit aufwachsen lassen, weil er verhüten wollte, daß sie ein leichtfertiges Weltkind würde. Er, als der Besitzer eines großen Theaterverlages und anderer Unternehmen, die in dieses Fach schlugen, hatte sich in reiferen Jahren, nachdem er ein vergnügtes Junggesellenleben hinter sich hatte, kopflos in eine junge Schauspielerin verliebt. Diese unvernünftige Leidenschaft hatte ihm Schlimmes eingebracht. Seine Frau hatte ihn nur aus Vernunftgründen geheiratet, weil sie klug genug war, einzusehen, daß ihr Talent sie niemals auf künstlerische Höhen hinaufführen würde. So hatte sie die Bewerbung des reichen und in seinen Kreisen mächtigen Mannes ohne langes Überlegen angenommen und war klug genug gewesen, um im Leben und ihrem Gatten gegenüber eine gute Rolle zu spielen. Sie war von ihm angebetet und auf den Händen getragen worden, und die Ehe ließ sich wider Erwarten, obwohl ein großer Altersunterschied zwischen den beiden Gatten bestand, gut an. Georg Renard, dessen Vorfahren als französische Emigranten zu des Alten Fritz' Zeiten in das Land gekommen waren, war zweifelsohne ein sehr interessanter Mann, der mit einer gewissen Grazie den großen Herren zu spielen verstand und sehr viel Glück bei den Frauen gehabt hatte. Das hatte ihm keine überwältigend große Meinung von den Frauen eingebracht, und das war wohl der Grund gewesen, daß er viele Jahre hindurch sich dagegen gewehrt hatte, den Nacken unter ein eheliches Joch zu beugen. Aber dann hatte auch ihn das Schicksal einer großen Leidenschaft ereilt, und gerade diese eine Frau, die er zu seiner Gattin machte, liebte ihn nicht. Sie ließ sich von ihm verwöhnen, gaukelte wie ein Schmetterling durch sein Dasein und verstand es geschickt, ihre kleinen Flirts und Liebeleien vor seinen Augen zu verbergen. Als sie ihm ein Töchterchen, Malve, schenkte, wurde er ein unvernünftig glücklicher und liebevoller Vater. Seine schöne Gattin lebte gerade lange genug, um ihm die Illusion einer überaus harmonischen Ehe zu erhalten. Just als er zum ersten Mal daran zu zweifeln begann, ob sie wirklich treu und rein an seiner Seite gelebt habe, zog sie sich auf einem Ball eine schwere Erkältung zu, und ehe er noch ergründen konnte, ob sie ihn mit einem anderen betrogen hatte oder nicht, starb sie an einer Lungenentzündung.

Mit einer Energie ohnegleichen unterließ er es, nachzuforschen, ob und inwieweit sie sich vergessen hatte. Er redete sich ein, er habe sie fälschlicherweise verdächtigt und ein Feuer zu sehen vermeint, wo keines gewesen war. Der einmal in ihm aufgestiegene Verdacht half ihm immerhin dazu, seinen Verlust zu ertragen und zu verschmerzen.

Aber die vielen Erfahrungen, die er mit den Frauen gemacht hatte, und der Umgang mit dem etwas leichten Künstlervolk ließen die Angst in ihm aufleben, seiner kleinen Tochter könnten in der Welt, in der er lebte, Gefahren drohen, und darum ließ er sein Kind in strenger Abgeschiedenheit unter der Obhut einer sehr würdigen und streng denkenden Hausdame aufwachsen. Diese lebte noch ganz in den Anschauungen der Vorkriegszeit und erzog Malve ganz so, wie sie selber am Ende des verflossenen Jahrhunderts erzogen worden war.

Erst kurz vor seinem Tod hatte Georg Renard es sich überlegt, daß Malve nicht für immer in dieser Abgeschiedenheit leben könnte und daß sie mit ihren neunzehn Jahren endlich in die große Welt eingeführt werden müßte. Die einzigen Verwandten, die er noch besaß, waren die Angehörigen der Familie eines Bruders seiner verstorbenen Frau, der im Gegensatz zu seiner verstorbenen Schwester ein gediegener Charakter war.

Die Gattin dieses Schwagers war eine ruhige, ernste und stille Frau, sein Sohn hatte das Studium als Neuphilologe beendet und war verlobt, und seine Tochter war ein heiteres, aber etwas moderner erzogenes Mädchen als Malve. Da Georg Renard fühlte, daß er nicht mehr lange zu leben hatte, beschloß er, letztwillige Verfügungen zu treffen, und diese lauteten dahin: Malve solle nach seinem Heimgang Aufnahme in dem Hause ihres Oheims finden und später von hier aus ihren Weg in die Welt antreten.

Bald darauf war er gestorben und aufrichtig von der Tochter betrauert worden.

Nach dem Begräbnis war Malve, sich dem Willen des Vaters fügend, unverzüglich zu den einzigen Verwandten gekommen, die sie besaß.

Malve war Georg Renards alleinige Erbin. Alles fiel ihr zu, der große Theaterverlag, andere geschäftliche Unternehmen und sein großes Barvermögen. Das Vermögen war zum größten Teil in börsengängigen Papieren angelegt, die ohne Verlust flüssig gemacht und gegebenenfalls besser angelegt werden konnten. Zwei sehr tüchtige Prokuristen leiteten schon zu seinen Lebzeiten gemeinsam mit Georg Renard die Geschäfte und konnten nun alles in seinem Sinn weiterführen. Bis zu Malves Volljährigkeit war ihr Onkel zum gesetzlichen Vormund bestimmt worden, und ihr Wohl und Wehe hätte keinem gewissenhafteren und zuverlässigeren Mann anvertraut werden können, denn Heinrich Cornelius pflegte alles, was ihm übertragen wurde, bis auf das Pünktchen genau zu erledigen.

Malve hatte bisher wenig Kontakt mit ihren Verwandten gehabt. Diese waren wohl zuweilen einige Sommerwochen auf dem Landgut ihres Vaters zu Besuch gewesen, aber es lag nicht in ihrem Wesen, sich schnell anzuschließen. Sie hatte etwas von der reservierten Art ihres Vaters, dem sie auch in anderen Dingen sehr ähnlich war, und diese Art wirkte, obwohl es eigentlich nur Schüchternheit war, wie abwehrender Stolz auf alle Menschen, die mit ihr in Berührung kamen. Ihr ganzes Herz hatte ihrem Vater gehört, der soviel wie möglich in ihrer Nähe weilte, um jede freie Minute seinem Kind widmen zu können. Der Mutter hatte sie niemals sehr nahegestanden, und als diese starb, verlor sie allerdings einen Gegenstand ihrer größten Bewunderung, aber keine liebevolle und geliebte Mutter.

So kam sie dank ihrer Jugend – sie zählte damals neun Jahre – über diesen Verlust leichter hinweg, als es eigentlich in ihrer Natur begründet war. Gleich nach der Mutter Tod siedelte Malve mit ihrer Erzieherin auf das Landgut ihres

Vaters über. Das Hauswesen führte dort die Witwe des früheren Besitzers, die froh und dankbar war, in dem Haus bleiben zu können, das einst das ihre gewesen. Sie waltete ihres Amtes mit großer Gewissenhaftigkeit, und Georg Renard war mit ihr außerordentlich zufrieden. Als Malves Erziehung beendet war, verließ die Erzieherin ihre Stellung, um eine Privatschule zu gründen, und Frau von Heims, die Hausdame, war von nun an des jungen Mädchens Beraterin und Stütze. Frau von Heims war auch jetzt auf dem Landgut zurückgeblieben, gewissermaßen als Verwalterin des Hauswesens. Ein Gutsverwalter war schon immer angestellt gewesen und in seinem Amt belassen worden, da Georg Renard genau wußte, daß er ein verläßlicher Mann war und seiner Tochter darum eine treue Hilfe sein würde. Denn selbstverständlich hatte Malve auch das Landgut geerbt. Sie war also eine sehr reiche Erbin, war aber dabei so schlicht und einfach erzogen worden, daß ihr das kaum zum Bewußtsein gekommen war. Erst durch das Testament ihres Vaters, das gleich nach seinem Tod eröffnet wurde, bekam sie einen genaueren Einblick in ihre Vermögenslage.

Malve hatte keine Ahnung, daß ihre Mutter im Begriff gewesen war, ihrem Vater ein großes Herzeleid zuzufügen, ehe sie in der Blüte ihrer Jahre dahingerafft wurde. Nie hatte der Vater ein Wort darüber verloren, welcher Verdacht in ihm aufgestiegen war. Nicht einmal sich selber hatte er diesen Verdacht eingestehen wollen, um sich das Andenken an die heißgeliebte Frau nicht zu trüben. Er hatte jedoch zu seiner Tochter niemals viel über die Mutter gesprochen. Er versuchte, Malve alles zu sein, und wie sehr sie beide miteinander verwachsen waren, ahnte kein Mensch. Man zog seine Schlüsse daraus, daß die Tochter auf dem Landgut lebte und der Vater in Berlin. Daß er trotzdem jeden Sonnabend und Sonntag zum Wochenende zu ihr hinausfuhr und auch sonst soviel wie möglich mit Malve zusammen war, ahnten nur wenige aus seiner nächsten Umgebung.

Als er sich auf sein letztes Krankenlager legen mußte, geschah das auf seinem Gut; er ahnte, daß er sich nie mehr davon erheben würde, und wollte sich für den kargen Rest seines Lebens nicht mehr von seiner Tochter trennen. So starb er denn auch in den Armen seines Kindes, und Malve war trostlos an seinem Sterbelager zusammengebrochen.

Aber der Vater hatte vor seinem Ende alles mit ihr besprochen, wie er sich ihr künftiges Leben dächte, und es wäre ihr nie eingefallen, irgendwie gegen seinen Wunsch und Willen zu handeln, obwohl sie viel lieber mit Frau von Heims auf ihrem Gut geblieben wäre, als nach Berlin überzusiedeln. Was sie in der großen Welt sollte, war ihr ein Rätsel. Aber der Vater hatte ihr gesagt, das sei für einige Jahre wenigstens unerläßlich, damit sie den großen, bekannten Theaterverlag, dessen Besitzerin sie nach seinem Tod sein würde; so repräsentieren könnte, wie es nötig sei. Wie weit er sie in aller Stille mit dem Verlag bekannt gemacht, wie tief er sie in die wichtigsten Fragen eingeweiht hatte, um erkennen zu können, von welcher Bedeutung das Unternehmen für das geistige Leben Deutschlands sei und stets sein würde, ahnte ebenfalls kein Dritter.

Mit trüben Blicken starrte Malve aus dem Fenster ihres Zimmers auf die breite Großstadtstraße hinab, zu deren beiden Seiten in regelmäßigen Abständen Lindenbäume gepflanzt waren, an denen zur Zeit freilich kein grünes Blättchen mehr zu sehen war. Auf der Straße lagen noch einige welke Blätter herum. Hier in der Stadt war der

Herbst lange nicht so schön wie auf dem Lande, wo man auch um diese Zeit noch hier und da etwas Grünes sah, vor allem aber die schönen Nadelbäume. Eine heiße Sehnsucht nach ihrem Landgut stieg in Malve auf. Was sollte sie hier in der großen Stadt, in der sie so fremd war, die ihr nichts zu geben hatte? Sie atmete tief auf, hob aber dann entschlossen den Kopf. Der Vater hatte es so gewollt – und sein Wille sollte geschehen. Gleich darauf kam das Zimmermädchen und fragte, ob sie für das gnädige Fräulein auspacken dürfe. Malve nickte ihr ruhig und freundlich zu. Sie gab ihr die Kofferschlüssel aus ihrer Handtasche, und das Mädchen begann die Hände zu rühren. Sie hängte die Kleider in den großen Garderobenschrank im nebenanliegenden Schlafzimmer, brachte die Wäsche und alles andere in den Schubfächern anderer Schränke unter und hatte in erstaunlich kurzer Zeit alles wohlgeordnet, nach Malves bestimmter Angabe.

So war Malve nun eingerichtet und fühlte sich einigermaßen heimisch, zumal ihre eigenen Möbel in ihren beiden Zimmern untergebracht waren. Diese Zimmer hatten früher dem Sohn des Hauses gehört, der sich nun eine eigene kleine Wohnung genommen hatte. Auf Malves besorgte Frage, ob sie ihn vertreibe, hatte er lachend erwidert, es sei ihm sehr lieb, daß er sich selbständig machen könne; es gehe nicht an, daß er ewig am Rockzipfel der Mutter hänge, zumal er ja nun bald zu heiraten gedenke und dann sowieso ausgezogen wäre. Richard Cornelius hatte sich mit der Tochter eines sehr vermögenden Mannes verlobt, und dieser hatte bestimmt, daß seine Tochter mit ihrem künftigen Mann die erste Etage seiner geräumigen Villa im Grunewald beziehen sollte, da er, der Witwer war, nicht allein in der großen Villa wohnen wollte, wenn seine Tochter heiratete. Richard verstand sich ausgezeichnet mit seinem Schwiegervater und fügte sich dessen Wunsch sehr gern. So war denn Platz für Malve geschaffen worden. Neben ihren Zimmern lag das Schlafgemach von Käte Cornelius, ihrer Kusine, und als Malve sich jetzt fertigmachte, um den Tee mit ihren Verwandten einnehmen zu können, hörte sie Käte drüben ein Liedchen singen. Plötzlich aber verstummte dieser Gesang, und Käte klopfte an die Verbindungstür.

»Malve?«

»Ja, Käte?«

»Ach, bitte, entschuldige, daß ich gesungen habe. Ich bin ein schlechter Mensch, daß ich so wenig Rücksicht auf deine Stimmung nahm. Ich habe wahrhaftig ganz gedankenlos vor mich hingesungen. Bitte, sei nicht böse.«

»Aber nein, Käte, wie sollte ich denn?«

»Bist du fertig mit Umziehen?«

»Ja, Käte!«

»Darf ich zu dir hinüberkommen.«

»Gern, wenn du willst.«

Gleich darauf wirbelte die muntere Käte in das Zimmer. Sie nahm Malve beim Kopf und küßte sie.

»Mutter hat mir gesagt, ich soll, so gut es geht, versuchen, dich aufzuheitern – diesem Auftrag unterziehe ich mich gern. Ich bin nämlich, wie du weißt, nicht gern traurig.«

»Du sollst dir meinetwegen auch keinen Zwang auferlegen, Käte; sei froh, daß du nicht traurig zu sein brauchst.«

Käte warf sich in einen Sessel.

»Ach, weißt du, eigentlich hätte ich es ja sehr nötig, traurig zu sein. Onkel Georg, dein bezaubernder Vater, war ein stiller Schwarm von mir. Du, er war ein Kavalier von der alten Schule, wie es jetzt nur noch sehr wenige gibt. Und wie reizend konnte er sein. Ganz abgesehen von den entzückenden Geschenken, die ich von ihm bekommen habe, er war immer überaus gütig zu mir.«

Malve bekam feuchte Augen.

»Er war es zu allen Menschen, Käte.«

»Ja! Und ich kann begreifen, wie schrecklich traurig du bist, daß er dir genommen wurde, wenn – nun ja – wenn du wohl auch nie viel von ihm gehabt hast.«

Malve strich sich über das goldbraune Haar.

»Du irrst, ich hatte sehr viel von meinem Vater – alle seine freien Stunden gehörten mir, und an den Sonnabendnachmittagen und den Sonntagen hatte ich ihn ganz.«

»Wirklich? War er so oft draußen auf dem Gut? Ich glaubte, er lebte mehr hier allein in Berlin und besuchte dich nur zuweilen.«

Heftig schüttelte Malve den Kopf.

»Alle seine Zeit, die dem Geschäft nicht gehörte, gehörte mir!«

»Dann freilich – dann wirst du ihn sehr vermissen. Er konnte so reizend sein. Aber so leid es mir tut, daß er uns genommen wurde, kann ich doch nicht den ganzen Tag Trübsal blasen. Das Leben ist doch zu kurz – und zu schön!«

Malve sah die Kusine mit ihren traurigen Augen an. Ihr erschien ein Leben, aus dem der geliebte Vater gewichen war, kaum lebenswert. Er war ihr alles gewesen. Aber das sprach sie nicht aus, wie sie fast nie ihre Gefühle zeigte.

»Sei du nur so heiter, wie es dir ums Herz ist, Käte; ich nehme es dir nicht übel, weiß ich nun doch, daß Vater dir lieb gewesen ist.«

Käte sprang auf und schloß sie in ihre Arme.

»Das war er gewiß, und wenn ich ihn mit Traurigkeit

wieder lebendig machen könnte, würde ich es bestimmt tun. Aber es hilft ja doch nichts, und wenn ich dich aufheitern soll, muß ich selbst heiter sein. Nicht wahr?«

»Gewiß, Käte.«

Diese schob ihre Hand unter Malves Arm.

»Also komm hinüber zum Tee, Mutter wartet schon auf uns.«

Sie gingen hinüber in das behaglich ausgestattete Wohnzimmer, wo in einem Erkerausbau der Teetisch sehr hübsch gedeckt war. Dort stand Frau Magda Cornelius bereits neben der Teemaschine. Sie begrüßte die beiden jungen Damen und zog Malve an ihrer Seite in einen Sessel.

»Komm, Malve, setze dich hierher, das soll dein Platz sein. Wir nehmen hier im Wohnzimmer das Frühstück und den Tee ein. Bei letzterem sind wir Damen Tag für Tag allein, da Onkel Heinrich dann stets noch im Amt ist. Ich habe dir den Fensterplatz eingeräumt, da kannst du am besten die Straße übersehen.«

»Danke, Tante Magda, du bist sehr lieb.«

Diese schüttelte den Kopf.

»Ich wollte, ich könnte dir ein Trost sein, Malve, aber ich verstehe, daß du jetzt noch für keinen anderen Menschen Interesse haben kannst. Dein Schmerz um den Vater ist auch noch zu frisch.«

»Bitte werde nicht ungeduldig, wenn ich noch keinem Trost zugänglich bin, Tante Magda. Aber laß dir danken dafür, daß du mir helfen möchtest. Ich weiß sehr wohl, daß ich als störendes Element in euer Haus gekommen bin. Aber Vater glaubte mich am besten bei euch aufgehoben.«

»Ich hoffe, daß das zutrifft, mein Kind. Und wenn du dich als störendes Element betrachtest, dann müssen wir sehr ungeschickt gewesen sein. Glaubst du das wirklich?«

»Ich befürchte es nur und weiß, daß ich tief in eurer Schuld stehe.«

»Aber Malve«, rief Käte vorwurfsvoll, »wie kannst du so etwas sagen! Mit welchen Gefühlen müssen wir dann an all die schönen Sommerwochen zurückdenken, die wir auf eurem Landgut verleben durften? Wir sind doch wie eine Landplage über euch hergefallen«, scherzte sie.

Oh, nicht doch, Käte, wir haben uns immer außerordentlich auf euren Besuch gefreut.«

»Ja, weil ihr wußtet, daß ihr uns eine Wohltat erweisen konntet, und weil ihr, du und dein Vater, zu den Menschen gehört, die sich nie genug tun können. Nun wollen auch wir einmal in der Lage sein, Gastfreundschaft üben zu dürfen, und wenn du jetzt noch ein Wort sagst von störendem Element, dann ist es aus mit unserer Freundschaft.«

Ein blasses Lächeln huschte um Malves Mund.

»Die möchte ich nicht aufs Spiel setzen, Käte, und wenn ihr mir versprecht, daß ihr im Sommer möglichst lange meine Gäste in Grundhof seid, dann will ich mich nicht mehr als störendes Element betrachten.«

Käte jauchzte auf.

»Hörst du das, Mutter! Das ist eine Einladung zur Sommerfrische in Grundhof. Lassen wir uns das vielleicht zweimal sagen? Ich jedenfalls nicht. Malve, ich nehme mit tausend Freuden an. Du doch auch, Mutter?«

Diese lächelte und nickte ihr zu.

»Ich wage es gar nicht abzulehnen, denn ich weiß, wie gut uns ein solches Ausspannen tun wird. Und außerdem ist Malve doch meiner Obhut anvertraut. Will sie nach Grundhof gehen, muß ich schon mitkommen.«

Wieder jubelte Käte auf.

»Famos! Ich fürchtete schon, mit Onkel Georgs Tod sei

es vorbei mit den schönen Ferientagen in Grundhof.«

Malve freute sich, daß sie Freude bereiten konnte, und ließ sich willig von Käte abküssen. Sie selbst hätte es nie über sich gebracht, solche Zärtlichkeiten zu erweisen oder gar zu fordern, da sie eine sehr zurückhaltende Natur war. Aber bei Kätes impulsiver Zärtlichkeit erwachte doch ein warmes Gefühl in ihr, und sie lächelte jener herzlich zu.

Malve wurde nun mit Tee und kleinen Kuchen versorgt, und die drei Damen plauderten zusammen und machten Pläne für die nächsten Tage. Dann erschien Richard Cornelius, Kätes Bruder. Er durfte auch eine Tasse Tee mittrinken und ließ sich gern von Mutter und Schwester verwöhnen. Aufmerksam beobachtete er dabei Malve, die ihm, wie immer, sehr teilnahmslos und still vorkam. Er hatte keine große Meinung von ihren geistigen Gaben, da sie im Umgang schüchtern und zurückhaltend war; gar nicht so, wie es einer reichen Erbin zukam. Was an Geistesgaben in ihr schlummerte, hatte Malve bisher nur einem einzigen Menschen offenbart – ihrem Vater.

Richard Cornelius dachte auch heute, daß Malve ein sehr unbedeutendes, aber stilles und sanftes Geschöpf sei. Sie würde sicher einmal eine sehr bequeme Frau werden. Und als er das dachte, richtete er sich plötzlich wie unter einem spontanen Einfall straff empor und sah sie nochmals prüfend an. Es war ihm plötzlich ein Gedanke gekommen – und dieser Gedanke sollte sehr bestimmend in Malves Schicksal eingreifen, ohne daß sie etwas davon ahnte.

Immer wieder sah Richard zu Malve hinüber, als überlege er, ob sie wohl in das hineinpasse, was ihm soeben durch den Kopf geschossen war. Und immer mehr machte er sich damit vertraut.

Wenn er nicht selbst schon verlobt gewesen und bis über

den Kopf in die reizende Ruth Helmer verliebt gewesen wäre, er hätte vielleicht selbst den Gedanken erwogen, Malve als Gattin zu gewinnen. Aber dann sagte er sich, ganz abgesehen davon, daß er schon gebunden und sehr zufrieden war mit seiner Wahl, eine Ehe zwischen so nahen Verwandten wäre wohl nicht wünschenswert. Also war es schon besser, daß er Herz und Hand nicht mehr zu vergeben hatte. Gut zu leiden war ja die sanfte Malve, aber für ihn doch nicht lebhaft genug. Ruth paßte in jeder Hinsicht besser zu ihm – seine süße kleine Ruth!

Aber er dachte an einen anderen, einen, dem er eine so glänzende Partie wohl gönnte und der eine so sanfte und anspruchslose Frau sehr wohl brauchen konnte. Dieser andere war sein bester und treuester Freund – Lutz Falkner. Von diesem hatte er gerade heute einen Brief erhalten – und daß sein Freund sich mit Malve Renard verheiraten müsse, das war der Gedanke, der ihn durchzuckt hatte.

Ja, Lutz Falkner war wirklich dazu ausersehen, eines Tages dem berühmten Theaterverlag Renard & Sohn vorzustehen. Lutz war der Mann, der dafür wie geschaffen zu sein schien. Er, mit seinen reichen Geistesgaben, mit seiner imponierenden Persönlichkeit, mit seinem innigen Verhältnis zur Literatur – ja, Lutz Falkner wäre der passende Mann für Malve Renard. Ihr Schicksal würde bei ihm in den besten Händen sein, denn er war ein Ehrenmann durch und durch und obendrein von der feinen, vornehmen Art, die auch seinen Onkel Georg Renard ausgezeichnet hatte. Er würde ein würdiger Nachfolger werden und den Verlag zu neuer Blüte bringen.

Daß Malve sich weigern könnte, Lutz Falkner zu heiraten, erschien ihm ausgeschlossen. Sie war noch ein ganz unbeschriebenes Blatt, das wußte er. Ihr Herz war noch frei.

Und Lutz Falkner war ganz der Mann, sich, wenn er nur wollte, eine Frau im Flug zu erobern. Davon war Richard überzeugt. Er konnte sich nicht denken, daß eine Frau, die nicht schon einen anderen liebte, sich weigern könnte, Lutz Falkners Frau zu werden. Aber er mußte dann bald kommen, damit nicht schon ein anderer Mann seine Hände verlangend nach der reichen Erbin ausstreckte. Er war überzeugt, der erste, der Malve zur Frau begehren würde, müßte von ihr auch akzeptiert werden. Erschien es ihm selber nicht schwierig, ein so anspruchsloses Geschöpf wie Malve zu erobern, um wieviel leichter würde das Lutz gelingen. Nur durfte er nicht lange zögern.

Wie wenig Richard seine Kusine kannte und wie falsch er sie einschätzte, ahnte er noch nicht einmal.

Dieses junge, stille Geschöpf war alles andere eher als uninteressiert und unbedeutend. Sie war auch ganz und gar nicht temperamentlos, wie er dachte, sondern sie hatte nur gelernt, sich zu beherrschen, und war nicht gewillt, ihr Inneres preiszugeben, auch nicht ihren Verwandten gegenüber, die ihr im Grunde sehr fremd waren und mit denen sie bisher wenig Berührungspunkte gehabt hatte.

Malve ahnte nicht im entferntesten, welche Pläne ihr Vetter mit ihr hatte. Wäre das der Fall gewesen, hätte sie sich wahrscheinlich instinktiv dagegen zur Wehr gesetzt.

Bald darauf empfahl sich Richard. Er verabschiedete sich von der Mutter mit herzlicher Wärme, von Käte mit einem Scherz und von Malve mit einem nachdenklichen Lächeln.

Als er gegangen war, unterhielten die Damen sich noch eine Weile. Sie sprachen von Richards bevorstehender Hochzeit, von seiner Braut und deren Vater, und Malve entnahm dem allen, daß Richards Angehörige sehr zufrieden waren mit seiner Wahl. Käte freute sich begreiflicherweise sehr auf die Hochzeitsfeier und sagte lebhaft:

»Du mußt unbedingt Brautjungfer sein, Malve.«

Diese errötete jäh und richtete sich wie in Abwehr auf.

»O nein, Käte, das geht nicht. So kurz nach Vaters Tod steht mir der Sinn nicht nach solchen Festen.«

Käte errötete.

»Ach ja – verzeih mir, ich bin ein schrecklich taktloses Geschöpf. Aber – was machen wir dann mit dir, wenn wir alle Hochzeit feiern?«

»Ja richtig, daran habe ich auch noch nicht gedacht, Malve!« rief Frau Magda Cornelius ein wenig betroffen.

»Das ist sehr einfach, Tante Magda, ich fahre dann für ein paar Tage nach Grundhof und besuche Frau von Heims. Die wird mich ganz gern auf einige Tage wieder unter ihre Fittiche nehmen.«

»Ja, das ginge! Du begreifst, Malve, daß Richards Hochzeitstermin nicht hinausgeschoben werden kann wegen der Trauer um deinen Vater.«

»Aber selbstverständlich, Tante Magda; Vater würde das selbst nicht gewollt haben.«

Frau Magda Cornelius mußte sich nunmehr ihrem Haushalt widmen, und Käte hatte noch Aufgaben zu erledigen. Sie besuchte einen Sprachkurs. Malve interessierte sich dafür und fragte Käte, was für Studien sie treibe. Diese erklärte ihr, daß sie sich im Englischen und Französischen weiterbilden wolle, weil sie sonst keine Gelegenheit hätte, sich in diesen Sprachen zu üben. Der Vater war anderweitig zu sehr beschäftigt, die Mutter hatte, was sie in der Schule einmal gelernt hatte, fast wieder vergessen, und Richard fehlte es an Zeit. Da erklärte Malve ihr, daß sie ja mit ihr englisch und französisch plaudern könne.

Käte sah sie erstaunt an.

»Wie? Beherrschst du diese Sprachen?«

Malve lächelte.

»Im Französischen bin ich ganz firm, nur im Englischen könnte ich noch hinzulernen, was ich auch gern tun würde.«

»Aber mein Gott, du bist doch all die Jahre nicht von Grundhof fortgekommen; wo hast du denn diese Sprachen erlernt?«

»Du weißt wohl nicht, daß ich eine Französin als Erzieherin hatte und von ihr, die ein Sprachgenie war, auch englischen Unterricht bekam. Außerdem habe ich mich mit Frau von Heims regelmäßig eine Woche französisch und eine Woche englisch unterhalten. Und dann spreche ich auch noch etwas italienisch, was mir Vater beigebracht hat. Du weißt, er sprach außer englisch und französisch auch italienisch. Und auch mit ihm unterhielt ich mich in fremden Sprachen. Du brauchst also gar nicht so verwundert dreinzusehen.«

»Ach Malve, ich glaube, wir haben uns eine ganz falsche Vorstellung von dir gemacht. Nie wäre es mir eingefallen, daß du fremde Sprachen beherrschen könntest. Ich finde es wirklich bewundernswert, daß du so geläufig französisch sprichst, und freue mich darauf, daß wir uns in fremden Sprachen unterhalten können.«

»Das will ich um so lieber tun, als ich selbst gern in Übung bleiben möchte. Im Englischen würde ich gern noch Unterricht nehmen, und im Italienischen möchte ich auch weiterkommen.«

»So melde dich doch in meinem Kursus an, Malve!«

Diese überlegte und schüttelte den Kopf.

»Nein, so würde ich kaum vorwärtskommen, ich bin einen Unterricht mit vielen anderen zusammen nicht gewöhnt. Aber – ich werde mir Lehrerinnen nehmen oder auch Lehrer. Und – wie wäre es, Käte, wenn du dich an meinem Unterricht beteiligen würdest? Ich bin überzeugt, du kämst dabei schneller voran.«

Käte zuckte die Achseln.

»Ach Malve, diese Art Unterricht ist für mich zu teuer.«

Malve lächelte ihr zu.

»Es ist selbstverständlich, daß ich die Stunden bezahle. Würdest du es auf dich nehmen, mir gute Lehrer oder Lehrerinnen zu verschaffen? Ich werde mit Onkel Heinrich sprechen, daß er mir den Betrag dafür anweisen läßt.

Ganz erstaunt sah Käte diese ihr so fremde, kluge und bestimmte Malve an, die überhaupt nicht mehr an die scheinbar unbedeutende, schüchterne Malve erinnerte. Sie sah ein, daß sie umdenken mußte in der Beurteilung ihrer Kusine. Aber sie nahm erfreut ihre Hand.

»Du, das schlage ich nicht aus, Malve; ich bin so frei, das wirklich anzunehmen. Wenn du vielleicht gedacht hast, ich weigere mich, dann bist du im Irrtum. Sieh mal, ich habe sonst nichts gelernt, womit ich mir einmal meinen Lebensunterhalt verdienen könnte.«

Jetzt sah Malve erstaunt aus.

»Wirst du das jemals nötig haben, Käte?«

Diese nagte ein wenig an den Lippen. Dann sagte sie hastig:

»Diese Notwendigkeit kann jeden Tag an mich herantreten, wenn – nun ja – Gott mag es uns ersparen – Vater irgendwie um sein Amt käme oder – ach Malve, ich mag nicht daran denken, aber auch die geliebtesten Eltern leben nicht ewig. Verheiraten werde ich mich wahrscheinlich nicht – wer sollte denn ein armes Mädchen heiraten?! Fällt aber Vaters Einkommen ganz oder auch nur teilweise weg, dann bin ich darauf angewiesen, mich selbst durchzubringen, denn meinen Eltern mag ich dann nicht länger auf der Tasche liegen. Also habe ich mir fest vorgenommen, eine Verdienstmöglichkeit für mich zu finden. Und ich denke, mit guten Sprachkenntnissen findet man eher etwas.«

Malve strich ihr sanft die Hand.

»Aber Käte – schließlich bin ich doch da!«

Diese schüttelte hastig den Kopf.

»Nein, nein, liebe Malve, das mag sehr lieb von dir gemeint sein, aber siehst du, ich habe absolut kein Talent dazu, mich mit dem Gnadenbrot zufriedenzugeben.

Malve zog sich gleich ängstlich wieder in sich selbst zurück.

»Ach verzeih, ich glaubte nicht, daß du es so auffassen würdest, ich wollte dich nicht demütigen.«

»Das weiß ich, Malve, und es ist sehr edel von dir, für mich einstehen zu wollen. Aber ich möchte mir lieber selber helfen. Und – es ist mir schon eine große Hilfe, wenn du mir erlaubst, mich an deinem Sprachunterricht zu beteiligen. Wenn es dir nicht unangenehm ist – würde ich auch gern im Italienischen mit Unterricht nehmen; würdest du das gestatten?«

»Aber selbstverständlich, Käte; bedenke, es ist doch auch für mich sehr nützlich und wertvoll, wenn wir zusammen in Übung bleiben. Also nimm das bitte gleich in die Hand, du findest voraussichtlich schneller als ich die geeigneten Lehrer.«

»Ohne jede Schwierigkeit, Malve, ich komme im Kursus mit vielen Leuten zusammen, die sehr tüchtig sind und nur auf eine Gelegenheit warten, bezahlte Stunden geben zu können. Das mache ich gerne.«

»Dann wird uns beiden geholfen sein.«

Käte umarmte und küßte Malve in ihrer impulsiven Art.

Diese ließ es ruhig geschehen, ohne diese Zärtlichkeit zu erwidern. Käte spürte das und glaubte, Malve sei die Umarmung unangenehm.

»Du mußt verzeihen, Malve, wenn ich dir mit meiner Art aufdringlich erscheine – ich merke, es ist dir unangenehm, und ich werde es in Zukunft unterlassen«, sagte sie ein wenig gekränkt.

Das tat Malve sehr leid. Sie ergriff Kätes Hand und streichelte sie.

»Verzeih – ich bin so gar nicht daran gewöhnt, Zärtlichkeiten auszutauschen, selbst Vater war darin sehr zurückhaltend, so lieb wir uns auch hatten. Aber du darfst gewiß nicht glauben, daß sie mir unangenehm wären oder gar, daß du mir dadurch aufdringlich erschienest – ich, ja – ich bin es nur nicht gewöhnt, geliebkost zu werden, und ich stelle mich dabei wahrscheinlich sehr unbeholfen an. Es würde mir aber sehr weh tun, wenn ich dich zurückgeschreckt hätte. Ach Käte – ich – ja – ich habe leider keinen Menschen auf der Welt, der mich liebhat, seit Vater mir genommen wurde.«

Und der Schmerz um den Verlust des teuren Toten brach mit erneuter Gewalt durch, und sie schluchzte auf.

Das war für Kätes gutes, zärtliches Herz, das sich zumeist nur hinter nüchterner Sachlichkeit verschanzte, zuviel. Sie zog Malve in ihre Arme und streichelte ihr schönes, goldbraunes Haar.

»Ach du armes Herz, weine doch nicht! Wir alle haben dich sehr lieb und – mir brauchst du nur zu sagen, daß ich zärtlich zu dir sein darf, dann will ich es gern sein. Bisher war ich wohl immer ziemlich kühl zu dir – ich habe nicht gewußt, daß du so liebebedürftig bist. Meist bin ich ja ein bißchen ruppig, und so bin ich dir wohl auch erschienen, aber das geht nicht durch die Haut, ganz innen bin ich butterweich. Das braucht aber niemand zu wissen, der mir nicht nahesteht. Du stehst mir aber jetzt nahe – sehr nahe – und – ich glaube, ich werde dich bald sehr liebgewinnen.«

Unbeholfen und schüchtern tastete Malve nach Kätes Hand.

»Gute, liebe Käte – ich danke dir.«

Und sie küßte Käte ganz freiwillig.

So waren die Kusinen sich in einer Stunde sehr viel nähergekommen als in ihrem ganzen bisherigen Leben.

II

Richard Cornelius war, in Gedanken versunken, in seine Junggesellenwohnung zurückgekehrt. Heute abend hatte er keinen »Minnedienst«, wie er scherzhaft die Zusammenkünfte mit seiner Braut nannte, denn diese war mit ihrem Vater in die Oper gefahren. So wollte er die Zeit benutzen, um an seinen Freund Lutz Falkner zu schreiben. Er ließ sich auch gleich an seinem Schreibtisch nieder, legte Briefpapier zurecht und begann zu schreiben. Es wurde ein ziemlich langer Brief.

»Mein lieber Lutz!

Ich habe ja lange nichts von mir hören lassen, aber Du weißt, viel Zeit läßt mir meine Stellung nicht zur Korrespondenz, und meine Braut hat selbstverständlich das erste Anrecht auf meine freie Zeit. Sie wäre auch sehr böse, wenn ich ihr zuviel davon nehmen würde. Daß man so unerhört glücklich dabei sein kann, wenn einen ein einziger Mensch so ganz in Anspruch nimmt, wirst Du vielleicht nicht verstehen können. Es wäre mir früher ebenso ergangen. Aber was rede ich denn – Du warst ja auch einmal in der Verfassung, wie ich es jetzt bin, und ich weiß, daß es Herzblut bei Dir gekostet hat, daß die eine, der Du Dein ganzes Herz geschenkt hattest, Dir untreu wurde. Hoffentlich hast Du das inzwischen überwunden, wenigstens so weit, daß Du Dich der Gefahr aussetzen kannst, dieser Frau wieder zu begegnen. Ganz wird sich das wohl kaum vermeiden lassen, wenn Du wieder nach Berlin kämest, und ich weiß, daß Du über den großen Teich gegangen bist, um sie nicht an der Seite ihres reichen, wenn auch nicht jungen und ansehnlichen Mannes sehen zu müssen. Bedenke, mein Alter, der Gatte ist mehr zu bedauern als Du, wenn er sie auch besitzen darf. Sie kann ja dieses Ungetüm von einem Menschen nicht lieben und hat sich nur seinem Reichtum verkauft. Schwamm drüber, mein Alter. Ich hoffe, Du bist darüber hinweg! Denn Du mußt unbedingt wieder herüberkommen. Erstens mußt Du meine Hochzeitsfeier durch Deine Anwesenheit verschönern – wahrhaftig, ohne Dich mag ich einfach nicht in den heiligen Ehestand treten – und zweitens: Lutz, ich habe eine Frau für Dich! Ganz ernsthaft – das ist eine Partie, wie geschaffen für Dich. Es handelt sich um meine Kusine Malve Renard. Sie ist keine Schönheit, wenn sie auch ganz nett aussieht, auch ist sie wahrscheinlich kein großes Licht in geistiger Hinsicht, aber dafür wird sie einmal eine sehr bequeme Frau werden. Die Hauptsache ist aber, daß Malve die Erbin des Theaterverlags Renard & Sohn ist, der ja schon seit mehr als hundert Jahren einen großen Ruf hat. Nun bedenke, Du würdest als ihr Gatte an der Spitze dieses Verlages und so auch an der Spitze des geistigen Lebens stehen, nicht nur in Berlin, nicht nur in Deutschland, sondern sozusagen in der ganzen Welt. Das wäre doch etwas für Deinen Feuerkopf, mein Alter! Mit einem Schlag würdest Du ganz vorne stehen, würdest dem gesamten Theaterleben Deinen geistigen Stempel aufdrücken können. Ich weiß, Du würdest Dein Amt segensreich verwalten, dafür kenne ich Dich gut. Und mit einem Schlag stündest Du an der Stelle, die Dir zukommt und die Du ohne diesen Glücksfall nie erreichen könntest. Es ist geradezu Deine Pflicht, diese Gelegenheit zu ergreifen, damit der rechte Mann an den rechten Platz gestellt wird. Ich weiß, Du würdest Gutes, Schönes und Wahres schaffen können! Gerade Du gehörst an diese Stelle, die Du genauso vollkommen ausfüllen würdest, wie es mein Onkel Georg Renard, Malves Vater, getan hat. Die Herzenswunde, die Dir jene Frau geschlagen hat, indem sie sich an einen anderen Mann verkaufte, wird Dich davor bewahren, Dein Herz abermals an eine andere Frau zu verlieren. Daß Du trotzdem Malve ein ritterlicher, aufmerksamer Gatte sein würdest, weiß ich gewiß. Und wenn sie auch Deine Liebe nicht gewinnen mag, so wirst Du sie doch achten und sie in ihrer sanften Ruhe sympathisch finden können. Du mußt einfach meinen Rat annehmen und Dich an die Spitze des Renard-Verlages stellen. Bedenke, was für ein Feld der Tätigkeit sich Dir bietet. Ich sehe Dich schon im Geiste auf dem Platz, den keiner so gut ausfüllen könnte, wie Du es tun würdest. Überlege Dir alles reiflich. Malve ist in großer Abgeschiedenheit aufgewachsen, auf einem Landgut ihres Vaters, sie ist eine sehr reiche Erbin, aber das wird nicht so wichtig für Dich sein, wie, daß Du schaffen und wirken kannst an einem Platz, der die ganze geistige Kraft eines Mannes erfordert. Du mußt einfach diesem Ruf folgen, Lutz, und ich hoffe, Du wirst keinen kleinlichen Bedenken nachgeben, sondern Dich der Aufgabe unterziehen, die Dir hier zum Segen für viele Menschen gestellt ist. Bedenke, wie notwendig es ist, daß die Theater wieder die Bedeutung erhalten, die sie in letzter Zeit verloren haben. Mein Onkel war zu lange leidend, um seine ganze Kraft dafür einsetzen zu können. So muß ein junger, würdiger Nachfolger für ihn gefunden werden, und der bist Du, nur Du! Ich kann mir keinen besseren und tüchtigeren denken. Also komm spätestens zu meiner Hochzeit herüber, Lutz, Du wirst Dich drüben hoffentlich freimachen können, einem so großen Ziel zuliebe. Ich erwarte Deine sofortige Nachricht. Aber Eile tut not! Die Trauerzeit um ihren Vater wird meine Kusine noch im Hause halten, sie ist noch keinem Mann nahegetreten, und es wird einer so faszinierenden Persönlichkeit, wie Du es bist, ein leichtes sein, dieses junge Herz zu gewinnen. Sie wird glücklich werden an Deiner Seite, auch wenn Du sie nicht so lieben kannst, wie Du jene andere geliebt hast. Aber Du wirst sie nie spüren lassen, daß Du sie nicht liebst. Dafür kenne ich Dich, sonst würde ich in ihr Schicksal nicht in dieser Weise eingreifen. In Deiner Hut weiß ich sie trotz allem gut aufgehoben und ihren ererbten Verlag auch. Also, mein lieber Lutz, sei großzügig, wie immer, und stoße Dich nicht daran, daß ich Dir meine Kusine gewissermaßen anbiete. Es geschieht in ihrem Interesse so gut wie in dem Deinen. Bei ihrer Unerfahrenheit läuft sie sonst Gefahr, dem ersten besten Mitgiftjäger in die Hände zu fallen. Das möchte ich verhüten, um ihret- wie um des Verlages willen, der wahrhaftig keinen besseren

Leiter bekommen kann, als Du es sein wirst.

Deinen letzten Brief habe ich erhalten und ich freue mich, daß Dein Ton wieder etwas ruhiger ist. Ich hoffe daher, daß Du wirklich mit Milda Riemann, oder wie sie jetzt heißt, Milda Herfort, endgültig fertig bist. Frauen wie sie sind es nicht wert, daß ein Mann wie Du um sie trauert. Sei herzlich gegrüßt, mein Alter, und laß bald von Dir hören.

Dein getreuer Richard Cornelius«

Er las den Brief noch einmal durch und fand, daß er nicht nötig habe, etwas daran zu ändern. Dann steckte er ihn in einen Briefumschlag und trug ihn selber zur Post.

Wieder heimgekehrt, erledigte er zunächst seine laufenden Arbeiten; während er damit beschäftigt war, rief seine Braut an.

»Bist du da, Richard?«

»Ja, meine Ruth; schon aus der Oper zu Hause?«

»Eben heimgekommen! Ich will dir schnell noch gute Nacht sagen.«

»Habe ich gar nicht anders erwartet, mein Schatz.«

»Oh, werden Sie nicht arrogant, Herr Doktor!«

»Dazu habe ich die vollste Berechtigung.«

»Wieso?«

»Weil ich die süßeste und reizendste Braut habe, die es gibt; darauf bin ich sehr stolz und habe also die Berechtigung, arrogant zu sein.«

»Du, ich kann aber arrogante Leute gar nicht leiden.«

»Mit mir wirst du bestimmt eine Ausnahme machen.«

»Das weiß ich nicht!«

»Aber ich weiß es, süße Ruth. Es ist lieb, daß du angerufen hast, ich hätte sonst sehr schlecht geschlafen.«

»Wirklich?«

»Das weißt du doch, mein geliebtes Herz. War es schön in der Oper?«

»Mir hat es wunderbar gefallen. Weißt du, man hat eine alte Verdi-Oper ausgegraben – und ich muß schon sagen – Verdi reißt mich immer mit; vielleicht ist das ein wenig altmodisch von mir, aber ich brauche, wenn ich Musik höre, eine solche Melodienfülle. Und damit kann Verdi dienen.«

»Laß dich auch darin nicht wankend machen, Liebling. Wenn man ein Kunstwerk so erfaßt, daß es einem etwas zu geben hat, und wenn man sich ehrlich dazu bekennt und nicht den anderen ihre Meinung nachbetet, dann ist es schon richtig. Ich habe mich immer darüber gefreut, daß du dich durch nichts und niemanden beirren läßt.«

»Ich freue mich, mein Richard, daß du so denkst und sprichst. Aber nun muß ich mit Vater noch einen kleinen Imbiß einnehmen. Er läßt dich herzlich grüßen. Und er war gar nicht zufrieden, daß du uns nicht begleitet hast.«

»Aber ich mußte mal wieder zu Mutter gehen, und lieber gebe ich deswegen einen Opernabend daran als eine behagliche Stunde mit dir. Mutter und Käte lassen dich herzlich grüßen. Malve ist nun bei den Eltern eingezogen.«

»Die Arme, ist sie sehr traurig?«

»Sie schien gefaßt, aber man weiß bei ihr nicht, ob so etwas tiefgeht.«

»Ich kenne sie zu wenig, um mir ein Urteil über sie bilden zu können. Aber bewundernswert ist jedenfalls ihre Bescheidenheit.«

»Ja, das muß ich zugeben. Also, du bist nicht böse, daß ich nicht mit in die Oper kam, nein?«

»Selbstverständlich nicht, Richard; Mutter muß auch zu ihrem Recht kommen. Du nimmst doch so viel Rücksicht auf meinen Vater – soll ich da nicht auch Rücksicht auf deine Angehörigen nehmen?«

»Du bist eben ein lieber, vernünftiger Mensch, Ruth.«

»Also gute Nacht, Richard!«

»Schlafe gut, Ruth – und – träume von mir, hörst du?«

»Wird schon nicht anders ein, du arroganter Schlingel.«

Er lachte.

»Für diese Beschimpfung werde ich dich morgen fürchterlich bestrafen.«

»Vielleicht halte ich still, Richard. Kuß! Auf Wiedersehn.«

»Auf Wiedersehn, meine Ruth!«

Damit war das Gespräch beendet, und Richard hängte lächelnd ein.

Lutz Falkner saß in seinem Zimmer in der Redaktion der »Literarischen Zeitung« in New York. Er hatte dort eine Anstellung gefunden, für die deutsche Abteilung. Er schrieb an einem Artikel über den katastrophalen Niedergang der deutschen Theater und versuchte seinen Lesern klarzumachen, was diesen bedinge und womit und wodurch die große Theatermüdigkeit in Deutschland zu erklären sei. Es lag nicht an den allgemein schlechten Zeiten, die Gründe lagen tiefer. Die alte Begeisterung für den Theaterbesuch war eben abgeflaut, weil man das Publikum zu einer literarischen Kost zwingen wollte, die ihm nicht zusagte, die entweder zu schwer und unverdaulich war oder zu fad und oberflächlich, so daß sie den Gaumen nicht reizte.

In diese Stimmung hinein erhielt er den Brief seines Freundes Richard. Er las ihn mehrere Male, fuhr sich erregt durch sein dunkelblondes Haar, und seine grauen Augen blickten hell und leuchtend aus dem gebräunten Gesicht, das wie seine gut trainierte, schlanke Gestalt verriet, daß er ein sportgeübter Mensch war und neben der Ausbildung des Geistes die des Körpers nicht vernachlässigte. Das Angebot, das der Freund ihm machte, reizte ihn sehr. Wundervoll mußte es sein, an so hervorragender Stelle zu stehen, tatkräftig und bestimmend mitwirken zu können an der geistigen Gesundung des Theaters. Ja, das konnte ihn wohl locken. Aber – mit dieser Position hing eine Frau zusammen, die er nicht kannte und – die er nicht lieben konnte, weil einfach eine andere die Fähigkeit zu lieben in ihm ertötet hatte. Der Treuebruch jener Frau, der die ganze jungselige Leidenschaft seines Herzens gehört hatte, war wie ein schweres Unglück über ihn hereingebrochen, das gleichsam alle Fähigkeiten zu lieben in ihm zerstört hatte. Nie, dessen war er gewiß, würde eine Frau wieder einen so tiefen Eindruck auf ihn machen können. Und eine ungeliebte Frau heiraten – vielleicht sogar eine, die ihm nicht einmal sympathisch war – nein – das ging gegen sein Empfinden. Freite er diese Frau, die er nicht lieben konnte – dann – ja – dann verkaufte er sich genau so, wie Milda Riemann sich an jenen Herfort verkauft hatte.

Aber – mußte ihm denn diese junge reiche Erbin unsympathisch sein, konnte sie ihm nicht auch angenehm sein, so daß er ohne Überwindung mit ihr zusammenzuleben vermochte? Herfort war ein menschliches Ungetüm, ein roher, gewöhnlicher Klotz mit einem häßlichen, widerwärtigen Gesicht. Diese Malve Renard war vielleicht ein liebenswertes Weib, das er sich ohne Bedenken an die Seite stellen konnte. Er wollte doch, ginge er auf den Vorschlag des Freundes ein, sich nicht bereichern, sondern für seine künftige Frau arbeiten, ihr Erbe nach bestem Wissen und Gewissen verwalten. Konnte das verwerflich sein?

Lange grübelte er darüber nach. Dann las er durch, was er in seinem Artikel eben geschrieben hatte, und die Not des Theaters grinste ihn wieder aus seinen eigenen Worten an. War es nicht eine herrliche Aufgabe, die man ihm stellte? Durfte er zögern, sie zu erfüllen, wenn es in seiner Macht liegen würde?

Heiß brannte der Wunsch in ihm auf, an die Spitze dieses Unternehmens zu treten, das eine geistige Macht bedeutete. Wieviel Gutes würde er dann schaffen können! Für wie viele Menschen bedeutete das, Brot und künstlerische Befriedigung zu finden! Die besten Kräfte des ganzen Theaterwesens lagen jetzt brach. Das durfte unmöglich so weitergehen, da mußte Abhilfe geschaffen werden.

Und er fühlte, er war imstande, der Reformator zu sein, der hier nötig war, wenn nur die Macht dazu in seinen Händen war. Und diese Macht würde er erlangen mit dem großen weltberühmten Verlag hinter ihm, bei dem die besten Kräfte der Literatur ihre Werke einreichten und der auf gesunden Füßen stand, so daß man nicht gehemmt war von allen Seiten wie hier in seiner immerhin sehr bescheidenen Stellung, wo man ihm wohl ein Amt anvertraut hatte, aber ihm doch keine eigene Meinung zubilligte.

Ja, verlockend genug lag dieses Ziel vor ihm – aber – die Frau, die daran hing –, das war der schwierige Punkt bei der ganzen Geschichte.

Sollte er annehmen oder nicht?

Er wog Für und Wider gewissenhaft gegeneinander ab, denn er wollte sich nicht überrumpeln lassen.

Aber nachdem er einen ganzen Tag lang mit sich gekämpft und auch die Nacht ziemlich schlaflos in diesem Kampf verbracht hatte, kam er zu dem Resultat: Ich fahre hinüber – zu Richards Hochzeit – und sehe mir diese Malve

Renard an. Wie sie auf mich wirkt, soll bestimmend für mich sein.

Er wäre ohnedies nicht mehr lange in seiner jetzigen Stellung geblieben, denn sie sagte ihm in keiner Weise zu.

Auf einmal empfand er auch etwas wie Heimweh. Er hätte eigentlich niemals geglaubt, daß ihn das befallen könne, aber nun war es doch der Fall!

Gut denn – er würde seine hiesigen Verhältnisse aufgeben und nach Berlin zurückkehren. Was dann geschah, mußte abgewartet werden.

In diesem Sinne schrieb er dem Freund und sagte sein Kommen zu dessen Hochzeitsfeier zu.

Er schrieb:

»Du zeigst mir in Deinem Schreiben ein sehr lockendes Ziel, und ich müßte lügen, wollte ich sagen, daß ich darauf verzichtete, es zu erreichen. Aber ich muß die Frau erst sehen, die mit diesem Ziel verknüpft ist, muß erst beurteilen können, ob ich mich so zu ihr stellen kann, daß ich die Überzeugung habe, in Harmonie und Eintracht mit ihr leben zu können. Du wirst mich verstehen, Richard, daß ich ohne diese Überzeugung nicht um eine Frau werben kann. Jedenfalls komme ich zu Deiner Hochzeit, weil ich ohnedies nach Deutschland zurückkehren wollte. Milda Herfort wird mich nicht mehr daran hindern, heimzukehren, das ist verwunden; und sollte das Leben mich mit ihr zusammenbringen, so wird sie mir eine Fremde sein, mit der ich nichts mehr gemein habe.«

Als dieser Brief an Richard Cornelius abgegangen war, atmete Lutz Falkner tief auf und streckte die Arme kraftvoll von sich, als fasse er im Geiste nach dem hohen Ziel, für das er allerdings einen hohen Preis würde zahlen müssen – den seiner Freiheit.

Er begab sich dann zu dem Besitzer seiner Zeitung und kündigte seine Stellung für den ersten Dezember. Man versuchte, ihn zu halten, bot ihm Gehaltserhöhung und größere Aufgaben. Weil er seinen Posten freiwillig verlassen wollte, erkannte man plötzlich seine hohen Qualitäten, die man früher nicht gebührend beachtet hatte. Er ließ sich aber auf nichts ein, denn, ob er sich mit Malve Renard verbinden würde oder nicht – nach Deutschland wollte er zurück. Deutschland brauchte Männer seiner Art, er durfte ihm einer unglücklichen Liebe wegen nicht fernbleiben. Das sagte er sich ganz ruhig und sachlich, nicht etwa arrogant und überheblich. Wie jeder rechte Mann war er sich seines Wertes bewußt, ohne sich selbst zu überschätzen.

Also, seine Kündigung wurde schließlich angenommen, da er nicht mit sich reden ließ. Man versuchte ihn über seine weiteren Pläne auszuhorchen, aber er blieb zurückhaltend und wortkarg. Man kannte ihn hier überhaupt nur als finsteren, verschlossenen Menschen. Sein einst so sonniges und fortreißendes Temperament war durch seine bitteren Erfahrungen gleichsam eingesargt worden. Ob es je wieder zum Vorschein kommen würde? Er selber zweifelte daran.

Das Heimweh überfiel ihn fortan oft so heftig, daß er kaum die Zeit bis zum ersten Dezember abwarten konnte. Es traf sich gut für ihn, daß seine Zeitung ihn noch zu einem literarischen Kongreß nach Kalifornien schickte. Dieses Land wollte er gern noch kennenlernen, ehe er Amerika verließ, aber er hatte sich bisher immer sagen müssen, daß dieser Wunsch nicht erfüllt werden könnte, erstens aus Mangel an Zeit und dann vor allem wegen der hohen Kosten.

Und nun wurde er ihm überraschenderweise doch noch erfüllt. Er war zuerst nicht von seiner Zeitung dazu bestimmt gewesen, als Berichterstatter zu diesem Kongreß geschickt zu werden, aber nun, da er sich selber rar gemacht hatte, war man überzeugt, daß niemand besser dafür geeignet sei als er.

Unter diesen Umständen verging der letzte Monat überraschend schnell, und darüber war er sehr froh. Das Resultat seiner Tätigkeit war so glänzend, daß man nochmals versuchte, ihn zu halten, aber er schüttelte energisch den Kopf und sagte schließlich lachend:

»Wer weiß, vielleicht komme ich wieder, dann werde ich mich bei Ihnen melden und anfragen, ob Sie noch immer Interesse daran haben, mich zu beschäftigen.«

Mit diesem Versprechen tröstete er seine Verleger, und diese waren als echte Amerikaner fest davon überzeugt, daß ein Mensch von Qualitäten sich nur in Amerika glücklich fühlen könne. Doktor Falkner würde also bestimmt wiederkommen – und dann würde man ihn billiger haben als jetzt.

Lutz Falkner traf schnell seine letzten Reisevorbereitungen, denn er wollte seinen Dampfer rechtzeitig erreichen.

Es klappte auch alles ausgezeichnet, und er freute sich, daß er drüben wenigstens so viel Geld hatte erübrigen können, daß er sich eine Überfahrt zweiter Klasse leisten konnte.

Herüber war er froh gewesen, zweiter Klasse fahren zu können, und er sagte sich auch, es sei vernünftiger, machte er auch die Heimreise in der zweiten Klasse; schließlich aber hatte er sich doch für die erste Klasse entschieden, und mit einem lachenden Übermut, wie er ihn lange nicht beseelt hatte, begab er sich an Bord des großen Luxusdampfers. Er fühlte sich zum erstenmal, seit Milda Herfort ihn so schmählich enttäuscht hatte, wieder frei und froh.

Dieses fast übermütige Gefühl hielt an, während er an der Reling lehnte und so lange zur Küste zurücksah, bis sie im Nebel verschwand, verließ ihn auch nicht, während er in seiner Kabine den Koffer auspackte, sich einrichtete und sich danach für das Abendessen umkleidete. Als er den festlich erleuchteten Speisesaal betrat und nach einem Platz suchte, der ihm gefiel, ging es plötzlich wie ein Ruck durch seine Glieder. Der frohe Ausdruck verschwand aus seinem Gesicht und wich einer harten, kalten Miene, denn – gerade als er sich in der Nähe der Fenster niederlassen wollte, sah er am Nebentisch einen dicken, unförmigen Menschen sitzen und diesem gegenüber eine schöne, schlanke Frau mit dunklem Haar und dunklen Augen – diese Frau war Milda Herfort – und der dicke unförmige Mann ihr gegenüber ihr Gemahl. Sie erkannte Lutz sofort, und dunkle Glut schlug ihr ins Gesicht, die aber schnell einer fahlen Blässe wich, als er sich plötzlich wieder abwandte, ohne sich niederzulassen, und einen Sitz am anderen Ende des Saales wählte. Kein Zug in seinem harten, festen Gesicht ließ erkennen, daß er sie auch nur bemerkt hatte – sie schien Luft für ihn zu sein. Ihr Mann konnte ihn überhaupt nicht sehen, da er ihm den breiten, massigen Rücken zudrehte. Aber selbst wenn er ihn gesehen hätte, er ahnte ja nichts von den früheren Beziehungen seiner Frau zu Doktor Falkner. Er kannte ihn überhaupt nicht.

Als Lutz Falkner sich niedergelassen hatte, so, daß er überhaupt nicht zu Milda Herfort hinübersehen konnte, atmete er tief auf. Es war ihm sehr unangenehm, daß es ein Zufall gefügt hatte, daß er auf demselben Dampfer reiste wie das Ehepaar Herfort das vermutlich einen Trip nach Amerika gemacht hatte. Hätte er das geahnt, nichts würde ihn bewogen haben, diesen Dampfer zu benutzen. Aber er war doch sehr froh, feststellen zu können, daß er ziemlich ruhig geblieben war beim Anblick dieser Frau, der einmal seine heiligsten Gefühle gegolten hatten. Er spürte, die Wunde schmerzte wohl noch, aber sie blutete nicht mehr. Auf keinen Fall konnte Milda Herfort ihm noch einmal gefährlich werden.

In den folgenden Tagen bemerkte er allerdings, daß sie versuchte, ihm in den Weg zu treten, sobald sie nicht in Gesellschaft ihres Mannes war. Und dann sahen ihre dunklen Augen ihn jedesmal so flehend an, als wollte sie ihn bitten, bei ihr stehenzubleiben und ein Wort mit ihr zu sprechen. Aber ein Mann, der eben im Begriff ist, eine vergangene Leidenschaft für unbegreiflich zu halten, kann kälter sein als ein Eisblock und grausamer als ein wildes Tier. Er sah gelassen über sie hinweg, als sei sie Luft für ihn. Und er vermied es auch, ihr einen formellen Gruß zu bieten, wenn sie allein war. Da er sie in Gegenwart ihres Mannes nicht grüßen wollte und durfte, sollte es auch sonst nicht geschehen.

Zuweilen konnte er sie im Umgang mit ihrem Gatten beobachten. Er merkte, daß dieser nicht gerade galant und aufmerksam war, aber doch in einer gewissen gutmütigen Weise mit ihr verkehrte. Wenn er seinen kolossalen Körper über die Deckpromenade wälzte und die schlanke Frau an seiner Seite festhielt, mochte er wohl gutmütige Scherze mit ihr machen. Aber ihr schönes Gesicht schien wie versteinert zu sein vor Qual, und wenn Lutz Falkner nicht einmal das rühren konnte, war das ein Zeichen, daß diese Frau wirklich keinerlei Bedeutung mehr für ihn besaß.

Eines Abends aber, als Lutz an der Reling lehnte und den wundervollen Sternenhimmel beobachtete, wurde er gewahr, daß sich plötzlich ein weicher Pelzmantel an seinen Arm schmiegte und ein ihm wohlbekanntes Parfüm zu ihm aufstieg. Er zuckte unwillkürlich zusammen, denn er wußte, jetzt war Milda Herfort neben ihn getreten und suchte eine heimliche Unterredung mit ihm.

Er rückte sofort ein Stück zur Seite.

»Lutz!«

Flüsternd nannte sie seinen Namen; wie ein Hauch nur klang er an sein Ohr, und er konnte sich den Anschein geben, ihn nicht gehört zu haben. Schon wollte er sich entfernen, ohne sie offiziell bemerkt zu haben, da vertrat sie ihm plötzlich den Weg.

»Lutz! Bin ich dir denn gar nichts mehr – nicht einmal einen Gruß hast du für mich?«

Er sah mit hartem, kaltem Gesicht auf sie herab.

»Ich glaube, Sie haben sich in meiner Person geirrt, gnädige Frau«, sagte er ruhig und beherrscht und sah sie an wie eine Fremde.

Sie seufzte tief auf.

»Du bist grausam! Mein Gott, ahnst du nicht, was ich leide, wenn ich dich mit ihm vergleiche? Lutz, ich habe ja nicht gewußt, was ich tat!«

Sie wollte die flehend erhobenen Hände auf seinen Arm legen. Er trat schnell zurück.

»Lassen Sie das, gnädige Frau, ich betrachte es als ein Unglück, Ihnen hier begegnet zu sein. Sie müssen doch verstehen, daß es das beste ist, wenn wir uns nicht kennen.«

»Ich weiß und verstehe nur eines, Lutz, daß ich erst jetzt weiß, wie sehr ich dich liebe, und daß ich todunglücklich bin. Kann dich das nicht rühren?«

Vielleicht rührte ihn dieser hilflose Jammer doch ein wenig, aber auf keinen Fall durfte er sie das merken lassen.

Immerhin hatte er diese Frau einmal mehr als alles auf dieser Welt geliebt – es konnte gefährlich werden für ihn – und für sie –, wenn er sich rühren ließ.

»Es ist sehr gut, daß es mich nicht rühren kann«, kam es kühl zurück. »Gottlob bin ich damit fertig geworden. Wie, das weiß nur ich selbst. Jetzt habe ich nur den Wunsch, meine Ruhe zu bewahren, und Sie werden gut daran tun, zu bedenken, daß jeden Moment Ihr Herr Gemahl hier auftauchen kann.«

»Oh – er ist schon zu Bett. Ihm ist nicht ganz wohl – du brauchst keine Sorge zu haben, er stört uns nicht.«

»Mich gewiß nicht, gnädige Frau. Und Sie tun wohl besser daran, sich um das Befinden des Herrn Herfort zu kümmern«, sagte er mit kalter Ironie, die ihm allerdings etwas schwerfiel.

Sie zog geringschätzig den einen Mundwinkel herab.

»Er hat nur wieder einmal zuviel gegessen und getrunken – weiter fehlt ihm nichts, und wenn er nicht auf mich hört, wenn ich ihn ermahne, mäßig zu sein, so brauche ich mich auch nicht um ihn zu kümmern.«

»Das sind Ihre Privatangelegenheiten, gnädige Frau«, sagte er schroff und abweisend.

»O mein Gott, nie hätte ich gedacht, daß du so grausam sein kannst. Hast du alles vergessen, was einst war?«

»Gottlob, zu meinem Heil, gnädige Frau. Sie haben erreicht, was Ihnen erstrebenswert schien, also finden Sie sich damit ab. Gute Nacht.«

Ehe sie es verhindern konnte, hatte er sich schnell entfernt.

Sie sah ihm mit starren Augen nach. Ihre Wangen brannten, ihr Herz schlug so heftig, daß sie meinte, es würde zerspringen. Alles, was sie einstmals für diesen

Mann empfunden hatte, lohte aufs neue empor, wie eine Flamme, die kurz vor dem Erlöschen frische Nahrung erhalten hat, plötzlich wieder hoch aufzüngelt.

Lutz Falkner war heute nicht mehr der blind verliebte junge Mann, der ihr vordem mit allen seinen Sinnen untertan gewesen war; er war inzwischen ein reifer Mann geworden, und trotz seines harten, abweisenden Stolzes erschien er ihr bezaubernder und begehrenswerter denn je. Sie war nicht die Frau, die Hemmungen kannte, sobald ihre Wünsche sich regten. Und jetzt wünschte sie, leidenschaftlich wie sie war, um jeden Preis den Mann zu besitzen, den sie einst von sich gestoßen hatte. Sie glaubte in ihrer Eitelkeit nicht daran, daß er wirklich nichts mehr für sie empfände; sie hatte sehr wohl das leise Zucken in seinem Gesicht gesehen, das bei ihm heimliche Erregung verriet. Welcher Art diese Erregung war, ahnte sie aber nicht. Sie hielt sie für noch immer unter der Asche glühende Leidenschaft. Lutz Falkner aber wußte, daß es ihn heimlich schmerzte, daß diese Frau so tief sinken konnte. Er schämte sich für sie und wollte vermeiden, daß sie sich noch mehr erniedrigte. Deshalb hatte er sie stehenlassen.

Sie begriff das nicht. Jetzt, nachdem sie ihn von sich gestoßen hatte, um Glanz und Reichtum dafür einzutauschen, war er für sie wieder so begehrenswert, daß nichts sie für seinen Verlust entschädigen konnte. Es ekelte sie vor ihrem Gatten, an dem ihr nichts begehrenswert erschienen war als sein Reichtum. Wenn man sie freilich gefragt hätte, ob sie diesen Mann mit all seinem Reichtum aufgeben wolle, um Lutz Falkner wieder für sich zu gewinnen, hätte sie antworten müssen, daß ihr das in keinem Fall anstehen würde. Sie wollte an dem Reichtum des einen teilhaben, mochte der Mann selbst ihr noch so widerlich sein, aber sie wollte zugleich auch den anderen besitzen und – wenn nicht auf rechtmäßige, dann auf unrechtmäßige Weise.

Die Leidenschaft für Lutz Falkner, die sie als Mädchen noch zu beherrschen vermocht hatte, schlug nun vollends über ihr zusammen.

Noch oft während der Reise stellte sie sich ihm in den Weg und sah ihn mit begehrlich funkelnden Augen an, Lutz Falkner war auch nur ein Mensch, war ein junger, gesunder Mann, und jede andere Frau hätte vielleicht ihr Ziel bei ihm erreicht, wenn sie so schön gewesen wäre wie Milda Herfort; aber das, was er einst für sie gefühlt, und das Schamgefühl, das er für sie empfand, machten ihn stark genug, sie immer wieder von sich abzuweisen.

Das steigerte aber nur ihr leidenschaftliches Begehren, und eines Abends, kurz vor dem Ende der Reise, konnte er sie nicht länger davon zurückhalten, daß sie sich ihm einfach als Geliebte antrug. Daraus, daß ihn das noch immer schmerzte, daß er außer sich war, weil sie sich so weit vergaß, erkannte er, daß er noch immer etwas für sie empfunden hatte. Mit diesem Antrag aber, der sie in seinen Augen noch tiefer erniedrigte als bisher, war sie restlos für ihn erledigt. Er erkannte nun erst ganz, was von der einstmals so heiß geliebten Frau zu halten war. Hätte sie zu ihm gesagt: mache mich frei von diesem Mann, dem ich mich zu eigen gab, ohne zu wissen, was ich damit auf mich nahm – das hätte er verstehen und vielleicht auch verzeihen können! Niemals aber hätte er sich dazu verstanden, das Gewesene erneut aufleben zu lassen. Welche Niedrigkeit des Charakters verriet es doch, daß sie bereit war, ihren Mann zu betrügen, und ihn doch seines Reichtums wegen, und weil er ihr Glanz und Luxus bot, nicht aufgeben wollte.

Er fühlte sich auf einmal ganz frei von ihr!

Ruhig und kühl sagte er ihr das, mit einem leisen verächtlichen Unterton. Das machte sie fast wahnsinnig. Ihre Augen sprühten förmlich Haß, und sie stieß unbeherrscht hervor:

»Hüte dich! Du beleidigst mich mit dieser Zurückweisung, meine Liebe könnte sich dadurch in das Gegenteil verwandeln!«

Er zuckte nur mit den Achseln.

»Das wäre jedenfalls viel besser für Sie und für mich, gnädige Frau. Mit Ihrem Haß gedenke ich schon fertig zu werden.«

»Sie wissen nicht, wozu eine beleidigte Frau fähig ist.«

Fast traurig sah er sie an.

»Es kann Sie kein Mensch schlimmer kränken und beleidigen, als Sie es eben selbst getan haben.«

Damit ließ er sie abermals stehen. Sie ballte die Hände zu Fäusten, und ihre Augen sprühten förmlich Funken.

Sie wollte oder konnte es nicht begreifen, daß sie kein Recht mehr haben sollte an diesen Mann. War er doch einmal ganz ihr eigen gewesen mit allen seinen Sinnen, mit seinem Fühlen, seinem Denken.

Ganz ihr eigen!

Konnte so etwas jemals aufhören?

III

Malve Renard hatte sich ganz gut bei ihren Verwandten eingelebt. Der herbste und heftigste Schmerz um den Verlust des Vaters war überwunden. Kätes heitere Gesellschaft war ein Segen für sie. Fleißig betrieben die beiden jungen Damen ihre Sprachstudien und förderten einander sehr.

Eines Tages sagte Malve lächelnd zu Käte:

»Wenn du weiter solche Fortschritte machst, weiß ich schon, wie du deine Sprachkenntnisse eines Tages, wenn es für dich nötig sein sollte, verwerten kannst.«

Malve lächelte ein wenig. Dann fuhr sie ruhig und sachlich fort:

»Der Theaterverlag Renard & Sohn, der nun unversehens an eine Tochter gefallen ist, hat sehr viele fremdsprachliche Verpflichtungen. Meinst du nicht, daß du, wenn später einmal ein Broterwerb für dich nötig sein sollte, im Verlag Renard & Sohn recht gut gebraucht werden könntest.«

Käte sprang auf, und ihr Heft flog über den Tisch hinüber.

»Malve! Mein Gott, das kann doch nicht dein Ernst sein?«

»Warum nicht?«

Käte fiel wieder in ihren Sessel zurück.

»Ach, das geht doch nicht!« rief sie, als wehre sie sich gegen eine verlockende Aussicht, die sich jedoch niemals verwirklichen ließe.

»Ich frage dich nochmals, warum nicht?« fragte Malve lächelnd.

Es stieg Käte im Halse empor, als müsse sie ersticken.

»Nein, nein, das kann nicht sein, dazu gehört doch mehr, als ich jemals werde leisten können.«

»Ich bin überzeugt, daß du sehr viel leisten kannst mit deiner Gewissenhaftigkeit, deinem Fleiß und deiner Energie. Ich habe mir alles reiflich überlegt, ehe ich davon sprach, und ich frage dich noch ein drittes Mal: warum nicht?«

Käte stützte den blonden Kopf in die Hand, und ihre tiefblauen Augen wurden fast schwarz vor Erregung.

»Ist das wirklich dein Ernst?«

»Aber selbstverständlich.«

Käte lachte ein wenig.

»Ach Malve – das wird wohl nicht von dir abhängen, deine beiden allmächtigen Prokuristen werden ganz anderer Ansicht sein als du.«

Malve schüttelte den Kopf.

»Wenn ich etwas ernstlich will, werden sie sich meinen Wünschen fügen müssen, und wenn nicht eher, dann bestimmt, nachdem ich mündig geworden bin. Dann habe ich in allen Dingen das erste und letzte Wort. Glaube nur nicht, daß ich meinem großen Betrieb vollkommen fremd gegenüberstehe, ich habe mich mit Vaters Hilfe viel gründlicher eingearbeitet, als jemand ahnt. Bitte, sprich auch du nicht darüber. Ich will dich nur beruhigen, Käte, denn ich merke, du sorgst dich viel mehr um deine Zukunft, als es nötig ist.«

Käte schluckte ihre Erregung hinunter und sah staunend zu Malve hinüber.

»Weißt du, ich komme mir furchtbar töricht vor, wenn ich bedenke, wie falsch ich dich eingeschätzt habe. Manchmal redest du so klug und sachlich, daß ich geradezu staunen muß. Und nun – eine so herrliche Aussicht eröffnest du mir! Ich könnte heulen und lachen zu gleicher Zeit. Malve – würdest du es wirklich befürworten, daß ich einmal eine Anstellung in deinem Verlag bekomme?«

»Da du so energisch abgewehrt hast, später als Gast in meinem Haus mit mir zu leben, was du garstigerweise als Gnadenbrot bezeichnet hast, werde ich wenigstens dafür sorgen dürfen, daß du deine Kraft und deine Kenntnisse in unserem Verlag verwerten kannst. Das steht für mich schon ganz fest.«

Da sprang Käte wieder auf und herzte und küßte Malve, bis sie atemlos war. Malve war inzwischen schon an derartige spontane, mit allerlei kleinen Ruppigkeiten abwechselnden Liebkosungen von seiten Kätes gewöhnt, so daß sie lächelnd stillhielt.

»Malve, was tue ich nur, um meiner Freude würdigen Ausdruck zu geben? Ich kann doch nicht kopfstehen, wonach mir momentan sehr zumute ist. Also das ist wirklich dein Ernst? Ich soll in dem weltberühmten Theaterverlag Renard & Sohn mitarbeiten dürfen, als nützliches, vollwertiges Mitglied? Sag mir das noch einmal, Malve.«

Malve mußte lachen.

»Ich werde mich hüten! Weißt du, wir beide werden demnächst einmal den Verlag besuchen und uns ein wenig umsehen, was da alles geleistet wird. In einige Abteilungen hat Vater mich eingeweiht – und ich glaube, das sind die wichtigsten. Wir lassen uns von einem Prokuristen unterrichten, welche Stellungen mit fremdsprachlichen Kenntnissen ausgefüllt werden können. Dann suchen wir etwas Passendes für dich aus, und du kannst dich dann in aller Ruhe darauf vorbereiten, das halte ich für das einfachste.«

Käte blähte sich förmlich vor Stolz:

»Das ist ja wundervoll! Wie ich mir schon vorkomme. Hergott, Malve, das ist eine herrliche Idee von dir. Und wenn du glaubst, ich setze nicht alles daran, um als vollwertige Mitarbeiterin des Verlages wirken zu können, dann kennst du mich schlecht.«

»Ich glaube, kleine Käte, ich kenne dich sehr gut«, sagte Malve mit einem Lächeln, das eine leise Überlegenheit verriet und das Käte wieder einmal zeigte, wie falsch sie alle Malve eingeschätzt hatten.

Käte sprang auf und tanzte im Zimmer umher. Dann

blieb sie vor Malve stehen und sagte ganz ernst und weich:

»Du, Mutter muß ich das erzählen dürfen, sonst keinem Menschen. Sie sorgt sich doch heimlich sehr um meine Zukunft. Wie herrlich, daß ich ihr diese Beruhigung mitteilen kann. Darf ich es Mutter sagen?«

Malve sah ein wenig beklommen aus.

»Aber, bitte, Käte. Sorge jedoch dafür, daß Tante Magda mir nicht etwa dankt, es macht mich nämlich nichts verlegener als ein Dank für etwas Selbstverständliches.«

»Also gut, mein Schatz, du sollst nicht mit Dankeshymnen belästigt werden, auch von mir nicht. Daß ich dir dankbar bin und Mutter es auch sein wird, versteht sich ganz von selbst, ohne daß wir viel davon reden.«

»Ich bin von Herzen froh darüber, Käte, daß ich euch ein wenig vergelten kann, daß ihr mich so gut aufgenommen habt.«

Sollten wir vielleicht nicht, Malve? Schließlich bist du doch die Tochter von Vaters Schwester und – Blut ist dicker als Wasser. Und was willst du uns schon vergelten? Was tun wir denn für dich?«

Malves Hand stahl sich in die der Kusine. Sie war noch immer sehr sparsam mit solchen kleinen Liebkosungen, aber Käte wußte, wie schwer so etwas bei ihr wog.

»Ihr habt mich lieb und laßt mich meine Vereinsamung niemals fühlen. Ist das nicht sehr viel, was ihr für mich tut?«

»Aber Malve, kann man denn anders, als dich liebhaben?«

»Ach, ich bin doch ein so unbeholfener, unbedeutender Mensch.«

Prüfend sah Käte ihr in die Augen.

»Na weißt du – ganz ehrlich – ein bißchen unbeholfen und

schüchtern bist du schon, wenn man bedenkt, daß du die Besitzerin eines großen Theaterverlages bist, aber unbedeutend? Daß du das nicht bist, habe ich schon längst herausgefunden, wenn meine Angehörigen sich auch noch nicht zu dieser Einsicht durchgerungen haben. Mutter vielleicht noch am ehesten. Vater kennt dich noch viel zu wenig. Am begriffsstutzigsten ist Richard, der dich für ein naives Wickelkind hält. Nun ja, ich bin ja auch am meisten mit dir zusammen, und Mutter kommt gleich an zweiter Stelle. Vater und Bruder sind überdies Männer, die von uns Frauen nicht allzu viel halten. Richard hat höchstens eine Spur von Begriff, daß seine Ruth ein weibliches Ausnahmewesen ist, weil er sie eben liebt. Alle anderen Frauen erscheinen ihm höchst unbedeutend – nicht etwa im bösen Sinn. Das sind so anerzogene männliche Vorurteile, die durch Jahrhunderte gezüchtet worden sind und sich nicht leicht ausrotten lassen. Aber lassen wir ihm seine Ansicht, wir werden ihn schon bekehren. Ich freue mich schon darauf, ihm eines Tages sagen zu können: ›Ich arbeite im Verlag Renard & Sohn.‹ Da wird er Augen machen!«

Malve mußte lachen.

»Ich gönne es dir, daß du ihm dann sehr imponieren wirst, Käte.«

Diese sprang auf.

»Jetzt muß ich schnell auf einen Sprung hinüber zu Mutter, Malve; warum soll ich ihr Sorgenbündel nicht gleich leichter machen? Ich garantiere dir aber; daß sie dir nicht mit Dankesbezeugungen zu Leibe rückt. Und ich bin gleich wieder da, weil ich doch mein Pensum noch erledigen muß. Jetzt heißt es, doppelt fleißig arbeiten.«

Und sie huschte hinaus und blieb ein Viertelstündchen fort. Während dieser Zeit sah Malve sinnend vor sich hin und überlegte, wie sie ihren Verwandten sonst noch ein wenig helfen könnte, sich das Leben etwas leichter zu machen. Schwierig war es nur, es so einzurichten, daß sie nicht merkten, daß sie ihnen Wohltaten erweisen wollte. Das durfte nicht sein. Es mußte immer aussehen, als wenn sie alle Erleichterungen nur ihretwegen traf.

Hier und da hatte Malve schon eingegriffen in das Getriebe des Haushaltes. Aber das war ihr noch nicht genug. Wozu war sie so reich, wenn sie nicht davon Gebrauch machen konnte, um den wenigen Menschen, die zu ihr gehörten, das Leben ein wenig zu erleichtern?
Jetzt stand Weihnachten bevor. Da konnte sie schon einmal unverfänglich heimliche Wünsche erfüllen. Käte hatte sie schon allerlei abgelauscht, wenn sie in ihrer impulsiven Art ausrief: »Wenn ich erst mal Reichtümer erworben habe, dann kaufe ich mir dieses oder jenes, oder dann tue ich das und das.« Alle diese, wie Käte meinte, vorläufig unerfüllbaren Wünsche hatte Malve sich notiert.

Und sie begann schon seit geraumer Zeit einzukaufen und zu bestellen. Das meiste mußte sie telefonisch erledigen, da sie nur selten allein ausging. War sie einmal allein im Haus, rief sie in ihr bekannten Geschäften an, die auch nach Grundhof alles Nötige auf telefonische Bestellung geliefert hatten. Von Onkel Heinrich hatte sie sich einen Scheck in einer Höhe ausstellen lassen, daß der alte Herr erschrocken fragte: »Was willst du denn mit dem vielen Geld, Malve?«

Sie hatte gelacht. »Vor Weihnachten stellt man keine unbequemen Fragen, Onkel Heinrich.«

Da hatte er sich gefügt, denn Malve hatte das sehr ruhig und bestimmt gesagt und dabei gar nicht schüchtern und unbeholfen ausgesehen.

Mitte Dezember traf Lutz Falkner in Berlin ein und wurde von seinem Freund Richard auf das herzlichste begrüßt. Die beiden Freunde hatten einander viel zu sagen und zu fragen, und so erfuhr Richard Cornelius auch, daß Lutz auf dem Dampfer mit Herrn und Frau Herfort zusammengetroffen war. Besorgt sah er den Freund bei dieser Nachricht an, aber dieser machte sogleich eine schroffe, abwehrende Bewegung.

»Du brauchst nichts zu befürchten, Richard; was vielleicht noch nicht ganz in mir erstorben war, hat diese Frau durch ihr unwürdiges Verhalten ausgelöscht. Laß mich nicht weiter darüber sprechen – aber sei versichert, daß ich mit ihr vollständig fertig bin.«

Richard schüttelte ihm die Hand.

»Das freut mich für dich, Lutz! Und nun sage mir, wie du dich zum Vorschlag bezüglich meiner Base stellst.«

Ein tiefe Röte stieg in Lutz Falkners Stirn.

»Warte damit, Richard, bis ich Malve Renard kennengelernt habe. Daß ich sie nicht lieben werde, erscheint mir nach deinen Angaben viel zu sicher, als daß ich meine Einwilligung davon abhängig machen würde. Aber – sympathisch muß sie mir sein, ich muß wissen, daß ich ohne Überwindung eine Ehe mit ihr führen kann. Wenn das nicht der Fall sein sollte, dann können mich auch alle Verlockungen, die für mich in deinem Plan liegen, nicht dazu bringen, sie um ihre Hand zu bitten. Also laß uns vorläufig nicht mehr darüber sprechen.«

»Gut, Lutz, ich werde dich nicht weiter damit behelligen. Sieh dir Malve an, und dann entscheide. Du weißt selbst, daß niemand besser an diese Stelle paßt als du. Lediglich davon bin ich ausgegangen. Daß Malve an deiner Seite gut aufgehoben ist, weiß ich bestimmt; vielleicht gerade, weil dich Milda Herforts Treuebruch, wie du annimmst, um deine Fähigkeit zu lieben gebracht hat, wird sie nicht zu befürchten brauchen, daß du dein Herz einer anderen zuwendest.«

»Nein, das ganz bestimmt nicht. Also warte, bis ich sie kennengelernt habe.«

»Gut! Jedenfalls freue ich mich sehr, daß du zurückgekommen bist.«

»Ja, denke dir, ich wurde vom Heimweh hin und her gerissen. Kannst du das glauben? Da hält man sich für einen ganz abgeklärten, vernünftigen Menschen, und plötzlich packt einen wie ein Kind das Heimweh, diese unerhörte Sehnsucht nach dem angestammten Land, nach der vertrauten Atmosphäre. Ich wäre auch ohne deinen Brief zurückgekommen – allerdings wahrscheinlich etwas später. Ich wollte mir nur nicht eingestehen, daß das Heimweh mich so quälte. Aber dein Brief war mir doch ein Anlaß zu einer Entschuldigung für mich selbst. Herrgott, Richard – wenn ich wirklich imstande wäre, an die Spitze dieses Verlages zu kommen – heiß kann mir bei diesem Gedanken werden.«

Richard faßte ihn lachend und doch ergriffen bei den Armen.

»Ich wußte, daß dich der Gedanke packen würde. Und ich weiß, daß keiner so gut für diese Stellung paßt wie du. Aber – nun mußt du gleich mit mir zu Ruth kommen. Du kennst ja meine Braut noch nicht. Wir treffen sie jetzt bestimmt zu Hause an, und – dann gehen wir zu meiner Mutter – zu Malve Renard. Fein, daß du nun schon zum Christfest da bist. Du mußt es mit uns feiern.«

»Ich möchte aber auf keinen Fall bei der Familienfeier stören.«

»Von dergleichen ist keine Rede, wir alle freuen uns auf deinen Besuch. Ich feiere am Heiligen Abend erst mit Ruth und ihrem Vater. Inzwischen begibst du dich schon zu meinen Eltern, wir kommen dann alle drei später ebenfalls dahin. Doch das besprechen wir noch.«

Und Lutz Falkner mußte erst mit zur Villa Helmer fahren, wo die beiden Herren schon von Ruth und ihrem Vater erwartet wurden. Lutz Falkner wurde herzlich begrüßt, und die schlanke, lebhafte Ruth mit dem kastanienbraunen lockigen Haar und den frohsinnigen grauen Augen gefiel ihm sehr. Sie war auch gleich sehr freundlich zu ihm.

»Da Sie Richards bester Freund sind, Herr Doktor, müssen wir uns unbedingt vertragen und gleichfalls gute Freunde werden. Sonst gibt das allerlei Komplikationen, und dafür bin ich nicht. Hier ist meine Hand – auf gute Freundschaft«, sagte sie gleich bei der Begrüßung.

Er sah sie mit einem warmen, herzlichen Blick an.

»Ich danke Ihnen für diese Begrüßung, mein gnädiges Fräulein, und was an mir liegt, soll geschehen, damit wir uns immer gut vertragen.«

Und sie plauderten gleich sehr vertraut und vergnügt miteinander. Da Richard den beiden gegenseitig viel voneinander erzählt hatte, waren sie sich auch gar nicht fremd.

Herr Helmer zeigte sich Lutz von seiner angenehmsten Seite, und man verplauderte eine halbe Stunde miteinander. Lutz wurde aufgefordert, zum Tee zu bleiben, aber Richard berichtete, daß er mit dem Freund bei seiner Mutter erwartet würde.

So verabschiedeten sich die beiden jungen Herren und fuhren zur Wohnung von Richards Eltern.

Dort wurden sie von Richards Mutter und seiner Schwester Käte zum Tee erwartet. Beide Damen kannten Lutz

Falkner schon von früher und begrüßten ihn herzlich. Mit Käte neckte er sich ein wenig, erklärte ihr, sie sei gewachsen und sehr viel hübscher geworden. Käte konstatierte dagegen, Doktor Falkner habe hohle Wangen und nicht mehr so lustige Augen wie früher. Obwohl sie nicht ahnte, was ihn aus der Heimat getrieben hatte, merkte sie jedoch, daß er sehr viel ernster geworden war.

Lutz Falkner erwiderte:

»Mir hat Ihre anregende Gesellschaft gefehlt, mein gnädiges Fräulein.«

Sie zuckte mit den Achseln.

»Warum nennen Sie mich plötzlich so stocksteif ‚gnädiges Fräulein'? Sind wir uns so fremd geworden?«

»Darf ich denn noch wie früher Fräulein Käte zu Ihnen sagen?«

»Wenn Sie mich nicht kränken wollen.«

»Nein, das will ich gewiß nicht.«

»Na also – dann Schluß mit dem gnädigen Fräulein, sonst wird es sehr ungnädig.«

»Ja nicht!«

Inzwischen hatte Richard sich suchend umgesehen.

»Wo steckt denn Malve?«

»Auf ihrem Zimmer, sie hörte von Mutter, daß wir Besuch erwarteten, und da redete sie sich ein, sie würde stören. Du weißt doch, Richard, das ist so ein Komplex bei ihr, sich immer überflüssig zu finden.«

»Oh, es sollte mich sehr betrüben, die junge Dame vertrieben zu haben«, sagte Lutz etwas betreten.

»Laß nur, Lutz, ich hole sie schon herbei. Diesen Komplex müssen wir ihr unbedingt austreiben.«

Und ehe ihn jemand daran hindern konnte, war Richard hinaus und klopfte an Malves Tür. Zugleich rief er laut:

»Malve, du wirst zum Tee erwartet!«

Sie öffnete die Tür und sah ihn mit ihrem ruhigen, schüchternen Lächeln an.

»Ihr habt doch Besuch, Richard.«

»Mein alter Freund Lutz Falkner, der jetzt wieder sehr oft hier im Hause sein wird. Es kommt gar nicht in Frage, daß du dich dann jedesmal zurückziehst. Im übrigen will er dich auch gern kennenlernen.«

Sie ließ sich also von ihm fortziehen und trat an seiner Seite in das Wohnzimmer, in dem der Tee bereitstand.

Gespannt sah Lutz auf Malve und verneigte sich bei der Vorstellung tief vor ihr. Seine grauen, hell aus dem braunen Gesicht leuchtenden Augen trafen mit seltsam forschendem Ausdruck in die ihren. Und da lief plötzlich eine intensive Röte über Malves Wangen. Irgend etwas beunruhigte sie. Sie hatte ein Gefühl, als würde ihr plötzlich der Boden unter den Füßen weggezogen, und es erfaßte sie ein leichter Schwindel. Erschrocken schlug sie die Augen nieder, weil sie Lutz' Blick nicht zu ertragen vermochte. Infolgedessen machte sie wirklich einen sehr unbeholfenen Eindruck. Aber gerade diese Schüchternheit und Beklommenheit hatten etwas Rührendes. Lutz ahnte, fühlte, daß ihm hier ein Wesen gegenüberstand, das alle ritterlichen Instinkte in ihm weckte. Wie einem hilflosen Kind hätte er ihr am liebsten die Hände entgegengestreckt, um ihr über diese für sie sehr peinlichen Minuten hinwegzuhelfen.

»Es freut mich sehr, mein gnädiges Fräulein, die Base meines Freundes Richard kennenzulernen«, sagte er verbindlich, »er hat mir schon viel von Ihnen erzählt.«

Dabei streckte er ihr die Hand entgegen. Sie legte schnell die ihre in die seine, unwillkürlich zutraulich gemacht durch den warmen Klang seiner Stimme. Ein leises Lächeln, das ihm unbeschreiblich reizend und rührend erschien, spielte um ihren blaßroten Mund.

»Ach – von mir ist nicht viel zu erzählen«, sagte sie, sich tapfer gegen die heimliche Erregung wehrend, die sie bei seinem Anblick befallen hatte.

Frau Cornelius bat nun, am Teetisch Platz zu nehmen, und Käte plauderte dabei munter mit dem Gast. Malve begriff nicht, wo Käte den Mut hernahm, diesen Doktor Falkner vollkommen wie ihresgleichen zu behandeln. Er machte auf sie einen imponierenden, ja geradezu bezaubernden Eindruck, so daß sie das nie gewagt hätte.

Während Käte den Tee herumreichte, betrachtete Lutz Falkner Malve immer wieder und konnte seinerseits nicht begreifen, daß eine so reiche Erbin, daß eine Frau, der der größte Theaterverlag Berlins gehörte, so schüchtern und bescheiden sein konnte. Zuweilen hob sie den Blick zu ihm auf, aber er merkte sehr wohl, daß sie dann jedesmal ein wenig erschrak und schnell die Augen wieder senkte. Während er sie betrachtete, erschien sie ihm absolut nicht unsympathisch, im Gegenteil! Gerade weil sie so ganz anders war als Milda Herfort, gefiel sie ihm sehr gut. Er hatte das Gefühl, daß es nicht ohne Reiz sein müßte, dieses blasse, stille Geschöpf aufzumuntern und unter seinen Schutz zu nehmen.

Während er sich eingehend mit der jungen Dame beschäftigte, beobachtete Richard ihn unausgesetzt, um zu ergründen, wie Malve auf den Freund wirkte. Er konnte sich darüber jedoch nicht klarwerden, denn immer wieder wich Lutz seinem forschenden Blick aus.

Er hatte sich übrigens schon seine Meinung über Malve gebildet. Sie mußte ein sehr guter Mensch sein. Das ersah er aus der Art des Umgangs mit ihren Angehörigen.

Namentlich Käte schien eine sehr gute Meinung von der Kusine zu haben. Das wurde ihm ganz besonders klar, als diese bei Gelegenheit zu ihr sagte:

»Wenn du doch nicht so bescheiden sein wolltest, Malve, und nicht immer nur Rücksicht auf andere Menschen nehmen würdest. Du hast doch wahrlich allen Grund, zu verlangen, daß andere auf dich Rücksicht nehmen.«

Bei diesen Worten wurde Malve dunkelrot, und als ihre Augen in diesem Moment mit denen Lutz Falkners zusammentrafen, sah sie wieder hilflos erschrocken vor sich nieder und rührte verlegen in ihrer Teetasse. Dabei wurde ihre Hand sichtbar, und Lutz erkannte bewundernd, wie schöngeformt diese schlanke Mädchenhand war. Ein Gefühl, als müsse er diese beruhigend streicheln, stieg in ihm auf, und er hätte es sehr gern getan.

Allmählich aber taute Malve ein wenig auf, und ohne daß Käte es ahnte, erwies sie sich als Bundesgenossin ihres Bruders, indem sie Malve durch allerlei Neckereien immer mehr aus sich herauslockte. Immerhin machte diese keineswegs einen blendenden Eindruck, das mußte Richard leider konstatieren. Aber er ahnte nicht, daß gerade Malves stille, schüchterne Art zu Lutz Falkners Herzen sprach.

Dieser fragte sich, was wohl das Schicksal dieser reichen, jungen Erbin sein würde, fiele sie einem rücksichtslosen Mitgiftjäger in die Hände. Und er glaubte, sich zutrauen zu dürfen, daß er sie, obwohl er sie nicht liebte, nicht unglücklich machen würde.

Als er so weit in seinen Gedanken gekommen war, erschrak er ein wenig über sich selbst, weil er merkte, daß er im Innern schon ganz für Richards Plan gewonnen war. Es mußte doch nicht schwer sein, dieses stille, sanfte Geschöpf so liebzugewinnen, daß man ein Zusammenleben mit ihm erträglich, vielleicht sogar reizvoll finden würde. Das Gefühl, das Malve bei dieser ersten Begegnung in ihm auslöste, war mehr ein brüderliches als ein anderes; aber würde sie damit zufrieden sein? Ohne arrogant zu sein, mußte er doch bemerken, daß er einen ungewöhnlichen Eindruck auf sie machte. Das verrieten ihm ihr Erröten und Erblassen, ihre erschrocken niedergeschlagenen Augen. Und er ertappte sich schon bei dem Wunsch, er möchte ihr so gefallen, daß sie sich an den Gedanken gewöhnen könnte, eines Tages seine Frau zu werden.

Als die Teestunde vorüber war und die beiden jungen Herren sich verabschiedeten, äußerte Richard seiner Mutter gegenüber:

»Ich habe Lutz in deinem Namen aufgefordert, das Weihnachtsfest mit uns zu verleben. Bitte sag ihm doch noch, daß das ganz in deinem Sinne ist.«

Mit einem gütigen Lächeln nickte Frau Cornelius Lutz Falkner zu.

»Selbstverständlich, lieber Herr Doktor, wir wissen doch, daß Sie ganz allein im Leben stehen, und es wird uns eine Freude sein, Sie bei uns zu sehen.«

»Und überdies ist es doch eine Art Gewohnheitsrecht, Herr Doktor«, fügte Käte hinzu, »es ist doch nicht die erste Weihnacht, die Sie bei uns verleben. Aber das sage ich Ihnen gleich – eine Puppe nehme ich nicht mehr als Geschenk, das lasse ich mir jetzt nicht mehr gefallen.«

Sie mußten lachen; und Käte erzählte Malve, Doktor Falkner sei am ersten Weihnachtsabend, den er in ihrer Familie verlebt habe, mit einer großen Puppe für sie angekommen, weil er gemeint hatte, daß Richards »kleine Schwester« noch ein Kind sei.

»Und damit bin ich selbstverständlich bei Fräulein Käte

in Ungnade gefallen«, scherzte Lutz mit seinem warmen Lachen.

»Na, vielleicht nicht?« fragte Käte noch ganz empört. »Ich war damals bereits sechzehn. In diesem Alter wacht man doch eifrig über seine Würde als Dame.«

Malve sah mit einem seltsamen Ausdruck in Doktor Falkners Gesicht. Sie konnte sich nicht denken, daß sie diesem Mann jemals würde böse sein können. In ihrem jungen Leben war sie noch mit sehr wenig Männern in Berührung gekommen, und ganz gewiß noch mit keinem, der ihr so sehr gefallen hatte wie er. Auf dieses junge, unerfahrene Mädchen mußte ein Mann wie er unbedingt einen tiefen Eindruck machen. Das hatte Richard ganz richtig vorausgesehen.

Lutz bedankte sich herzlich für die Erlaubnis, den Weihnachtsabend hier in diesem Haus verleben zu dürfen. Dann entfernte er sich mit Richard.

Die beiden jungen Herren gingen eine ganze Weile stumm nebeneinanderher, und erst, als sie in eine besonders stille Straße kamen, fragte Richard erwartungsvoll:

»Nun, Lutz, wie gefällt dir meine Base?«

Dieser atmete tief auf.

»Viel zu gut, Richard.«

Dieser lachte ein wenig.

»Wie meinst du das? Es ist doch kein Fehler, wenn sie dir gut gefällt.«

»Vielleicht doch! Ich habe das Gefühl, daß die junge Dame sehr wohl geeignet ist, um ihrer selbst willen geliebt und begehrt zu werden, nicht nur, weil sie die Erbin eines großen Verlags geworden ist.«

»Aber das sind doch Spitzfindigkeiten! Wenn sie dir gut gefällt, ist doch alles in schönster Ordnung.«

»Es ist sehr wohl möglich, daß sie mir lieb und teuer werden könnte, aber – die richtige Liebe werde ich niemals wieder empfinden können.«

»Das kannst du nicht wissen. Oft schon sind Vernunftehen sehr glücklich ausgefallen, und mit einer Frau wie Malve muß man gut auskommen können, wenn man keine andere im Herzen hat.«

»Gewiß, das gebe ich zu. Aber immerhin ist es fraglich, ob sie einwilligen wird, meine Frau zu werden«, erwiderte Lutz.

Richard hatte seine Base so gut beobachtet, daß er nicht an ihrer Einwilligung zweifeln konnte. Er sagte aber nur:

»Das wird sich finden. Vergiß doch das große Ziel nicht, das dir winkt, Lutz, und auch nicht, daß du viel Großes und Gutes schaffen kannst an der Spitze dieses Verlags.«

»Ich lasse das bestimmt nicht außer acht, Richard. Aber, bitte, laß mir Zeit, meinen Entschluß zu fassen. Ich möchte Malve Renard jedenfalls erst näher kennenlernen, und dazu habe ich ja zum Glück die beste Gelegenheit.«

Damit mußte Richard sich vorläufig zufriedengeben, und schließlich hatte er von seinem tiefgründigen, gewissenhaften Freund zunächst auch nicht mehr erwartet.

IV

Malve war an diesem Abend froh, als sie endlich allein sein konnte. In Gesellschaft ihrer Verwandten war sie nicht dazu gekommen, etwas ruhig in sich ausklingen zu lassen, was in ihr durch die Bekanntschaft mit Lutz Falkner geweckt worden war. Als sie sich endlich zur Ruhe begeben hatte, lag sie regungslos da, mit weitgeöffneten Augen, die in das

Dunkel der Nacht starrten. Immer gewöhnt, sich Rechenschaft über sich selbst zu geben, fragte sie sich, weshalb sie diese Bekanntschaft so maßlos erregt, weshalb sie sich jedesmal bis ins Mark erschüttert gefühlt hatte, sooft Lutz Falkners Augen mit den ihren zusammentrafen. Ihr junges Herz war bis zu diesem Tag völlig unberührt geblieben, doch dieser Mann hatte es bis in seine Tiefen erregt. Warum? Was war an ihm so besonders, so ganz anders als bei allen anderen Menschen, mit denen sie bisher in Berührung gekommen war? Warum hatte ihr das Herz bis zum Halse hinauf geschlagen, weshalb war ihr zumute gewesen, als verliere sie den Boden unter den Füßen, als seine Hand die ihre fest und warm umschlossen hatte. Was war das für ein wundersames Gefühl, das von ihr Besitz ergriff, als sie ihm gegenübersaß?

Sie wagte nicht, sich eine Antwort darauf zu geben; schwer ging ihr Atem; unbewußt fühlte sie, daß Lutz Falkner ihr Schicksal sein würde.

Wie immer sehr bescheiden in ihrer Meinung über sich selbst, glaubte sie nicht, daß sie irgendeinen Eindruck auf ihn gemacht habe, aber sie war von dem innigen und leidenschaftlichen Wunsch beseelt, er möge gern an sie denken, möge nicht gleichgültig über sie hinwegsehen. Und nachdem sie eine Weile versucht hatte, ihre Gefühle zu erforschen, fragte sie sich plötzlich ganz schüchtern und verzagt:

Ist das vielleicht Liebe, was ich für ihn empfinde? Kann das Liebe sein, von der ich bisher nur in Büchern gelesen habe oder die ich nur auf der Bühne dargestellt sah, wenn ich mit Vater irgendeine Premiere besuchte?

So abgeschlossen sie der Vater auch sonst auf seinem Landgut gehalten hatte, nie hatte er versäumt, sie bei

Erstaufführungen der in seinem Verlag erschienenen Werke mit ins Theater zu nehmen. Sie saß dann mit ihm allein in einer Loge, und niemand ahnte, daß Georg Renard mehr Gewicht auf das Urteil seiner Tochter über ein neues Werk legte als auf das aller anderen Menschen. Niemand ahnte auch, daß Malve mit dem Vater zusammen alle eingereichten Stücke durchsah, selbstverständlich nachdem diese die erste Durchsicht bereits bestanden hatten. Ganz Untaugliches wurde sogleich von seinen angestellten Lektoren ausgeschieden. Aber was schließlich seiner Prüfung für wert befunden wurde, das machte er auch seiner Tochter zugänglich, um sie zu seiner Nachfolgerin heranzubilden. Und er hatte sich stets aufrichtig gefreut, wenn sein Urteil mit dem Malves übereinstimmte. Waren sie einmal verschiedener Meinung, dann konnte er sicher sein, das von ihr für gut Befundene setzte sich schließlich durch. So hatte er sich in den letzten zwei Jahren fast immer ihrem Urteil gefügt und war gut dabei gefahren. Woher dieses unerfahrene junge Mädchen ein so sicheres Urteil über Wert oder Unwert eines Stückes nahm, wußten weder der Vater noch sie selbst. Es hatte sich wohl ein sicherer Instinkt in der Familie weitervererbt.

Georg Renard war sehr stolz auf diese Begabung seiner Tochter, aber es machte ihm Vergnügen, niemandem etwas davon zu verraten. Zuweilen malte er sich mit einem vergnügten Lächeln aus, wie man nach seinem Tod staunen würde, wenn seine Tochter plötzlich sicher und erfahren über Annahme oder Zurückweisung eines Werkes entscheiden würde. Auch über seinen Tod hinaus hatte er Bestimmungen getroffen, daß alle Werke seiner Tochter vorgelegt werden sollten, sofern sie sich nicht als völlig untauglich erwiesen. Und immer sollte sie das entscheidende Wort haben, ob ein Werk angenommen oder abgelehnt werden sollte. Die beiden Prokuristen hatten dieser Bestimmung wegen allerdings die Achseln gezuckt. Was für ein Urteil sollte ein so junges, unerfahrenes Ding haben, das in jeder Hinsicht weltfremd erzogen worden war? Aber die Bestimmung des verstorbenen Chefs war selbstverständlich ausschlaggebend, und so erhielt Malve nach wie vor regelmäßig die großen, die Manuskripte enthaltenden Ledermappen zugestellt. Fragte man sie, was diese enthielten, lautete ihre Antwort regelmäßig: »Geschäftliche Dokumente, die ich als die derzeitige Besitzerin des Verlages durchsehen muß. Formsache; nichts weiter.«

Man fragte dann nicht mehr weiter.

Käte neckte sie zuweilen mit den »wichtigen Dokumenten«, aber auch sie hatte keine Ahnung, was es mit diesen auf sich hatte.

Selbstverständlich hatte Malve durch alle diese literarischen Werke viel von der Liebe Wesen und der Liebe selbst erfahren, mochte ihr Herz bisher auch noch unberührt geblieben sein. Aber heute in der Stille der Nacht fragte sie sich, heimlich erbebend, ob mit Lutz Falkner die Liebe in ihr Leben getreten sei. Warum nur war alles auf einmal vollkommen verändert? Sie vergrub das Gesicht in die Kissen und preßte die Hände auf das unruhig pochende Herz. Es war kein »Himmelhochjauchzen« in ihrer Seele; nein, eher eine dumpfe Angst vor dem Flügelschlag des Schicksals. Neunzehneinhalb Jahre war sie alt geworden, ohne an sich selbst das Wunder der Liebe erlebt zu haben – war es jetzt in ihr Dasein getreten? Trug ihr Schicksal die energischen Züge Lutz Falkners, lag es in seinen grauen gütigen Augen, in seinem warmen Lächeln, in seiner weichen, sonoren Stimme?

Sie fand keine Antwort auf diese Frage, die sie sich zitternd und heimlich erbebend stellte. Und doch beseligte sie ein süßes, traumhaftes Empfinden, und sie wußte, daß sie sich danach sehnte, Lutz recht bald wiederzusehen.

Endlich war sie dann doch eingeschlafen. Als sie am nächsten Morgen erwachte, lag sie eine Weile mit offenen Augen träumend da. Sie fühlte, seit gestern war etwas in ihrem Leben anders geworden.

Schnell erhob sie sich, gleichsam angefüllt mit neuer Lebensfreude. Wie gewöhnlich nahm sie nach ihrer Morgengymnastik ein Bad, kleidete sich an und ging in das Wohnzimmer hinüber, wo Onkel und Tante bereits beim Frühstück saßen. Gleich nach ihr erschien auch Käte, frisch und fröhlich wie immer und stets eine harmlose Neckerei auf der Zunge.

Während des Frühstücks erklärte Malve, sie müsse ausfahren, um Einkäufe zu machen. Käte sah sie lachend an.

»Schon wieder Einkäufe? Mein Gott, Malve, du willst wohl dem Weihnachtsmann Konkurrenz machen?«

Auch Malve lachte.

»Wenn irgend möglich, ja!«

»Schade, daß ich nicht dabei sein kann, es würde mir sehr viel Vergnügen machen.«

»Artige Kinder bleiben hübsch zu Hause und warten ab, was der Weihnachtsmann ihnen bringt.«

Mit strahlenden Augen sah Käte sie an.

»Soll das vielleicht heißen, daß du auch mir etwas aufbauen willst?«

»Allerdings, ein paar Kleinigkeiten werde ich wohl auch für dich finden.«

Ein wenig besorgt sah der Onkel sie an.

»Gib nur nicht zuviel Geld aus, wenigstens nicht für uns, Malve, das kann ich als dein Vormund nicht verantworten.«

Malve lachte ihn ein wenig aus.

»Ach, Onkel Heinrich – dagegen kannst du nichts mehr tun – den Scheck hast du mir ja bereits ausgeschrieben.«

»Aber – all das viele Geld wirst du doch nicht ausgeben wollen, davon wirst du doch auch in den nächsten Monaten die Ausgaben für deine Garderobe bestreiten?«

»Ausgeschlossen – nicht ein Pfennig soll davon übrigbleiben.«

»Aber Malve, du sagtest mir doch, daß du auch Anschaffungen für dich davon machen wolltest.«

Fast übermütig nickte sie ihm zu.

»Richtig – einige Paar Handschuhe und Strümpfe werden auch für mich abfallen.«

»Aber – so war das doch nicht gemeint?«

»Ich habe es aber so gemeint, Onkel Heinrich, ich wollte nicht erst ein hochnotpeinliches Verhör bestehen, was ich mit dem Geld anfangen würde. Für meine Garderobe werde ich pünktlich an jedem Monatsersten mein Nadelgeld bei dir kassieren.«

»Aber Malve, du wirst doch nicht etwa für uns soviel Geld ausgeben?«

Sie streichelte seine Hand.

»Nicht mehr, als ich verantworten kann, sei ganz beruhigt.«

»Ich weiß nicht, ob ich mich dabei beruhigen kann.«

»Ganz bestimmt, Onkel Heinich.«

Er legte seine Gabel nieder und atmete tief auf.

»Ich möchte nur wissen, was dein Vater sagen würde, wüßte er, daß wir uns von dir beschenken lassen.«

Sie legte den Arm um seinen Hals.

»Er würde es gut und richtig finden, wenn ich versuche, euch meinen Dank durch ein paar kleine Geschenke zu beweisen, denn – abtragen kann ich ihn dadurch sowieso nicht. Laß mir doch die Freude, Onkel Heinrich, von meinem Reichtum den einzig richtigen Gebrauch zu machen. Ich gehöre jetzt doch zu euch – kein anderer Mensch steht mir näher als ihr!«

Er sah zu ihr auf und strich über ihr goldbraunes Haar, das in weichen Wellen ihren feinen Kopf umgab.

»Gutes Kind – da muß man allen Widerspruch aufgeben. Also tu, was dir Freude macht.«

Sie nickte ihm lächelnd zu und streichelte seine Hand. Noch immer stellte sie sich bei solchen kleinen Liebkosungen etwas unbeholfen an, aber gerade deshalb wirkten sie so wertvoll, weil man merkte, sie gab sie nicht gedankenlos und flüchtig.

Malve bestellte ihr Auto und fuhr nach dem Frühstück weg. Im Wagen sah sie ihren Notizzettel durch, um dem Chauffeur Bescheid zu geben, wohin er sie fahren sollte. Zuerst hatte sie ihm ein Geschäft angegeben, in dem Schreibmaschinen verkauft wurden.

Hier erstand sie für Käte eine Schreibmaschine, denn diese hatte kürzlich ausgerufen:

»Wenn man doch die Kosten für eine Schreibmaschine erschwingen könnte. Ich möchte zu gern alle meine schriftlichen Aufgaben damit erledigen. Wenn ich mal reich bin, kaufe ich mir bestimmt eine!«

Und dann hatte sie Malve gefragt:

»Wenn ich im Verlagshaus Renard & Sohn angestellt bin, werde ich dann eine Schreibmaschine zur Verfügung haben?«

»Ganz gewiß, Käte, das ist doch selbstverständlich«,

hatte Malve geantwortet, obwohl sie keine Ahnung hatte, ob alle Angestellten ihres Verlages eine Schreibmaschine zur Verfügung hatten.

Also kaufte sie eine schöne, praktische Maschine und bestimmte, wohin diese geschickt werden sollte. Gerade, als sie bezahlte, betrat ein hochgewachsener, schlanker Herr das Geschäft. Malve zuckte zusammen – sie erkannte sofort Lutz Falkner. Er trug seine kleine Reiseschreibmaschine im Futteral und stellte sie auf den Tisch. Er wollte eine kleine Reparatur vornehmen lassen. Ohne auf die junge Dame zu achten, sagte er dem Verkäufer, was mit der Maschine geschehen sollte. Malve zitterte die Hand ein wenig, mit der sie das Geld, das sie herausbekommen hatte, in ihre Geldtasche stecken wollte. Ein silbernes Fünfmarkstück rollte dabei direkt vor Lutz Falkners Füße. Er bückte sich schnell, hob es auf und wollte es der jungen Dame artig überreichen. Erst in diesem Moment erkannte er sie. Überrascht sah er sie an.

»Verzeihen Sie, mein gnädiges Fräulein, daß ich Sie nicht begrüßt habe, ich habe Sie nicht erkannt.«

Sie war tief errötet und lächelte ihr hilflos schüchternes Lächeln. Was sie erwidern sollte, wußte sie vor lauter Verwirrung nicht. Er merkte es ihr an, und ihre Verlegenheit mußte ihm verraten, daß sie ihm nicht gleichgültig gegenüberstand. Er mußte ihr helfen, das sah er ein. Unbefangen lächelnd, sagte er daher:

»Sie haben Weihnachtseinkäufe gemacht?« Aufatmend nickte sie ihm zu.

»Ja, Käte wünscht sich eine Schreibmaschine – diesen Wunsch möchte ich ihr gern erfüllen.«

»Da wird sie sich sehr freuen. Man gewöhnt sich schnell an so eine Maschine. Ich muß leider meine hier in Reparatur geben, irgendwie ist sie auf der Reise beschädigt worden. Aber mein Auftrag hier ist erledigt, genau wie der Ihre. Darf ich Sie zu Ihrem Wagen führen, gnädiges Fräulein?«

»Das ist sehr freundlich von Ihnen«, sagte sie befangen.

Sie verließen das Geschäft, und Malve fragte sich, wie sie es wohl anfangen könnte, die Begegnung mit ihm ein wenig zu verlängern. Wieder berührte sie der warme Klang seiner Stimme wie eine Liebkosung. In der Angst, daß er sich schnell verabschieden könnte, fand sie nicht gleich das rechte Wort, ihn zu halten. Und weil sie das unbedingt tun wollte, fragte sie plötzlich:

»Wohin führt Sie Ihr Weg, Herr Doktor – vielleicht kann ich Sie ein Stück mitnehmen.«

Kaum war das heraus, da erschrak sie darüber. Mein Gott, wie konnte sie ihm ein solches Anerbieten machen? Was sollte er von ihr denken?

Er merkte feinfühlig, daß ihr Bedenken kamen, aber es war auf jeden Fall verlockend für ihn, noch ein Weilchen mit ihr zusammensein zu können.

»Sie sind außerordentlich liebenswürdig, gnädiges Fräulein. Aber ich möchte Ihnen nicht lästigfallen. Ich bin auf dem Weg in die Leipziger Straße, wo ich einige Einkäufe machen will.«

Sie hatte sich wieder gefaßt und wandte sich an den Chauffeur.

»Wo fahren wir jetzt hin?« fragte sie ihn.

Und der Chauffeur erwiderte prompt:

»Leipziger Straße, zu Mädler.«

Schüchtern sah sie zu Lutz auf.

»Also – dann kann ich Sie doch ein Stück mitnehmen.«

Lachend verneigte er sich.

»Ich nehme es um so dankbarer an, als ich ebenfalls bei

Mädler einkaufen wollte.«

Sein Lachen beruhigte sie. Schnell stieg sie in den Wagen und machte ihm neben sich Platz. Er stieg ebenfalls ein, und das Auto fuhr an. Lutz Falkner begann sogleich ein völlig unbefangenes Gespräch, um ihr aus der Verlegenheit zu helfen, in die sie geraten war vor Schrecken darüber, daß sie es gewagt hatte, die Initiative zu ergreifen. Und sie ging bereitwillig darauf ein. Sie berichtete ihm, sie wolle Handtaschen für Käte und Tante Magda kaufen. Das las sie von ihrem Notizzettel ab.

»Soll das alles der Weihnachtsmann bringen?« fragte er lächelnd, auf den Zettel deutend, der über und über mit Notizen aller Art bedeckt war.

Sie nickte.

»Ja, das sind meine letzten Besorgungen für das Fest. Und fast alles ist für Käte. Deshalb mußte ich allein einkaufen gehen. Käte soll doch überrascht werden, bei den Besorgungen für die anderen hat sie mir oft geholfen, so war es leichter für mich. Aber – ich bin ein wenig unbeholfen. Ich habe selten allein eingekauft. Frau von Heims, unsere Hausdame, die auf unserem Landgut alles in Ordnung hält, wollte ich deswegen nicht extra in die Stadt bemühen. Sie hat selbst alle Hände voll zu tun, da sie alle unsere Leute beschenken muß. Das macht viel Arbeit, früher habe ich ihr dabei geholfen. Aber nun muß sie alles allein erledigen; man muß ja schließlich einmal selbständig werden.«

Er zögerte einen Moment, dann sagte er schnell:

»Darf ich Ihnen ein wenig behilflich sein?«

Erschrocken sah sie zu ihm auf.

»Oh, Ihre Zeit ist doch viel zu kostbar für solche Dinge.«

Er lachte.

»Momentan weiß ich gar nichts Besseres mit meiner Zeit

anzufangen. Vorläufig bin ich ja noch stellenlos und muß mir erst wieder Arbeit suchen.«

Ihre bernsteinfarbenen Augen öffneten sich weit und erstaunt.

»Ach – verzeihen Sie –, ich weiß ja gar nicht, welchen Beruf Sie haben, darüber habe ich noch gar nichts gehört.«

Er lächelte.

»Ich habe mit Richard Cornelius zusammen meinen Doktor phil. gemacht, aber während er gleich eine feste Anstellung bekam, mußte ich zuerst in New York eine Stellung in einem Zeitungsverlag annehmen.«

»Als Redakteur?« fragte sie interessiert.

»Ganz recht. Aber meine Stellung sagte mir nicht besonders zu – man lernte mich dort erst schätzen, als ich meine Position aufgab, um nach Deutschland zurückzukehren.

»Es gefiel Ihnen drüben nicht?«

Er atmete tief auf.

»Ich wurde von Heimweh geplagt, das muß ich zu meiner Schande gestehen.«

»Oh, es ist doch keine Schande, wenn man seine Heimat liebt.«

Es zuckte humorvoll um seinen ausdrucksvollen, energischen Mund.

»In unserem prosaischen und sehr sachlichen Zeitalter darf man solchen Gefühlen eigentlich nicht mehr nachgeben.«

»Das wäre sehr schade.«

Forschend sah er sie an, und dann sagte er:

»Ich freue mich, daß auch Sie das finden. Bei einer Frau liebe ich weder Prosa noch kühle Sachlichkeit.«

»Aber viele Frauen müssen sich heute im Lebenskampf darauf einstellen.«

Überrascht sah er sie an. Er staunte, daß sie davon sprach. Was wußte diese verwöhnte junge Erbin vom Lebenskampf? Aber sie plapperte wohl nur nach, was sie zufällig gehört hatte.

»Ja, wenn eine Frau darauf angewiesen ist, sich selber durchzusetzen, muß man selbstverständlich auch ihr dergleichen zubilligen. Aber es ist schade darum, daß unsere Zeit der Frau nicht mehr gestattet, nur Frau zu sein.«

»Ja, das finde ich auch. Denken Sie, meine Kusine Käte hat ebenfalls keine größere Sorge, als wie sie sich eines Tages ihren Unterhalt selbst verdienen kann.«

»Wird sie das nötig haben?«

»Da sie mein Angebot, in meinem Haus zu leben, kurzerhand damit abgewiesen hat, daß sie kein Gnadenbrot essen möchte, wird der Fall eintreten, sobald mein Onkel entweder abgebaut wird oder sonst nicht mehr für sie sorgen kann. Sie bereitet sich sehr ernsthaft darauf vor, ihre Sprachkenntnisse nützlich zu verwerten. Sie ist sehr tapfer. Aber zum Glück werde ich imstande sein, ihr ein wenig zu helfen – ich habe ihr versprochen, sie in meinem Verlag anzustellen, wenn es soweit ist.«

Das klang so ruhig und bestimmt, daß er sie forschend betrachtete. Und noch mehr staunte er, als er sich mit ihr darüber unterhielt, wie sie es sich gedacht habe, Käte zu beschäftigen.

»Ich habe sie, sobald ich mündig bin und mich um die Führung des Verlages kümmern muß, für den Posten einer Sekretärin in meinem Privatbüro vorgesehen.«

Mit großen Augen sah er sie an.

»Haben Sie denn die Absicht, selbst im Verlag tätig zu sein?«

Sie wurde unter seinem erstaunten Blick rot. Und dann

lachte sie ein wenig verlegen.

»Man muß sich doch wenigstens den Anschein geben, als kümmere man sich um die laufenden Geschäfte. Und – wenn ich Käte dann als Sekretärin bei mir habe, dann – nun ja – dann sieht das doch gleich etwas ernsthafter aus.«

Er dachte bei sich: Ach so, diese junge Erbin betrachtet ihren Verlag sozusagen als Spielerei.

Er konnte sich nicht enthalten zu sagen:

»Es wäre aber bestimmt gut, würde an die Spitze Ihres Verlages eine Persönlichkeit gestellt, die – so wie es Ihr Herr Vater getan hat, ihr ganzes Wissen und Können dafür einsetzt. Ihr Herr Vater war ein genialer Verleger, der seine Aufgabe in großartiger Weise gelöst hat.«

Sie wurde dunkelrot vor Erregung und sah ihn mit großen Augen an.

»Haben Sie meinen Vater gekannt?«

»Wer kannte ihn nicht, der irgendwie mit Literatur zu tun hatte? Richard Cornelius und ich haben ihn geradezu bewundert. Er war ein Mann am rechten Platz.«

Impulsiv reichte sie ihm die Hand.

»Ich danke Ihnen, daß Sie so von meinem Vater sprechen. Oh, wie recht Sie haben, er war ein herrlicher Mensch, und ich bin sehr stolz auf ihn.«

»Das können Sie auch sein, mein gnädiges Fräulein. Es ist jammerschade, daß er von dem Schauplatz seiner Tätigkeit abtreten mußte.«

Sie sah ihn forschend an.

»Anscheinend sind Sie bewandert in Verlagsangelegenheiten?«

Seine Augen flammten auf, und es fiel ihr auf, wie bedeutend er plötzlich aussah.

»All mein Wissen und Können wurzeln gerade darin.

Jedenfalls weiß ich genug, um tief zu bedauern, daß Georg Renard gerade zu einer Zeit abberufen wurde, wo wir eines geistigen Führers seines Schlages dringend bedurften. Der Verlag Renard wird auch ohne ihn weiterbestehen, daß weiß ich. Sie haben sehr tüchtige Prokuristen, die den geschäftlichen Teil hervorragend erledigen werden – aber der göttliche Funke wird fehlen, der dem Ganzen erst die richtige Weihe zu geben vermag.«

Malve sah in sein erregt zuckendes Gesicht. Sie erinnerte sich mancher Gespräche, die sie kurz vor seinem Tod mit dem Vater geführt hatte. Und sie wußte, gerade das hatte ihm Sorge gemacht, das Fehlen des geistigen Führers für den Verlag. Und plötzlich fiel ihr ein Ausspruch des Heimgegangenen ein. Er hatte gesagt:

»Unter den jungen Köpfen von heute fehlt es an einem, der die geistige Not unserer Zeit meistern könnte und den ich mir zum Nachfolger einsetzen möchte. Ein einziger Mensch hätte vielleicht dazu getaugt. Aber der hat Deutschland verlassen – ist nach Amerika gegangen und wird vielleicht dort in diesem Sinne wirken.«

Sie war nicht weiter darauf eingegangen, begriff damals wohl auch nicht so recht, was der Vater mit der geistigen Not der Zeit gemeint hatte. Jetzt erinnerte sie sich daran. Sie grübelte weiter über die Worte des Vaters nach. Sie hatte ihn nur noch gefragt, ob Richard Cornelius nicht vielleicht zu seinem Nachfolger geeignet sei. Aber da hatte der Vater geantwortet:

»Nein, Richard wird nie einen solchen Höhenflug unternehmen können, dazu reichen bei ihm die geistigen Kräfte nicht aus. Er wird immer ein tüchtiger, zuverlässiger Arbeiter sein, aber Genialität eignet ihm nicht. Einer seiner Freunde, ein Studiengenosse, eben der, der nach Amerika gegangen ist, der wäre fähig, mich zu ersetzen. Ich hätte ihn nicht fortlassen sollen. Aber nun ist es zu spät – die Amerikaner geben den nie wieder aus den Händen.«

Ja, ganz genau erinnerte sie sich auf einmal dieser Worte, und plötzlich sah sie Lutz Falkner mit weitgeöffneten Augen an. War er vielleicht dieser geniale Freund von Richard?

Lutz merkte, daß sie ihn mit brennendem Interesse betrachtete, und ihr langes Schweigen fiel ihm auf. Fragend wandte er sich ihr zu. Und plötzlich sagte sie:

»Wissen Sie, ob Richard noch einen anderen Freund besaß, der nach Amerika ging – einen Freund, der sich mit Literatur beschäftigte?«

Lächelnd schüttelte er den Kopf.

»Nein, ich bin wohl der einzige. Warum interessiert Sie das?«

In diesem Moment hielt der Wagen vor dem Geschäft von Moritz Mädler. Malve riß sich zusammen. Sie sagte sich, all das müsse sie erst gründlich bedenken. Vielleicht mußte sie darüber einmal mit Richard sprechen. Aber es erschien ihr nun schon ganz sicher, daß der Mann, von dem ihr Vater gesprochen hatte, Doktor Lutz Falkner gewesen sein mußte. Das erregte sie sehr, aber sie bezwang sich und sagte leichthin:

»Ich spreche darüber vielleicht später einmal mit Ihnen, Herr Doktor. Jetzt muß ich meine Einkäufe erledigen und – Sie wahrscheinlich auch.«

Damit verabschiedete Malve sich sehr schnell von Lutz, obwohl er sie gern noch weiter begleitet hätte. Ehe er sich gefaßt hatte, war sie schon in dem Fahrstuhl zu den Verkaufsräumen der ersten Etage verschwunden. Schon wollte er, einem Impuls folgend, ihr nach, als plötzlich eine Dame von einem der Verkaufstische her ihm in den Weg trat. Es war Milda Herfort. Sie hatte zufällig gesehen, daß Lutz mit der jungen Dame aus dem Wagen stieg und mit ihr das Geschäft betrat. Auch merkte sie, daß die junge Dame sich sehr schnell von ihm verabschiedete und mit dem Fahrstuhl nach oben fuhr. So winkte sie der bedienenden Verkäuferin hastig ab und trat auf Lutz zu.

»Es ist wohl eine Fügung des Himmels, Lutz, daß ich dir wieder begegne, ganz ohne mein Dazutun.«

Er sah kalt auf sie herab.

»Mit einer Fügung des Himmels wird das kaum etwas zu tun haben, es ist einfach ein Zufall«, sagte er schroff. Ohne Antwort konnte er sie selbstverständlich nicht stehenlassen, da die Verkäuferin zu ihnen herübersah.

Milda warf ihm einen brennenden Blick zu.

»Für dich ist das selbstverständlich ein unliebsamer Zufall, nicht wahr?«

»Ich leugne es nicht«, erwiderte er kühl.

Es blitzte in ihren Augen auf.

»Weil die junge Dame, mit der du eben vorfuhrst, jeden Moment wieder herunterkommen kann! Da möchtest du nicht mit deiner alten Liebe gesehen werden!«

»Ich möchte überhaupt jede Begegnung mit Ihnen vermeiden, gnädige Frau!«

Sie lachte zornig auf und sagte, sich ganz nahe zu ihm hinüberbeugend, leise und erregt:

»Wenn du mich auch immer wieder fischblütig abweist – ich lasse dich keiner anderen, das merke dir!«

Er verneigte sich nur stumm vor ihr und trat an einen anderen Verkaufstisch, um sich Brieftaschen vorlegen zu lassen. So ruhig, wie er zu sein schien, war er keineswegs. Es befiel ihn plötzlich die Angst, Milda Herfort könnte in ihrem Zorn Malve Renard belästigen. Und er beschloß, den

Laden nicht eher zu verlassen, als bis er Malve vor ihr in Sicherheit wußte.

Er entschloß sich also sehr langsam, eine von den ihm vorgelegten Brieftaschen zu kaufen. Ein flüchtiger Seitenblick überzeugte ihn, daß Milda Herfort noch immer drüben mit der anderen Verkäuferin verhandelte. Nun überlegte er, was er wohl hier noch kaufen könnte, und beschloß, noch einen Geldbeutel zu erstehen. Während er sich diesen vorlegen ließ und lange wählte, gewahrte er endlich aufatmend, daß Milda Herfort das Geschäft verließ. Nun beendete er seinen Einkauf schnell und verließ ebenfalls den Laden. Da sah er zu seinem Unbehagen Milda Herfort noch vor dem Schaufenster stehen, wie in Betrachtung der Auslage versunken. Er bemerkte aber sehr wohl, daß sie ihn erblickte. Schnell ging er um die Straßenecke herum, scheinbar ohne sie zu sehen. Dort wartete er. Und nach einer Weile, als er gerade wieder vorsichtig um die Ecke blickte, sah er Malve Renard aus dem Geschäft herauskommen. Sie ging schnell auf das Auto zu, aber gleichzeitig sah Falkner, daß Milda Herfort ihren Posten verließ und langsam, wie zögernd und unentschlossen, auf das Auto zuging. Kurz entschlossen trat er zwischen sie und Malve, half dieser beim Einsteigen und sagte dabei artig:

»Ich wollte mich nur davon überzeugen, daß Sie wieder gut in Ihrem Wagen untergebracht sind, mein gnädiges Fräulein. Haben Sie das Gewünschte bei Mädler gefunden?«

Sie lächelte zu ihm auf.

»Ja, ich danke Ihnen.«

»Bitte empfehlen Sie mich Ihren Angehörigen, und wenn es erlaubt ist, komme ich übermorgen mit Richard zum Tee.«

»Tante wird sich sehr freuen, Herr Doktor!«

Er schloß aufatmend den Schlag und trat zurück, so daß der Wagen abfahren konnte. Aber er konnte es nicht verhindern, daß Milda Herfort so schnell zu ihm herantrat, daß Malve es sehen mußte. Und auch noch, daß Milda Herfort Lutz einen überaus schmachtenden Blick zuwarf und vor ihm stehenblieb. Sein Gesicht konnte sie nicht sehen, sonst wäre sie nicht im Zweifel darüber geblieben, daß er die Dame sehr ungehalten ansah. Sie merkte nur, daß diese ihre Hand auf seinen Arm legte und mit einem sehr vertraulichen Lächeln zu ihm aufsah.

Lutz durchschaute Mildas Manöver. Er ließ sie einfach stehen und ging weiter, froh, es Malve erspart zu haben, von Milda behelligt zu werden.

Malve aber wurde plötzlich das Herz sehr schwer. Sie hatte gesehen, daß die Dame, die sich so vertraulich Lutz Falkner näherte, sehr schön war und sehr elegant. Ob er diese Frau liebte?

Diese Frage bereitete ihr große Schmerzen, aber zugleich wurde sie dadurch gewarnt, sich unbedingt ihren Gefühlen für Doktor Falkner zu überlassen. Eine Weile kämpfte sie mit sich, wollte sich zur Gleichgültigkeit gegen ihn zwingen, aber dann wehrte sie alle Bedenken von sich ab. Es handelte sich hier sicherlich nur um eine harmlose Begegnung Doktor Falkners mit einer ihm bekannten Dame. Wie konnte sie sich dadurch erschrecken lassen? Sie sah doch noch, als ihr Wagen wendete, daß er sich bereits wieder von der Dame getrennt hatte und allein weiterging.

Das beruhigte sie einigermaßen, und sie hing nun weiter ihren Gedanken nach, ob Doktor Falkner der Mann gewesen war, von dem ihr Vater gemeint hatte, er sei sein geeigneter Nachfolger.

Und sie fragte sich, was sie zu tun habe im Interesse des Verlages, falls sie die Überzeugung gewänne, er, gerade er sei der Mann, den der Vater gemeint habe.

Über ihr Grübeln und Sinnen war es ihr ganz entgangen, daß sie noch weitere Einkäufe machen wollte, und sie sah erstaunt auf, als der Wagen wieder vor einem Geschäft hielt.

Sie erledigte schnell, was es noch zu erledigen gab, und kam dann auch rechtzeitig heim, um sich zu Tisch zu richten.

Sie erzählte dann anscheinend ganz harmlos, daß sie Doktor Falkner getroffen und ihn ein Stück Wegs im Auto mitgenommen habe. Sie bestellte auch seine Empfehlung und bemerkte, daß er übermorgen mit Richard zum Tee kommen würde.

Käte neckte sie ein wenig, ob alle Einkäufe erledigt seien, bei denen ihre Begleitung unerwünscht gewesen sei, worauf Malve sehr munter erwiderte:

»Es ist alles besorgt, aber der Weihnachtsmann hatte nichts Hübsches für neugierige kleine Mädchen.«

Käte sah sie lachend an.

»Ich war aber doch so brav.«

»Dann wird sich der Weihnachtsmann vielleicht umstimmen lassen«, erwiderte Malve.

Gleich nach Tisch zog Tante Magda sich in die Küche zurück, in der heute die Weihnachtskuchen gebacken werden sollten. Es duftete köstlich nach allerhand Leckereien, und Käte hob schnuppernd das Näschen und meinte:

»Ich hoffe, Mutter hat ein Einsehen und kredenzt uns heute zum Tee allerlei Kostproben.«

»Aber Käte, du bist doch kaum mit dem Mittagessen fertig.«

»Das verstehst du nicht, Malve, wenn dieser Weihnachtskuchenduft in meine Nase steigt, bekomme ich allerlei lukullische Sehnsüchte. Habt ihr eigentlich in Grundhof auch Weihnachtskuchen gebacken, oder seid ihr zu vornehm dafür gewesen?«

»Selbstverständlich hat unsere Köchin gebacken, schon für die Leute. Was denkst du – die wollen doch auch Kuchen haben. Es ist immer sehr feierlich gewesen bei der Bescherung. Eigentlich tut es mir leid, daß ich diesmal nicht dabei sein kann. Frau von Heims muß diesmal alles allein erledigen.«

Käte sah nachdenklich zu ihr hinüber.

»Ich möchte so etwas auch einmal erleben; läßt sich das nicht einrichten, Malve? Wann bekommen denn die Leute beschert?«

»Sobald es anfängt zu dunkeln. Dann können sie es gar nicht mehr erwarten.«

»Wollen wir nicht hinausfahren nach Grundhof und der Bescherung beiwohnen? Bei uns wird ja erst um sieben Uhr beschert, weil Richard erst bei seiner Braut feiern will. Er kommt erst danach mit Ruth und seinem Schwiegervaer hierher. Wenn wir also um fünf Uhr in Grundhof wären, könnten wir spätestens um sechs Uhr wieder abfahren und wären rechtzeitig wieder zu Hause.«

Malves Augen glänzten.

»O ja, das ist ein guter Gedanke, Käte. Ich glaubte nur, es ließe sich nicht machen. Warte, ich rufe gleich in Grundhof an und sage Frau von Heims Bescheid. Dann kann sie vielleicht die Bescherung schon auf halb fünf Uhr legen, so daß wir uns nicht unnötig zu eilen brauchen. Es macht mir Freude, wenn ich dabeisein kann.«

Malve rief sogleich in Grundhof an und sagte Frau von Heims Bescheid. Diese freute sich sehr. Sie wußte auch schon, daß Malve während der Hochzeitsfeier ihres Vetters bei ihr sein würde. Diese sollte am vorletzten Tag des Jahres stattfinden. Malve hatte Frau von Heims daher versprochen, Silvester mit ihr zu feiern. Erst nach Neujahr wollte sie dann nach Berlin in das Haus ihrer Verwandten zurückkehren.

Darüber sprach Malve auch heute nochmals mit der alten Dame. Als Malve wieder eingehängt hatte, meinte Käte bedauernd:

»Es ist doch sehr schade, Malve, daß du das Hochzeitsfest nicht mitfeiern kannst. Doktor Falkner hätte dein Brautführer sein müssen, für ihn ist ohnedies noch keine Dame bestimmt.«

Ein kleiner Seufzer entfloh Malves Lippen. Auf einmal bedauerte sie es ebenfalls lebhaft, an der Hochzeit nicht teilnehmen zu können. In ihrer verschlossenen Art ließ sie sich das jedoch nicht anmerken, sie fragte nur so obenhin:

»Kann er denn nicht dein Brautführer sein, Käte?«

Diese lachte ein wenig verlegen.

»Nein, Malve, dieser Posten ist schon lange vergeben.«

»Darf man fragen, an wen?«

Käte wurde sehr rot, sagte aber scheinbar gleichmütig:

»Ach weißt du, an einen anderen Freund Richards, an einen Doktor Klaus Arens.«

Malve horchte interessiert auf.

»Ah, hat Richard noch mehr Freunde als Doktor Falkner?«

»Nur noch diesen einen. Doktor Arens ist ebenfalls Studienkollege von Richard und Lutz Falkner.«

»So? Hat er auch mit Literatur zu tun?«

»Nein, er ist als Sprachlehrer in einem Institut angestellt.«

»War – war er auch in Amerika?«

Käte lachte ein wenig, dann seufzte sie tief auf.

»Ach, der arme Schlucker, er hat sich gerade nur so durch sein Studium durchgehungert. Lutz Falkner hatte immerhin noch ein paar Tausender in der Hinterhand und konnte es sich leisten, nach drüben zu gehen, Klaus Arens aber mußte gleich die erste beste Verdienstmöglichkeit ergreifen, nachdem er seinen Doktor gemacht hatte. Sein Ideal ist es allerdings nicht, Sprachlehrer zu sein – aber sehe er zu! Leben muß der Mensch.«

Malve sah Käte forschend an. Es klang merkwürdig betrübt, was Käte sagte. Aber Malves Art war es nicht, sich in das Vertrauen eines Menschen einzuschleichen. Und was sie erfahren wollte, wußte sie auch so. Richard besaß nur einen Freund, der mit Literatur zu tun hatte und in Amerika gewesen war. Also mußte dieser eine unbedingt der sein, dem ihr Vater eine so geniale Begabung zugetraut hatte, daß er ihn sich als Nachfolger wünschte.

Käte war plötzlich sehr ernst geworden, ernster, als Malve sie je gesehen. Und diese war klug genug, diesen Doktor Klaus Arens damit in Verbindung zu bringen. Ob er Käte teuer war? Und wie stand er wohl zu Käte?

So fragte sie plötzlich, scheinbar ganz nebenbei:

»Ist dieser andere Freund Richards auch zum Heiligen Abend bei euch eingeladen?«

Käte schüttelte den Kopf.

»Nein, er hat noch seine Muter – und die läßt er selbstverständlich nicht allein. Aber – warum interessierst du dich so für ihn?«

Nun wurde Malve verlegen.

»Ach – nur so! Ich wunderte mich, daß ich ihn noch nie bei euch gesehen habe – da er doch Richards Freund ist und er dein Brautführer sein wird.«

Wieder seufzte Käte.

»Er macht in seinen Freistunden Übesetzungen, um sich etwas nebenher zu verdienen, und dann – na weißt du, Malve –, es ist weder für ihn noch für mich gut, wenn wir uns oft sehen.«

Das stieß Käte sozusagen gegen ihren Willen hervor und fuhr sich hastig mit dem Handrücken über die Augen, die unversehens feucht geworden waren. Das rührte Malve sehr. Sie war viel zu feinfühlig, um weiter auf dieses Thema einzugehen, aber sie legte ihre Wange an die Kätes und zog sie an sich. Schweigend verharrten die beiden jungen Damen eine Weile; dann sahen sie sich an und küßten sich.

Gleich darauf aber gab Käte sich wieder in ihrer alten lustigen Art und plauderte sich und Malve die heimliche Betrübnis fort.

Die beiden jungen Damen machten sich bald wieder an ihre Arbeit, und Käte büffelte mit heißem Eifer, als wollte sie gleich heute noch ihre Sprachstudien beenden.

Malve glaubte nun zu wissen, warum Käte sich so um ihre Zukunft sorgte, und sie überlegte bereits, wie und womit sie ihr helfen könnte.

V

Heiliger Abend war da. Malve und Käte waren gerade noch zur rechten Zeit von Grundhof zurückgekommen, beide mit geröteten Wangen und leuchtenden Augen. Die Feier in Grundhof war sehr erhebend gewesen.

Da die beiden jungen Damen schon in Festkleidung waren – beide der Trauer wegen in Schwarz, was aber sehr elegant aussah, brauchten sie sich nicht erst umzukleiden. Tante Magda und auch Käte würden, so war es vereinbart, zu Richards Hochzeit die Trauer ablegen. »Trauerkleider gehören nicht auf ein Hochzeitsfest«, hatte Malve gesagt. Aber heute waren Mutter und Tochter noch schwarz gekleidet.

Schnell halfen die jungen Damen der Hausfrau bei den letzten Festvorbereitungen. Malve hatte schon am Vormittag all ihre Geschenke für die Verwandten auf einer langen Tafel aufgebaut und sie mit einem Tafeltuch zugedeckt. Der Weihnachtsbaum stand in seiner weiß-grünen Pracht feierlich mitten im Zimmer. Um ihn herum standen Tafeln, weiß verdeckt wie die Malves. Und gerade war alles gerichtet, als Richard mit Ruth und ihrem Vater eintraf. Onkel Heinrich war damit beschäftigt, daß der Tischwein die richtige Temperatur bekam, und die Hausfrau hatte gerötete Wangen, weil sie eben noch einmal eigenhändig den Festbraten begossen hatte. Nun fehlte nur noch Lutz Falkner. Aber auch er traf pünktlich ein und brachte jeder der Damen einen Blumenstrauß mit.

Die Bescherung konnte also beginnen.

Tante Magda hatte die Tücher von den Gabentischen genommen, und nun setzte der übliche Bescherungstrubel ein. Alle kamen zu ihrem Recht, aber am reichsten wurde Käte beschenkt. Sie blieb erst sprachlos vor den vielen, mit Liebe ausgesuchten Gaben stehen, die ihr sowohl Eltern und Bruder als auch Malve aufgebaut hatten. Zunächst kamen ihr einmal die Tränen, und dann hing sie abwechselnd einem der Geber nach dem andern am Hals und machte ihrem dankbaren Herzen Luft. Die Schreibmaschine schoß den Vogel ab, darüber freute sie sich am meisten, und sogleich setzte sie sich hin und schrieb darauf:

»Du bist ein Engel, Malve! Dies bestätigt tiefgerührt Deine dankbare Käte.«

Diesen Zettel überreichte sie Malve und drückte sie an sich.

Lutz Falkner beobachtete Malve Renard fast ständig, und er erkannte, ein wie guter, selbstloser Mensch sie war und welche Freude es ihr machte, allen ihren Angehörigen ihre Wünsche erfüllen zu können. Selbst Richard wurde reich beschenkt. Und sogar für Doktor Falkner lag ein Geschenk von ihr bereit. Sie überreichte es ihm in ihrer schüchternen Art.

»Weil Sie so gut und so schön von meinem Vater gesprochen haben und weil ich weiß, daß Sie ihn so gut verstehen werden«, sagte sie ein wenig unsicher und verlegen.

Es war ein Werk Georg Renards, das dieser in seinen besten Tagen geschrieben hatte, ein Werk über die Entwicklung der deutschen Bühnen. Ein großer, dicker Band war es, in einem schlichten, aber sehr kostbaren Einband. Überrascht und erfreut küßte Lutz Malve die Hand. Seine Augen trafen leuchtend in die ihren.

»Wie soll ich Ihnen danken, mein gnädiges Fräulein?« sagte er, nachdem er das Buch aufgeschlagen und die von ihr hineingeschriebene Widmung gelesen hatte.

»Herrn Doktor Lutz Falkner gewidmet von der Tochter des Verfassers.«

Sie wurde sehr rot unter seinen Blicken und sagte verlegen:

»Ich wußte nicht, was ich Ihnen anderes schenken sollte, und Sie sollten an diesem Tag doch nicht leer ausgehen!«

Mit einem seltsam nachdenklichen Blick sah er sie an.

Es konnte einfach nicht schwer sein, mit dieser Frau ein

gemeinsames Leben zu führen. Warum vermochte er nicht, sie zu lieben? Sie war es doch in viel höherem Maße wert als jene andere, die ihn betrogen hatte.

»Sie sind gut zu allen Menschen«, sagte er, »auch zu mir – ich danke Ihnen!«

Da wurde sie wieder rot. In diesem Augenblick kam Onkel Heinrich herbei, der es als seine Pflicht ansah, seine Nichte und Mündel wegen ihrer Verschwendungssucht ein wenig zu tadeln. Aber Käte kam ihr zu Hilfe.

»Schimpf nicht, Vater; Malve gehört zu den Menschen, die nur glücklich sein können, wenn sie andere glücklich machen. Du sollst also deine Nichte nicht daran hindern, glücklich zu sein.«

Und damit umarmte sie Malve und küßte sie herzlich.

Richard und Ruth konnten nicht genug davon erzählen, wieviel der Weihnachtsmann ihnen gebracht habe; zumeist Ausstattungsgegenstände für ihr künftiges Heim.

Selbstverständlich bildete das Hauptthema der Unterhaltung die bevorstehende Hochzeitsfeier, zufälligerweise aber erwähnte niemand, daß Malve nicht daran teilnehmen würde.

So erfuhr auch Lutz Falkner nichts davon. Im Gegenteil, er freute sich darauf, an Malves Seite das Brautpaar zum Altar geleiten und danach für einige Stunden mit ihr zusammensein zu können – um ihr alsdann vielleicht näherzukommen als bisher.

Seltsamerweise hatte der Gedanke, sie könne seine Frau werden, nichts Peinliches mehr für ihn. Im Gegenteil, er freute sich darüber, daß er imstande war, ihr ein herzliches Gefühl entgegenbringen zu können, wenn er auch überzeugt war, daß er nie mehr eine Frau würde richtig lieben können.

Nachdem man sich ausgiebig an den Geschenken gefreut

hatte, bat die Hausfrau zu Tisch. Es herrschte eine sehr angeregte Stimmung, dafür sorgten schon Käte und Ruth. Die beiden Väter tranken sich, verständnisvoll über ihre mit gutem Bordeaux gefüllten Gläser hinwegsehend, zu, und Richard und Lutz frischten Erinnerungen an ihre Studienzeit auf. Dabei wurde auch ihres gemeinschaftlichen Freundes Klaus Arens Name genannt, und Richard berichtete, dieser fühle sich in seiner Stellung als Sprachlehrer nicht besonders glücklich, aber solange er keine andere Position bekommen könne, müsse er froh sein, diese Stellung zu haben, da er für seine Mutter sorgen müsse.

Malves und Kätes Augen begegneten sich dabei, und die Kätes waren ein wenig feucht geworden. Das entging Malve keineswegs. Im Laufe des Abends, als sie sich eine Weile mit Richard allein unterhielt, brachte sie die Rede auf Klaus Arens. Sie fragte den Vetter, warum dieser mit seiner Stellung nicht zufrieden sei. Er wunderte sich, daß sie sich dafür interessierte.

»Kennst du Klaus Arens, Malve?«

»Nein, ich hörte nur, er sei mit dir und Doktor Falkner befreundet.«

»Nun also, seine Stellung mißfällt ihm, weil sie seinen Fähigkeiten keineswegs entspricht. Er ist nämlich ein sehr kluger und begabter Mensch, wenn auch nicht so begabt wie Lutz. Den kann man tatsächlich genial nennen. Ich bin froh, daß er wieder herübergekommen ist aus Amerika; wir brauchen hervorragende Köpfe in Deutschland sehr nötig.«

Richard wurde sehr beredt, indem er Lutz Falkners Vorzüge in das hellste Licht rückte. Malve lauschte sehr interessiert seinen Worten, und vorläufig mußte das Thema Klaus Arens ruhen. Eine Weile scheute Malve sich, Richard direkt danach zu fragen, ob er wohl meine, daß Lutz Falkner der Mann sei, von dem ihr Vater so rühmlich gesprochen hatte. Aber ehe sie noch einen Entschluß hätte fassen können, ging Richard auf sein Ziel los und fragte Malve direkt, wie ihr sein Freund Lutz gefalle. Mit Vergnügen bemerkte er, daß sie errötete. Und ganz verlegen meinte sie, er gefalle ihr sehr gut. Danach sagte Richard, sie scharf beobachtend:

»Ich frage dich nämlich aus einem besonderen Grund danach.«

»Und aus welchem, Richard?«

»Ich weiß, daß dein Vater sehr große Stücke auf Lutz Falkner hielt. Als dieser nach Amerika gegangen war, sagte er eines Tages zu mir: ›Schade, daß er fort ist. Den geben die Amerikaner sicherlich nicht wieder her. Er wäre der einzige Mann, dem ich die Fähigkeiten zutraute, unser gesamtes geistiges Leben zu reformieren.‹«

Malve richtete sich auf und sah ihn mit glänzenden Augen an.

»Also ist er es doch?«

»Wie meinst du das?« fragte Richard verwundert.

Sie strich sich über das Haar. Und dann berichtete sie ihm, was ihr Vater ihr einmal darüber gesagt hatte, und fuhr dann fort:

»Ich ahnte fast, daß Doktor Falkner der Mann sein müsse, von dem der Vater gesprochen hat – aber ich war noch im Zweifel – es hätte ja auch dein anderer Freund, Klaus Arens, sein können.«

Energisch schüttelte Richard den Kopf.

»Nein, nein, damit hat dein Vater schon Lutz Falkner gemeint. Er ist entschieden der geniale Kopf, für den ihn dein Vater hielt, das ist auch meine Meinung. Klaus Arens ist wohl ebenfalls ein sehr begabter Mensch, aber Lutz kann er nicht das Wasser reichen. Klaus ist allerdings ein

Sprachgenie – Lutz aber ist befähigt, der Reformator der deutschen Literatur zu werden, es gibt keinen Zweiten, der ihm gleichkommt.«

Malve wagte nicht aufzublicken, weil sie fürchtete, Richard könne in ihren Augen lesen, wie sie über Lutz Falkner dachte. Gewaltsam lenkte sie ihre Gedanken von ihm ab und kam wieder auf Klaus Arens zu sprechen. Richard konnte nun, ohne aufzufallen, nicht wieder auf Lutz zurückkommen. Aber nach dieser Unterhaltung mit Malve hatte er sein Urteil über seine Base ändern müssen. Sie schien doch nicht so uninteressiert zu sein, wie er geglaubt hatte. Leider wurden sie nun durch Ruth gestört und konnten das Gespräch nicht fortsetzen.

Der Abend verlief harmonisch – wenigstens hatte es den Anschein.

Gleichwohl waren Richard, Lutz und Malve sehr nachdenklich. Letztere ganz besonders.

Ihre Gedanken gingen in einem fort zwischen Lutz und Klaus Arens hin und her. Bezüglich des ersteren war sie sich nicht ganz klar darüber, ob und welche Beziehungen ihn und sie einmal verbinden würden. Aber ein anderes machte weniger Schwierigkeiten, nämlich, wie sie Klaus Arens zu einer besseren Position und Käte zu ihrem Glück verhelfen könnte.

Richard wiederum machte sich Gedanken darüber, ob es seinen Plänen förderlich gewesen sei oder nicht, daß Malve nun wußte, was und wieviel ihr Vater von Lutz gehalten habe. Und diesem wiederum ließ die Frage keine Ruhe, ob er es wagen dürfe, um Malve zu freien. Das Ziel lockte, ganz gewiß! Aber wäre sie weniger liebenswert gewesen, wäre ihm der Entschluß vielleicht leichter gefallen, um sie zu werben. – Er empfand es im tiefsten Herzen, daß man dieses junge Geschöpf nicht betrügen dürfe. Hätte er ihr offen und ehrlich sagen können, wie er sich ihr gegenüber einzustellen vermöchte, wäre alles weit weniger schwer gewesen. Einer Lüge war er nicht fähig, und deshalb würde er bei einer Werbung nicht das Wort über die Lippen bringen: ich liebe dich. – Aber würde es ihr genügen, wenn er nicht von seiner Liebe sprach? Junge Mädchen wollen bei einem Anhalten um ihre Hand doch hören, daß sie geliebt werden.

Schade, dachte er, daß ich die Fähigkeit zu lieben verloren habe. Sie wäre es wert gewesen, daß ich sie liebte.

Die heutige Weihnachtsfeier war in jeder Weise dazu angetan, es ihm verlockend erscheinen zu lassen, eine Familie zu gründen. Es mußte doch schön sein, am eigenen Herd zu sitzen und den Frieden der Häuslichkeit kennenzulernen.

Aber nicht nur diese drei, auch Käte hatte trotz aller Freude über ihre reichen Geschenke zuweilen eine ernste Anwandlung.

Mehr als einmal flogen ihre Gedanken zu Klaus Arens hin, der, vermutlich von Sorgen bedrückt, zu Hause bei seiner Mutter saß und ihrer gedachte. Ach ja – er würde im Geiste bei ihr sein, würde sich nach ihr sehnen, wenn sie sich auch noch nicht gesagt hatten, daß sie einander liebten. Sie verstanden sich auch ohne Worte! Aber ihre Liebe würde wohl hoffnungslos und aussichtslos sein für alle Zeit.

Käte ahnte ja nicht, daß Malve schon eifrig darüber nachsann, wie sie ihr zu ihrem Glück verhelfen könnte. Aber auch wenn Käte das gewußt hätte, würde sie es doch nicht für möglich gehalten haben, daß Malve die Macht besäße, ihre Träume wahrzumachen.

Das Brautpaar saß indessen in einer Ecke und schmiedete Zukunftspläne. Die beiden Väter genossen mit Inbrunst den guten Wein, und Frau Magda Cornelius war darauf bedacht, es ihren Gästen behaglich zu machen.

Und das gelang ihr auch. Als man sich nach Mitternacht trennte, waren alle von dem Gefühl beseelt, daß sie ein schönes Weihnachtsfest gefeiert hatten.

VI

Malve fuhr am frühen Morgen vor Richards Hochzeitstag in ihrem Auto nach Grundhof. Sie wollte aus dem Weg sein, wenn ihre Angehörigen sich zum Fest richteten. Ein bißchen wehmütig war ihr schon ums Herz, als sie daran dachte, daß Lutz Falkner heute an der Feier teilnehmen würde. Sie hatte all die Zeit über viel an ihn denken müssen. Wie froh machte es sie, zu wissen, daß ihr Vater eine so vortreffliche Meinung von ihm gehabt hatte. Daß er ein ausgezeichneter Menschenkenner gewesen war, wußte sie. Ach, daß er doch selber verfügt hätte, Lutz Falkner solle sein Nachfolger werden!

Welch ein Gewinn wäre das für den Verlag! Gern hätte sie ihm die Stellung eines Leiters angeboten, aber, seltsam – so oft sie daran dachte, es zu tun, hatte sie das Empfinden, daß das für sie unmöglich sei.

Wie würde er es auffassen, machte sie ihm ein derartiges Angebot?

Und solange sie noch nicht mündig war, durfte sie Anordnungen solcher Art überhaupt nicht treffen. Sie hätte zumindest dem Vormund, hätte den beiden Prokuristen triftige Gründe dafür nennen müssen.

Wenn sie nur irgend jemanden gehabt hätte, um diese

Frage mit ihm zu besprechen. Richard? – Im Augenblick war der für solche Pläne kaum zu haben – und zudem hatte sie auch ihm gegenüber gewisse Hemmungen.

Sie war in der ganzen Angelegenheit nicht objektiv – ganz gewiß nicht, denn sie empfand nur zu gut, daß ihr Herz noch mehr für Lutz Falkner sprach als ihr Verstand.

Von vielen einander widerstreitenden Gedanken bewegt, kam sie in Grundhof an, wo sie von Frau von Heims sehr herzlich willkommengeheißen wurde. Malve hatte das Empfinden, als sei der Aufenthalt bei ihren Verwandten nur ein Traum gewesen, als sei sie niemals von Grundhof fortgegangen. Sie nahm sogleich ihre alten Gewohnheiten wieder auf, durchstöberte das ganze Haus, ging in die Ställe hinüber, unterhielt sich mit ihren Leuten und plauderte mit Frau von Heims von alten Zeiten, von ihrem Vater, von all seinen vertrauten Gewohnheiten, von seiner großen Güte und Klugheit.

Aber dabei bemerkte und fühlte sie deutlich, daß die Malve, die jetzt durch das Grundhofer Herrenhaus ging, eine ganz andere war als die, die vor des Vaters Tod hier gelebt hatte. Ja, gerade hier wurde ihr klar, daß sie ihr Herz nicht wieder mit nach Grundhof gebracht hatte, das war in Berlin geblieben – bei Lutz Falkner – ja – bei ihm!

Und diese Erkenntnis überfiel sie wie ein Sturm, der an allem rüttelte, was bisher ihrem Leben Bedeutung und Inhalt gegeben hatte. Sie wußte, fühlte, daß »er« ihr Schicksal geworden war, daß »er« Glück und Unglück ihres Lebens bedeuten würde und daß alles neben ihm wesenlos verblassen mußte.

Angst stieg in ihr auf, daß sie ihn wieder ganz aus ihrem Leben verlieren könnte. Vielleicht ging er eines Tages doch nach Amerika zurück? Oder er verheiratete sich mit einer anderen. Wie würde sie das ertragen? Und wie war es möglich, daß ein Mensch, den sie bis vor kurzer Zeit überhaupt nicht gekannt, ihr ganzes Sein und Denken so an sich gerissen hatte?

Wenn sie ihn nur hätte halten können! Sie wollte ja nichts, als ihn nicht wieder verlieren. An eine Ehe mit ihm zu denken kam ihr gar nicht in den Sinn, nur sehen wollte sie ihn, seine Stimme hören, sich von seinem Lächeln das Herz erwärmen lassen. War das nicht zu erreichen? Aber wie? Sie konnte ihm doch nicht zeigen, daß sie sich vor einer Trennung von ihm fürchtete wie vor dem Tod. Und wie sollte sie ihm sonst begreiflich machen, daß seine Gegenwart für sie so nötig war wie für die Pflanze das Licht?

Frau von Heims hatte nicht allzuviel Zeit für sie, es gab allerlei für sie zu tun. So war Malve meistens auf sich selbst angewiesen. Und sie begriff plötzlich nicht mehr, wie sie wunschlos und zufrieden all die Jahre in der Einsamkeit von Grundhof hatte leben können.

Warum nur stieg plötzlich Angst in ihr auf, sie würde Lutz überhaupt nicht wiedersehen? Konnte er nicht abgereist sein, sich irgendwohin begeben haben, wo er ihr unerreichbar war?

Vielleicht hielt ihn nichts mehr in Berlin, wenn sein Freund Richard auf Hochzeitsreise gegangen war. Würde er künftighin das Haus ihrer Verwandten überhaupt noch betreten? Wenn nicht, wäre das beinahe ebenso schlimm, als wenn er abgereist wäre.

Die Tage schlichen langsam dahin. Malve bereute schon, gesagt zu haben, sie wolle bis Neujahr hier bleiben. Wie in der Verbannung kam sie sich vor.

Um sich von ihren Gedanken abzulenken, setzte sie sich an des Vaters Schreibtisch und sah den Inhalt durch. Sie hatte das bisher noch nicht getan.

Sie ordnete die Papiere und blätterte in des Vaters kleinen »Tagebüchern«, in die er regelmäßig Notizen eintrug, um bei seiner Rückkehr nach Berlin an dieses oder jenes erinnert zu werden.

Und da sah sie auf einer Seite stehen:

»Doktor Lutz Falkner, Adresse unbekannt, Richard Cornelius danach fragen.«

Sie starrte auf die Worte, und ihr Herz schlug schnell. Wieder ein Beweis, daß ihr Vater Lutz Falkner gemeint hatte. Erregt blätterte sie weiter. Und da stieß sie noch einmal auf den Namen. Der Vater hatte notiert:

»Artikelserie verschaffen: Ein Überblick über das literarische Deutschland von Doktor Lutz Falkner. Sehr wichtig, sehr bedeutend.«

Ach, wie ihr das Herz klopfte. Und plötzlich gewannen einige alte Zeitungen größere Bedeutung für sie, die sie aus dem Schreibtisch genommen und als wertlos und unbedeutend beiseite gelegt hatte. Mit zitternden Fingern blätterte sie diese durch. Und ihr war, als stocke ihr Atem, als sie eine Überschrift las: Ein Überblick über das literarische Deutschland von Doktor Lutz Falkner.

Es waren wohl vier bis fünf Nummern, die diesen Artikel in Fortsetzungen enthielten. Ihre brennenden Augen glitten darüber hin, und sie sah, daß der Vater allerlei Randbemerkungen zu den Worten Lutz Falkners gemacht hatte. Sie drückte die Blätter an das Herz. Ihre Augen strahlten. Ihr war, als sanktionierte ihr Vater das, was sie für Lutz Falkner empfand. Sorgfältig legte sie die Zeitungen in eine Mappe und schob sie beiseite. Das war eine herrliche Lektüre für sie, aber sie wollte erst die notwendige Ruhe dazu haben. Gewöhnt, nie eine Arbeit halbfertig liegen zu lassen, wenn sie sich in einem Tag erledigen ließ, machte sie sich weiter an die Durchsicht des Schreibtisches. Aber sie fand nichts mehr, was sie besonders interessiert hätte.

Als sie mit ihrer Arbeit fertig war, erschien Frau von Heims, um ihr zu melden, daß angerichtet sei. Malve trug aber erst die Mappe mit den Zeitungen in ihr Arbeitszimmer und barg sie wie einen Schatz in ihrem Schreibtisch.

Bei Tisch war sie ziemlich zerstreut und mußte sich einige Male bei Frau von Heims entschuldigen, weil sie unaufmerksam gewesen war. Sie sagte ihr zur Erklärung, daß sie einige wichtige Sachen im Schreibtisch ihres Vaters gefunden habe, die sie nachher gleich erledigen müsse.

Es war Frau von Heims hinlänglich bekannt, daß Vater und Tochter oftmals sehr intensiv miteinander gearbeitet hatten, und so wunderte sie sich durchaus nicht über diese Mitteilung. Gut, dann würde sie hernach einiges Geschäftliche mit dem Verwalter besprechen, was sie sonst bis nach Malves Abreise verschoben hätte. So gingen denn die beiden Damen gleich nach Tisch auseinander.

Mit großem Interesse las Malve die von Lutz Falkner verfaßte Artikelserie. War es doch das erste, was sie von seinem geistigen Schaffen kennenlernte. Und sie erkannte sehr wohl die große Bedeutung seiner Worte. Aus den eng geschriebenen Randbemerkungen des Vaters ersah Malve, wie hoch dieser die Arbeit Lutz Falkners gewertet hatte, wie sie ihm ganz aus dem Herzen geschrieben zu sein schien. Malve war glückselig, diese Artikel gefunden zu haben; sie hatte das Gefühl, als sei ihr Lutz dadurch viel nähergerückt worden, als könne sie ihn nun viel besser verstehen. Sie fragte sich, ob sie mit ihm darüber sprechen sollte, aber sie wußte schon jetzt, daß sie schwerlich den Mut dazu finden würde.

Die Hochzeitsfeier verlief glanzvoll, und alle Teilnehmer waren in bester Stimmung. Nur Lutz Falkner nahm nicht an dieser Freude teil; er war im Gegenteil recht verstimmt, weil er am Hochzeitsmorgen erfahren hatte, daß Malve Renard nicht seine Brautjungfer sein und überhaupt nicht an dem Fest teilnehmen würde. Richard hatte das ebenfalls erst an diesem Morgen erfahren und teilte es Lutz ziemlich ärgerlich mit. Als er diesen mit einer anderen Brautjungfer beglücken wollte, wehrte Lutz sehr energisch ab.

»Bitte, unterlaß das Richard; es ist mir lieber, wenn ich mich keiner der jungen Damen besonders zu widmen brauche, ich werde deinem Ehrenfest alsdann unbeschwerter beiwohnen können. Als Malve Renards Brautführer hätte ich immerhin besondere Interessen gehabt, wie du dir wohl denken kannst. Ich möchte sie gern so gut wie möglich kennenlernen. Da sie aber nicht anwesend sein wird, was ich mir eigentlich bei ihrer Veranlagung hätte denken können, werde ich mich weise zu beschränken wissen.«

Richard, der ihm am Tag vorher seine Unterredung mit Malve am Weihnachtsabend mitgeteilt hatte, sah ihn forschend an. Er hätte ihm gern fester auf den Zahn gefühlt; allein etwas in den Augen des Freundes hielt ihn ab, es zu tun. So sagte er ihm nur, daß er Mutter und Schwester ans Herz gelegt habe, sich in seiner Abwesenheit möglichst viel um ihn zu kümmern.

»Ich hoffe also, daß du reichlich Gelegenheit haben wirst, mit Malve zusammenzukommen. Im übrigen ist meine Hochzeitsreise auf vierzehn Tage beschränkt, ich habe nicht länger Urlaub bekommen. Wir werden uns also bald wiedersehen. Ich werde mich schon jetzt von dir verabschieden, lieber Lutz; denn im Trubel dieses Tages werden wir kaum noch zu einem vernünftigen Wort kommen können. Unter uns – ich wollte, alles wäre schon vorbei und ich mit meiner Ruth schon unterwegs. Ist doch eine heillose Unsitte, dieses Hochzeitfeiern.«

Lutz mußte lachen, sagte aber verständnisvoll:

»Ich kann dir das nachfühlen, aber wenn das auch schließlich jeder werdende Ehemann am eigenen Leibe erfährt – mitfeiern wollen doch alle.«

»Aus lauter Schadenfreude, daß es keiner besser haben soll als sie selbst.«

»Na, du bist ja in der richtigen Hochzeitsstimmung, mein lieber Richard.«

Dieser mußte nun doch lachen.

So mußte Lutz sich damit abfinden, daß Malve nicht dabei war. Es hatte auch niemand so recht Zeit, sich um ihn zu kümmern, und so beschränkte er sich darauf, seine Beobachtungen zu machen. Und da fiel ihm besonders ein Paar auf, nämliche Käte Cornelius und sein Freund Klaus Arens. Beide machten den Eindruck, als weilten sie in einer anderen Welt. Sie hatten nur Augen füreinander, waren so vertieft ins Gespräch und ließen ihre Augen eine so deutliche Sprache reden, daß Lutz sehr wohl merkte, hier war ein neuer Liebesbund im Entstehen. Seltsamerweise war die sonst so lustige und übermütige Käte sehr ernst und ruhig, und sein Freund Klaus sah seine Dame mit so besorgter Zärtlichkeit an, daß jeder, der Augen dafür hatte, sehen konnte, beide müßten einander sehr gut sein, daß sie aber nicht sicher waren, ihr Glück festhalten zu können. Und das erschien Lutz auch ganz verständlich. Er wußte, daß Klaus Arens ein sehr kleines Gehalt bezog, wußte auch, daß er seine Mutter noch zu ernähren hatte, und außerdem, daß Käte auch nicht mit Glücksgütern gesegnet war. Also blühten an dem Weg dieser beiden ineinander versunkenen Menschen wahrscheinlich nur wenige Rosen.

Er erinnerte sich daran, wie sorgenvoll er selber in die Zukunft geblickt hatte, als er seinerzeit heimlich mit Milda verlobt gewesen war, und daß er sich immer wieder ausgerechnet hatte, daß sie wohl noch lange warten müßten, ehe sie an eine Verbindung denken konnten. Milda hatte ja dann auch ein anderes Leben vorgezogen, hatte die Werbung des reichen Freiers angenommen. Käte Cornelius war aber wohl aus anderem Holz geschnitzt. Sie würde ihrem Klaus treu bleiben, würde unterdessen aber verblühen und verwelken, ohne wahren Frauenglückes teilhaftig geworden zu sein. Wie schwer hatten es doch arme Mädchen. Fast wollte er heute eine Entschuldigung für Milda Herfort finden.

Die kleine tapfere Käte tat ihm leid, sehr leid.

Diese hatte keine Ahnung, daß sie von Lutz so intensiv beobachtet wurde. Sie genoß das seltene Zusammensein mit dem Mann ihres Herzens mit tiefer Inbrunst. Auch heute sprachen die beiden kein Wort von Liebe, aber ihre Augen erzählten sich davon, wie gut sie einander waren.

Als das Brautpaar sich nach der Tafel heimlich entfernt hatte, um die Hochzeitsreise anzutreten, war Lutz zumute, als sei auch er hier nun überflüssig. Er wußte, sein Verschwinden würde kaum bemerkt werden, und deshalb paßte er eine Gelegenheit ab, um entwischen zu können.

Nachdem er die Festräume verlassen, die Garderobe passiert hatte und dann durch das Vestibül des Hotels schlenderte, in dem die Hochzeit gefeiert wurde, sah er an einem der kleinen Tische Milda Herfort mit ihrem Gatten sitzen.

Sie hatte erfahren, daß heute die Hochzeit Cornelius

gefeiert würde, und hatte gehofft, Lutz bei dieser Gelegenheit wiedersehen zu können. Als sie ihn nun wirklich dem Ausgang zugehen sah, flammte ihre ganze zurückgedrängte Leidenschaft abermals auf. Ihr »Haß« hatte nicht lange standgehalten, er war durch die Hoffnung besiegt worden, den ehemaligen Freund doch noch zurückerobern zu können. Es lockte sie, ein wenig mit dem Feuer zu spielen, und so sagte sie zu ihrem Mann:

»Sieh doch, Ernst, da geht Doktor Falkner, weißt du, der die Überfahrt mit uns gemacht hat von New York.«

Das gutmütige Ungetüm drehte das Haupt ein wenig zur Seite und starrte auf die elegante, schlanke Männergestalt.

Lutz nahm von beiden keine Notiz. Sobald er Milda erkannt hatte, sah er gleichgültig über sie hinweg.

»Ein verdammt schöner Kerl, dieser Doktor Falkner«, sagte Herfort zu seiner Frau.

»Findest du ihn schön, Ernst?«

»Na, ich denke doch. Du nicht?«

»Nein, schön ist er keinesfalls. Interessant könnte man ihn finden, aber ich glaube, er ist furchtbar arrogant.«

»Meinst du?«

»Ganz bestimmt, sonst hätte er uns doch gegrüßt, er muß uns doch genausogut erkannt haben wie wir ihn.«

»Vielleicht hat er uns nicht gesehen. Im übrigen war er ja auch auf dem Dampfer sehr zurückhaltend.«

Damit war der Vorfall erledigt, und Milda mußte wieder einmal feststellen, daß ihr Mann absolut keine Veranlagung zur Eifersucht hatte. Das konnte ihr nur angenehm sein. Sie beschloß daher, einen Blick in den Festsaal, in dem die Hochzeit gefeiert wurde, zu tun. Man konnte sich ansehen, was für Leute dem Fest beiwohnten. Vielleicht erblickte sie darunter Bekannte, und so war es eventuell möglich, eine

Begegnung in der Gesellschaft mit Lutz Falkner herbeizuführen. Das mußte sich doch arrangieren lassen. Sie mußte ihn wiedersehen, mußte versuchen, ihn erneut in ihren Bann zu zwingen. Er hatte sie doch einmal sehr geliebt, war ein so feuriger Liebhaber gewesen; all das konnte doch unmöglich ganz vorüber sein!

Sie begab sich an den Eingang des Saales, in dem die Hochzeitsgäste beim Tanz waren. Aufmerksam betrachtete sie die Anwesenden, und zu ihrer Befriedigung entdeckte sie mehrere Persönlichkeiten unter ihnen, mit denen sie und ihr Mann verkehrten. Sie war sofort entschlossen, diesen Kontakt noch lebhafter zu gestalten, irgendwo traf sie dann bestimmt wieder mit Lutz zusammen; denn er gehörte zu den Männern, die man überall gern zu Gast hat, weil sie den Eindruck des Bedeutenden machen. Es fiel ihr nun auch ein, daß sie bei diesen Bekannten schon manchmal Ruth Helmer und deren Vater sowie Richard und Käte Cornelius getroffen hatte. Das erhielt jetzt besondere Bedeutung für sie; denn wo diese Herrschaften verkehrten, würde sicherlich auch Lutz Falkner nicht fehlen.

Befriedigt kehrte sie zu ihrem Gatten zurück und erzählte ihm wie beiläufig, wen sie im Saal gesehen hätte.

»Wir müssen auch wieder einmal eine kleine Gesellschaft geben, Ernst. Was meinst du, soll ich für nächste Woche Einladungen ausschreiben?«

Er zuckte phlegmatisch die Achseln.

»Wenn es dir Spaß macht, Milda? Ich habe, wie du weißt, wenig Sinn für solche Abfütterungen, man wird nur in seiner Behaglichkeit gestört.«

Lächelnd sah sie ihn an.

»Sei doch nicht so schwerfällig Ernst, dazu bist du doch viel zu jung.«

Er lachte gutmütig und sah sie verliebt an.

»Na ja, wozu hat man eine schöne Frau, wenn man sie nicht präsentieren will. Also meinetwegen, lade ein, wen du willst.«

Selbstverständlich hätte sie gar zu gern Lutz Falkner mit eingeladen, aber sie wußte ganz genau, zu ihr würde er nicht kommen – jetzt noch nicht. Aber sie würde ihn schon noch dazu bringen, wenn sie ihn erst zurückerobert hatte.

Ihre Augen flammten auf bei diesem Gedanken. Sie war viel zu eitel, um glauben zu können, Lutz Falkner würde sich ihr und ihren Reizen für immer entziehen können.

VII

Malve war sehr froh, nach Neujahr wieder zu dem Onkel und der Tante zurückkehren zu dürfen. Sie hatte die Zeit kaum erwarten können. Die Zeitungsartikel Lutz Falkners und das Tagebuch ihres Vaters, in dem von jenem die Rede war, nahm sie mit.

Käte und Malve begrüßten sich mit einer innigen Umarmung.

»Gottlob, Malve, daß du wieder da bist, wir haben uns sehr nach dir gesehnt«, sagte Käte.

Ein frohes, warmes Gefühl lösten diese Worte in Malve aus.

»Wirklich? Habe ich euch ein wenig gefehlt?«

»Sehr, sehr, Malve«, bestätigte auch Tante Magda.

»Oh, darüber bin ich sehr froh. Ich bin glücklich, daß ich wieder bei euch sein kann.«

Käte mußte ihr ausführlich von dem Hochzeitsfest berichten. Sie erwähnte auch, daß Lutz Falkner sich sehr bald entfernt hatte.

»Ich glaube, Malve, er war sehr betrübt darüber, daß du nicht seine Brautjungfer warst. Richard wollte ihm, als er erfuhr, daß du fernbleiben würdest, eine andere Dame aussuchen, aber er hat sehr energisch gedankt.«

Malve bekam einen roten Kopf, aber sie erwiderte kein Wort darauf, weil sie sich zu verraten fürchtete.

»Und wie hast du dich auf dem Fest amüsiert?« fragte sie ablenkend.

Nun war Käte daran, einen roten Kopf zu bekommen.

»Es war sehr schön, Malve«, sagte sie, redete dann aber schnell von etwas anderem.

Malve hatte sich gerade umgezogen und wollte sich wieder in das Wohnzimmer begeben, da läutete das Telefon, und der Prokurist des Verlages fragte, ob er Fräulein Renard in einer geschäftlichen Angelegenheit sprechen könne. Malve ging selbst an den Apparat.

»Ich stehe jederzeit zur Verfügung, Herr Seidel. Hoffentlich haben Sie mir nichts Unangenehmes zu berichten.«

»Es handelt sich um eine Personalveränderung, gnädiges Fräulein, und ich nehme an, daß Sie das interessiert.«

»Gut, also kommen Sie, Herr Prokurist.«

»Darf ich sofort kommen?«

»Gewiß, ich erwarte Sie.«

Damit war das Gespräch beendet. Es kam zuweilen vor, daß einer der Prokuristen ihr einen Vortrag über geschäftliche Dinge hielt. Georg Renard hatte bestimmt, daß seine Tochter über alles Wissenswerte und Wichtige auf dem laufenden gehalten werden sollte, auch schon vor ihrer Mündigkeitserklärung. Es fiel also den Verwandten absolut nicht auf, daß sie den Prokuristen erwartete.

Dieser traf nach einer knappen halben Stunde ein; Malve

empfing ihn in ihrem Wohnzimmer, das zugleich ihr Arbeitszimmer war.

Sie begrüßte Herrn Seidel ein wenig schüchtern, wie das ihre Art war, und niemand, dem die Verhältnisse fremd waren, hätte geahnt, daß hier die Besitzerin einem Angestellten gegenüberstand. Es wirkte viel mehr so, als wenn ein Chef eine Angestellte aufgesucht hätte.

Malve bat ihn, Platz zu nehmen, und setzte sich ihm an einem runden Tisch gegenüber.

»Also, Herr Seidel, was haben Sie mir zu sagen?«

Er sah sie etwas unbehaglich an.

»Sie haben mich gefragt, mein gnädiges Fräulein, ob ich Ihnen nichts Unangenehmes zu berichten hätte. Leider kann ich das nicht ganz in Abrede stellen. Einer unserer tüchtigsten und unentbehrlichsten Leute hat gekündigt; der Leiter unserer fremdsprachlichen Abteilung. Er hat sich verleiten lassen, ohne vorherige Rücksprache mit uns eine Stelle in London anzunehmen. Das erscheint ihm wohl besonders verlockend, weil er mit einer Engländerin verheiratet ist und diese gern wieder nach London zu ihren Angehörigen übersiedeln möchte.«

Malve erwiderte zunächst kein Wort, aber ihre Gedanken arbeiteten fieberhaft. Der Leiter der fremdsprachlichen Abteilung? Diese Nachricht setzte sofort ihren Gedankenapparat in Bewegung. Ob das nicht ein guter Posten für Klaus Arens sein würde? Malve wäre von sich aus nicht imstande gewesen, einen tüchtigen und verdienstvollen Mann zu entlassen, um für Klaus Arens eine Position zu schaffen. Aber sie hatte schon oft darüber nachgegrübelt, wie sie Käte zu ihrem Glück verhelfen könnte. Würde nicht Klaus Arens diesen Posten erhalten können? Der Leiter der fremdsprachlichen Abteilung hatte eine englische Frau –

war also verheiratet, folglich in der Lage, eine Frau zu ernähren. War das vielleicht ein Weg, Käte zu ihrem Glück zu verhelfen?

Sie sah zu dem Prokuristen auf.

»Ich muß einige Fragen an Sie richten, Herr Seidel. Was hat der betreffende Herr in unserem Betrieb zu tun?«

Der Prokurist lächelte ein wenig mitleidig. Es war lediglich eine Formsache, daß er die Tochter seines verstorbenen Chefs über diese Angelegenheit informierte. Er ahnte sowenig wie alle anderen Menschen, wie tief Georg Renard Malve in allerlei Verlagsangelegenheiten eingeweiht hatte, nur das wußte er, daß sie die zur engeren Wahl bestimmten Manuskripte durchsehen und entscheiden mußte, welche davon angenommen werden sollten. Er hatte mit seinem Kollegen, dem Prokuristen Dillmann, achselzuckend darüber gesprochen, daß Georg Renard seiner Tochter in seinen letztwilligen Verfügungen so große Rechte in Verlagsangelegenheiten eingeräumt hatte. Sie konnte zum Beispiel darüber entscheiden, welcher Bewerber um eine Stellung vor einem andern den Vorzug erhalten sollte. Was verstand schon dieses schüchterne, unerfahrene kleine Mädchen von derartig wichtigen Dingen? Aber er mußte sich an seine Vorschriften halten und sich den Anschein geben, als traue er seiner jungen Chefin ein Urteil zu. Wie stark Malve im Grunde im Verlag verwurzelt war und mit wie feinem Verständnis sie gerade die eingereichten Arbeiten zu beurteilen vermochte, ahnte er nicht. Es hatte sich zwar herausgestellt, daß alle Arbeiten, die auf ihre Befürwortung hin angekauft worden waren, sich als große Erfolge erwiesen hatten. Und Herr Seidel dachte so bei sich: nun ja, Ernst Keil, der große Verleger, hat alle Romanmanuskripte, die ihm eingereicht wurden, seiner Köchin zu lesen gegeben. Wenn diese eine Arbeit besonders gut fand, wurde es ebenfalls jedesmal ein Erfolg.

Ungefähr den Geistesgaben der Köchin Ernst Keils entsprechend, schien Herr Seidel die junge Besitzerin einzuschätzen. Immerhin war ja selbst ein harmloses Gemüt imstande, sich ein Urteil zu bilden.

Jedenfalls mußte er die Frage der jungen Dame in einer für sie verständlichen Weise beantworten.

»Er hat die Vorprüfung der fremdsprachlichen Manuskripte zu überwachen, unter seiner Aufsicht und Korrektur werden die fremdsprachlichen Korrespondenzen erledigt, er hat auch Besucher zu empfangen und abzufertigen, die der deutschen Sprache nicht mächtig sind. Ferner hat er Übersetzungen zu kontrollieren und zu korrigieren, ehe sie in Druck gegeben werden. Auf jeden Fall muß er die deutsche, englische, französische, italienische, spanische und russische Sprache in Wort und Schrift beherrschen.«

Malve fragte sich etwas unruhig, ob Klaus Arens allen diesen Anforderungen entsprechen würde. Aber der Wunsch, ihm die zur Debatte stehende Stellung zu verschaffen, wurde immer intensiver.

»Welches Gehalt bezieht dieser Herr?« erkundigte sie sich nebenbei.

»Bis vor kurzem hat er ein Monatsgehalt von achthundert Mark erhalten, in letzter Zeit sind ihm fünfzig Mark zugelegt worden. Wir hätten ihm auch neunhundert Mark bewilligen können und haben ihm, als er kündigte, das auch mitgeteilt, aber er will auch dann nicht bleiben, da er, wie schon gesagt, triftige Gründe hat.«

Malve überlegte sich, ob neunhundert Mark im Monat ein ausreichendes Einkommen für eine junges Ehepaar wäre. Sie sah Herrn Seidel fragend an.

»Ist das ein ausreichendes Einkommen – für – nun ja – für einen Familienvater?«

»Aber was denken Sie, mein gnädiges Fräulein, es müssen viele Familien mit einem Viertel dieses Gehaltes – oder mit noch weniger, auskommen.«

Malve lächelte ein wenig.

»Nun ja, ich meine, standesgemäß auskommen?«

»Doch, ganz gewiß.«

Wieder überlegte Malve. Dann sagte sie rasch:

»Hat der Herr, der die Stelle gekündigt hat, studiert?«

Seidel blickte erstaunt auf.

»Ich weiß das nicht einmal.«

»Also den Doktor hat er nicht gemacht?«

Herr Seidel sah noch erstaunter aus.

»Nein, Doktor ist er nicht, aber er ist sehr tüchtig.«

»Nun, ich möchte die Stelle aber lieber mit einem Philologen besetzt wissen, denn es macht sich ganz gut, wenn einige Doktoren im Verlag angestellt sind. Bis jetzt ist das wohl nicht der Fall?«

»Außer unserem juristischen Beirat allerdings nicht«, sagte Seidel einigermaßen verdutzt.

Malve richtete sich straff auf, und Seidel staunte über ihre energische Miene.

»Nun gut, so werden wir einen Doktor der Philologie für diesen Posten einstellen.«

»Aber mein gnädiges Fräulein, ob man gleich einen solchen Herrn für diese Stelle findet?«

Malve nahm ihr Herz tapfer in die Hände, sie kämpfte ja um Kätes Glück, da durfte sie sich nicht irre machen lassen.

»Überlassen Sie das mir, Herr Seidel. Mein Vetter kann uns sicherlich einen seiner Studienkollegen empfehlen. Ich werde mich gleich schriftlich mit ihm in Verbindung setzen.

Wenn ich Antwort habe, teile ich es Ihnen mit, und Sie können mit dem betreffenden Herrn verhandeln. Liegt sonst noch etwas von Wichtigkeit vor?«

Damit erhob Malve sich, weil sie sich jetzt nicht weiter auf nähere Fragen mit Seidel einlassen wollte.

Auch der Prokurist war aufgestanden. Er war jedenfalls ziemlich konsterniert über Malves entschiedenes Auftreten, das er sonst nicht an ihr kannte.

»Nein sonst wäre heute nichts Besonderes zu vermelden. Also – Sie glauben, mein gnädiges Fräulein, daß uns Ihr Herr Vetter eine entsprechende Persönlichkeit nachweisen könnte?«

»Ja, das glaube ich bestimmt. Herr Seidel. Und nun seien Sie mir nicht böse, wenn ich Sie verabschiede, aber ich bin erst vor einer knappen Stunde von Grundhof zurückgekommen und – ja – und habe noch Verschiedenes zu erledigen.«

Und Herr Seidel war, ehe er es recht begriff, entlassen worden.

Als Malve allein war, stand sie eine Weile mit geschlossenen Augen nachdenklich da. Dann lief sie in das Wohnzimmer hinüber und rief nach Käte.

Diese meldete sich und fragte lachend: »Wo brennt es denn, Malve?«

Malve stand tiefatmend vor ihr. Sie waren zum Glück allein, denn Frau Magda war einkaufen gegangen. Käte bei den Schultern fassend, fragte sie erregt:

»Käte – welche und wie viele Sprachen beherrscht Doktor Arens eigentlich?«

Verwundert sah Käte sie an und lachte ein wenig.

»Ich glaube, wenn du mich fragtest, welche er nicht beherrscht, wäre ich schneller fertig. Ich weiß, daß er in allen neuen Sprachen in Wort und Schrift perfekt ist.

Richard nennt ihn ein Sprachgenie, und ich glaube, das ist er auch.«

»Also bestimmt außer dem Deutschen – Englisch, Französisch, Italienisch, Spanisch und Russisch?« fragte Malve, noch immer sehr erregt.

»Du darfst auch noch Schwedisch und Dänisch hinzufügen, aber ob das alles ist, weiß ich nicht einmal. Warum willst du das wissen?«

Malve küßte sie herzhaft ab.

»Laß mich erst noch ein wenig weiterfragen, Käte. Welches Gehalt bezieht Doktor Arens in seiner jetzigen Stellung?«

Käte sah sehr ernst und betrübt aus.

»Ach Malve, das ist eine Schande. Zweihundert Mark bekommt er im Monat für all sein Wissen.«

Malve wurde ganz blaß.

»Ach mein Gott, so wenig. Aber sag mir, wieviel müßte er wohl bekommen, wenn – nun ja wenn er eine Familie gründen wollte?«

Mutlos zuckte Käte die Schultern.

»Ach weißt du, da er seine Mutter noch mit erhalten muß, könnte er daran nicht denken, wenn er nicht mindestens vierhundert Mark im Monat verdiente. Allerschlimmsten Falles ginge es auch mit dreihundert. Aber es ist ja gar nicht daran zu denken, daß er jetzt eine Stellung findet, in der er ein solches Gehalt bekäme.«

Malve umarmte Käte und drehte sie in einem Anfall von sonst bei ihr ganz unverständlichem und ungewöhnlichem Übermut herum. Dann blieb sie stehen, sah diese liebevoll an und sagte bewegt:

»Ach, Käte, Käte – denke nur, ich habe eine Stellung für ihn in Aussicht, wo er neunhundert Mark im Monat verdienen kann.«

Nun wurde Käte ganz blaß vor unterdrückter Erregung.

»Du machst doch nur einen Scherz, Malve?«

»Nein, nein, es ist mein Ernst! Also wann ist Hochzeit, Käte?«

Der schossen die Tränen in die Augen. Sie merkte nun, daß Malve ihr und Klaus Arens helfen wollte, aber – das konnte doch nicht sein.

»Malve«, sagte sie bitterernst, »wenn du dir in deiner Engelsgüte irgendeine Pfründe für Klaus Arens ausgedacht hast – das nimmt er nie im Leben an – auch nicht, um mich zu gewinnen. Ihm ist nur mit einer Stelle gedient, in der er ehrlich schaffen und arbeiten kann.«

»Daran soll es ihm gewiß nicht fehlen, liebste Käte, sieh doch ein bißchen zuversichtlich drein. Ich habe, in allem Ernst gesprochen, eine Stellung für ihn in Aussicht – hör mir zu, ich muß dir das alles ausführlich erklären. Der Prokurist Seidel hat mir soeben von einer Vakanz in unserem Verlag berichtet.«

Sie zog Käte neben sich auf den Diwan und setzte ihr alles haargenau auseinander. Atemlos vor Erregung hörte jene zu. Sie wurde bald blaß, bald rot, und als Malve zu Ende war, lehnte sie plötzlich ihr Gesicht an deren Schulter und weinte – weinte sich alle Angst und Not von der Seele.

Malve streichelte sie schweigend und wartete, bis Kätes Erregung sich gelegt hatte. Es dauerte ziemlich lange, denn das tapfere kleine Ding hatte wohl mutig bisher ihr aussichtloses Schicksal getragen, aber nun, als sie hoffen durfte, es könne doch noch ein Glück für sie geben, ein Glück, das zugleich Klaus Arens betreffen würde, erging es ihr wie vielen Menschen, die allem Leid tapfer gegenüberstehen und dann schließlich von einer kleinen Freude umgeworfen werden.

Verlegen lächelnd, wehrte Malve alle Dankesbezeigungen ab, mit denen Käte sie förmlich überschüttete:

»Laß das doch, Herzchen, du würdest im umgekehrten Fall genauso darauf bedacht sein, mir zu helfen, wie ich es tue. Bedenke doch nur, daß es mich nicht viel mehr kostet als einige Worte, Klaus Arens diese Stellung zu verschaffen. Und nach allem, was ich von ihm weiß, ist es außerdem mein eigener Vorteil, wenn ich eine so tüchtige Kraft für den Verlag gewinne. Hoffentlich wird Doktor Arens sich aus seinem jetzigen Arbeitsverhältnis lösen können.«

»Jederzeit, Malve, er hat sich nur so lange verpflichtet, bis er ein besseres Angebot bekommt. Denn sieh mal, mit zweihundert Mark im Monat muß er doch in jeder Hinsicht sehr sparen, schon seiner Mutter wegen.«

Nachdenklich sah Malve vor sich hin.

»Ist sie kränklich?«

»Nein, nein, sie möchte furchtbar gern mit verdienen, aber es findet sich nichts für sie. Weißt du, sie war vor ihrer Heirat Lehrerin und würde sehr gern ihren Beruf auch jetzt noch ausüben, aber – auch in diesem Beruf gibt zu viele Anwärter.

Malve dachte eifrig nach. Sie sagte sich, es sei doch für Käte wünschenswert, wenn ihre künftige Schwiegermutter nicht mir ihr und ihrem Mann zusammen wohnen würde. Und plötzlich fand sie einen Ausweg. Sie legte den Arm um Kätes Schulter.

»Ich will dir einen Vorschlag machen, Käte. Gerade jetzt bei meinem Besuch in Grundhof hat mir Frau Heims gesagt, es werde notwendig, in der Grundhofer Schule noch eine zweite Lehrkraft anzustellen. Wenn ich nun Klaus Arens' Mutter dafür in Vorschlag brächte? Nein – sprich noch nicht, laß dir erst alles erklären. Frau von Heims fühlt sich sehr einsam und hat mir schon gesagt, sie möchte das Feld räumen und mit ihrer ebenfalls verwitweten Schwester zusammen leben. Sie sagte mir, ich möge mich bald verheiraten, damit sie sich in Ruhe von ihrem Posten zurückziehen könnte. Also paß mal auf, wie ich mir alles denke. Die Mutter von Doktor Arens ist doch bestimmt eine sympathische Persönlichkeit?«

»Ganz bestimmt, Malve, sie ist eine feine, stille Frau und in jeder Weise liebenswert. Mir würde es nichts ausmachen, wenn sie – ach, lieber Gott – wenn wirklich alles kommt, wie ich es hoffe – wenn sie bei uns bliebe. Aber ich weiß, sie würde es in jedem Fall vorziehen, könnte sie wieder auf eigenen Füßen stehen.«

»Nun gut, also ich verschaffe ihr die Stelle einer zweiten Lehrerin – darüber steht mir die Entscheidung zu – und sie wohnt dann mit Frau von Heims zusammen in Grundhof. Die beiden alten Damen werden damit gewiß gern einverstanden sein.«

Käte mußte zunächst wieder ein bißchen weinen.

»Ach Malve – du kommst mir vor wie eine Fee. Brauchst alles nur mit deinem Zauberstab zu berühren – und überall sprießen Blumen auf. Ich wage noch gar nicht, an soviel Glück zu glauben. Und – vielleicht zerschlägt sich auch alles an Klaus Arens' hartem Kopf. Weißt du, wenn er merkt, daß sich hier bei uns sein Schicksal entschieden hat, dann denkt er vielleicht, man will ihn nur gnadenhalber anstellen.«

Malve lachte.

»Aber Käte, muß er denn unbedingt wissen, daß wir daran beteiligt sind? Ich gebe meinem Prokuristen einfach seine Adresse und verlange, daß man ihm verschweigt, daß ich irgend etwas mit der ganzen Sache zu tün habe. Seidel muß sagen, er sei ihm empfohlen worden. Punktum! Wir zwei warten dann in Ruhe ab, wie sich die Dinge entwickeln werden. Und erst wenn er angestellt ist, machen wir seiner Mutter, ganz harmlos, das sie betreffende Angebot. Das überlasse nur mir. Ich spüre plötzlich ein ungeheures Talent zur Diplomatin in mir.«

Käte umarmte sie und küßte sie herzlich.

»Liebste, beste Malve, eigentlich könnte man dich beneiden um deine Fähigkeit, die Menschen so im Handumdrehen glücklich zu machen. Wenn dich diese Fähigkeit nur nicht verläßt, wenn es eines Tages um dein eigenes Glück geht.«

Malve wurde bei diesen Worten dunkelrot, und Käte sah sie forschend an. Was sollte Malves Erröten bedeuten? Gab es vielleicht auch für sie ein erstrebenswertes Glück, das schon besondere Gestalt angenommen hatte?

VII

Malve hatte mit Käte vereinbart, daß sie noch einige Tage warten wollte, bis sie dem Prokuristen Weisung gab. Es mußte aussehen, als habe sie erst eine Antwort ihres Vetters abgewartet.

Zu ihrer großen Freude hörte sie am nächsten Tag, daß man Doktor Falkner zum Abendessen eingeladen hatte. Es entging Käte nicht, daß die Kusine bei dieser Nachricht rot und verlegen wurde, daß aber ihre Augen höchst verräterisch aufleuchteten.

Bei Lutz Falkners Eintreten am Abend war Malve noch auf ihrem Zimmer. Als Mutter und Tochter den Gast begrüßten, merkte Käte, daß der Blick des jungen Mannes etwas unruhig in dem Zimmer umherschweifte. Und prompt kam nach einigem Zögern seine Frage, ob Fräulein Renard noch in Grundhof weile. Käte entging es auch nicht, daß er heimlich aufatmete, als die Mutter sagte, Malve werde gleich erscheinen, sie sei schon längst von ihrem Gut zurück.

Nach einer Weile trat sie wirklich ein.

Käte beobachtete sie scharf und nicht minder Lutz, und sie stellte mit einer gewissen Befriedigung fest, daß beide leicht verlegen waren.

Jetzt trat Lutz auf Malve zu, um sie zu begrüßen.

»Es tut mir leid«, sagte er, nachdem ein paar belanglose Worte getauscht worden waren, »daß Sie, mein gnädiges Fräulein, Ihres Herrn Vetters Hochzeit fernblieben.« Es klang ehrlich und überzeugend.

Malve war heute merkwürdig befangen. »Ich bin doch noch in Trauer um meinen Vater«, entgegnete sie leise.

»Ja, das sagte ich mir später selber. Ich weiß eigentlich nicht, warum ich fest damit rechnete, Sie bei dem Fest zu treffen, vielleicht weil Richard mir versprochen hatte, Sie und ich sollten ein Brautführerpaar sein.«

»Wir hatten ganz vergessen, meinen Bruder davon in Kenntnis zu setzen, daß Malve nicht teilnehmen würde«, fiel Käte rasch ein.

Denn sie fühlte sich beinahe in der Rolle einer gütigen Fee, deren Aufgabe es war, beiden dazu zu verhelfen, zueinanderzufinden.

Ach, sie hatte ja längst erkannt, daß Lutz und Malve sich nicht mehr absolut harmlos gegenüberstanden. Eine gewisse Befangenheit – und auch heute war das der Fall – war ihnen beiden deutlich anzumerken, sobald sie einander begegneten.

Es war ein Glück, daß soeben zu Tisch gerufen und man für den Augenblick von Persönlichem und Allzupersönlichem abgelenkt wurde.

Der Abend verlief reizend. Lutz erzählte viel von seinen Erlebnissen in Amerika und sprach auch davon, wie sehr ihn die Art der dortigen Geschäftsführung befremdet habe. Selbst die Literatur, meinte er, würde dort drüben lediglich als Geschäft betrachtet. Die ideale Seite scheide vollkommen aus.

Von allen Anwesenden lauschte Malve am aufmerksamsten seinen Worten.

»Warum gingen Sie eigentlich nach drüben?« fragte Käte in eine Gesprächspause hinein, weil sie ahnte, daß Malve diese Frage sehr interessierte. Lutz bekam eine rote Stirn, sein Blick flog ein wenig unsicher zu Malve hinüber. Dann sagte er ruhig:

»Ich wollte mein Blickfeld erweitern – und – im deutschen Vaterland war damals kein geeigneter Platz für mich frei.«

Sie sah ihn nachdenklich an. Gern hätte sie ihm gesagt, daß sie seinen Namen im Tagebuch ihres Vaters gefunden hatte, daß er seine Artikelserie mit Randbemerkungen versehen hatte, die ein großes, starkes Interesse an ihm verrieten und – was der Vater über ihn geäußert hatte. Aber sie fühlte, daß sie nicht darüber sprechen konnte, wenn aller Blicke auf sie gerichtet waren. Sie mußte eine Stunde abwarten, in der sie mit ihm allein war.

So sagte sie nur:

»Ein Mann wie Sie darf sich seinem Vaterland nicht auf die Dauer entziehen.«

Überrascht sah er ihr ins Gesicht. Bei jedem anderen Menschen hätte das wohl wie ein belangloses Kompliment geklungen. Von Malve Renards Lippen aber wirkte es auf ihn viel stärker. Wie kam dieses junge Geschöpf zu diesem Ausspruch? Wenn er sie bisher auch für geistig ziemlich unbedeutend gehalten hatte, so fühlte er dennoch einen Unterton aus ihren Worten heraus, der ihm zu denken gab. Sie kamen aber heute nicht mehr darauf zurück. Gegen elf Uhr verabschiedete sich Lutz, nachdem Frau Magda ihn aufgefordert hatte, bald wieder zu kommen. Man würde sich immer freuen, wenn er ein Stündchen Zeit für sie hätte.

Er sah sie lächelnd an.

»Ich werde gern kommen, gnädige Frau, wenn Sie es erlauben.«

»Darauf hoffen wir, Herr Doktor.«

Käte und Malve hatten untereinander ausgemacht, auch Lutz Falkner nichts davon zu sagen, was sie mit Klaus Arens planten, denn Sie fürchteten, Lutz könne dem Freund etwas verraten.

Am übernächsten Tag forderte Malve Käte auf, mit ihr das Verlagshaus aufzusuchen, sie wollte dort mit dem Prokuristen über Klaus Arens sprechen. Käte sollte dabei sein. Sie hatte Malve die Adresse von Klaus geben müssen.

Der Prokurist empfing die junge Besitzerin etwas überrascht, denn Malve war selten hierhergekommen. Auch der andere Prokurist begrüßte sie mit einigem Erstaunen.

Malve sagte scheinbar ganz ruhig:

»Ich habe mich, wie schon angekündigt mit meinem Vetter in Verbindung gesetzt wegen der Besetzung des vakant werdenden Postens. Er hat mir mitgeteilt, der beste und geeignetste Nachfolger für diesen sei ein gewisser Doktor Klaus Arens. Bitte, wollen Sie sich seine Adresse notieren, Herr Seidel. Ich selbst kenne Herrn Doktor Arens nicht, aber nach den Worten meines Vetters und des Herrn Doktor Falkner, der im Haus Cornelius verkehrt, können wir keine geeignetere Persönlichkeit finden als ihn. Ich möchte Sie also bitten, diesen Herrn herzubestellen und mit ihm zu verhandeln. Ich bitte aber dringend, nicht zu verraten, daß ich seine Anstellung befürwortet habe, ich möchte mich wie immer allen geschäftlichen Dingen fernhalten und lege alles in Ihre bewährten Hände. Da wir einen Doktor der Philosophie für diesen Posten bekommen können, schlage ich vor, das bisherige Gehalt für diesen Posten um fünfzig Mark zu erhöhen, wie Sie es ja dem bisherigen Leiter der fremdsprachlichen Abteilung zubilligen wollten.«

Herr Seidel hielt es für angezeigt, auch seinerseits ein Wort zu sagen.

»Verzeihen Sie, mein gnädiges Fräulein – der bisherige Leiter war schon seit Jahren in dieser Stellung, und wir wollten versuchen, ihn durch diese Erhöhung seines Gehaltes zu halten. Wenn wir diesen von Ihrem Herrn Vetter empfohlenen Herrn einstellen – Ihnen scheint daran gelegen zu sein – schlage ich vor, ihm genau wie seinem Vorgänger ein kleineres Anfangsgehalt zu bieten.«

Malve erhob sich, scheinbar sehr energisch, heimlich aber bereits wieder ein wenig auf der Flucht vor Seidels Überlegenheit.

»Nein bitte, ich wünsche, daß ihm neunhundert Mark zugebilligt werden.«

»Aber mein gnädiges Fräulein – man könnte doch überhaupt erst einmal versuchen, den Mann billiger zu bekommen. Sie haben ja keine Ahnung, für wie wenig Geld man heute solche Kräfte bekommt.«

Malve merkte, daß Käte vor Angst und Unruhe schon ganz bleich geworden war. Das gab ihr nochmals Kraft, auf ihrem Willen zu bestehen, und ganz bestimmt sagte sie:

»Ich denke doch, der Verlag Renard ist anständig genug, um die Notlage studierter Herren nicht auszunutzen. Ich weiß mich in dieser Frage eins mit meinem Vater und bitte Sie, meine Wünsche zu berücksichtigen. Ich will nun nicht länger stören, meine Herren – also bitte, stellen Sie Doktor Arens ein, ohne ihm zu verraten, daß ich etwas damit zu tun gehabt habe. Sie sagen ihm, daß er Ihnen als besonders geeignet für diesen Posten empfohlen worden sei. Sein Gehalt legen Sie gleich fest. Guten Morgen, meine Herren – komm Käte, wir müssen nach Hause.«

Und Malve verließ mit der ganz fassungslosen Kusine das Verlagshaus.

Die beiden Prokuristen sahen sich, als die Damen gegangen waren, eine Weile sprachlos an. Endlich ergriff Seidel das Wort:

»Na, unsere verehrte Chefin entpuppt sich ja als sehr energisch. Das hätte ich ihr nicht zugetraut. Sie hat mich eben sehr an ihren Vater erinnert, machte genau dasselbe Gesicht wie er, wenn er etwas durchsetzen wollte. Mir scheint daher, sie wird es an Energie und Bestimmtheit nicht fehlen lassen, wenn sie erst einmal großjährig ist und ans Ruder kommt.«

Der andere Prokurist zuckte mit den Achseln.

»Uns kann es ja gleich sein, wir tun unsere Pflicht und damit basta. Wir werden also diesen Doktor Arens einstellen. Dann sind wir jeder Verantwortung ledig.«

Malve und Käte traten aufatmend aus dem großen Verlagsgebäude; Käte schob ihre Hand unter Malves Arm und sagte ganz verzagt:

»Also weißt du, Malve, ich habe dich gerade bewundert. Was ich für eine Angst hatte, daß deine Prokuristen meinen ganzen Glückstraum zerstören würden! Wunderbar energisch bist du gewesen – sie wagten gar nicht mehr, sich zu mucksen.«

»Ach, Käte, wenn du in mein Hasenherz hättest sehen können. Ich kam beinahe um vor Angst und bin deshalb so eilig aufgebrochen, damit ich nicht noch umfiel.«

Nun mußten sie alle beide lachen, lachten all ihre Angst fort und gingen langsam weiter, um noch einige Besorgungen zu machen.

Als sie an die nächste Straßenecke kamen, stießen sie plötzlich auf Doktor Falkner. Er begrüßte die Damen, und Käte fragte munter:

»Wo kommen Sie her, Herr Doktor?«

Er machte eine Bewegung mit der Hand.

»Hier ist doch mein Feld, mein gnädiges Fräulein, so mitten im Verlagszentrum. Ich habe eben einige Artikel an eine Zeitung verkauft. Da ich nicht jede beliebige Anstellung annehmen will, muß ich mir vorläufig meinen Unterhalt mit so etwas verdienen, und Gott sei Dank bin ich schon bekannt genug, so daß ich meine Sachen loswerde. Aber Sie, meine Damen? Was haben Sie hier zu tun?« fragte er lächelnd.

»Na, erlauben Sie mal, Herr Doktor, Sie denken wohl, wir wachsen wie die Lilien auf dem Feld, ohne zu säen und zu ernten? Vergessen Sie denn, daß meine Kusine die Besitzerin eines der größten Verlage Berlins ist? Und ich? Nun, vielleicht werde ich eines Tages ihre Sekretärin, das hat sie mir schon in Aussicht gestellt.«

Mit einem warmen Blick sah Lutz Malve an.

»Ganz recht, das hat mir Fräulein Renard bereits erzählt.«

Malve richtete sich aus ihrer Versunkenheit auf.

»Ich werde dieses Angebot wohl wieder zurücknehmen müssen – Käte erscheint mir tauglicher für einen anderen Beruf«, sagte sie mit leiser Schelmerei, die sie sehr gut kleidete.

Das fand auch Doktor Falkner. Er konnte seine Augen nicht von ihr abwenden, und es wurde ihm bei ihrem Anblick seltsam warm ums Herz. Mit ihren von der Winterluft sanft geröteten Wangen bot sie, in ihren kostbaren Pelzmantel gehüllt, ein sehr reizendes Bild.

Käte war bei Malves Worten ganz rot geworden, lachte aber und meinte:

»Vielleicht nehme ich dich aber doch noch beim Wort. Sie sind Zeuge, Herr Doktor, nicht wahr, daß meine Kusine mich zu ihrer Sekretärin machen wollte?«

»Unbedingt. Aber jetzt darf ich die Damen wohl ein Stück begleiten?«

Man erlaubte es ihm, und sie gingen zu dritt weiter, lebhaft miteinander plaudernd. Malves Auto fuhr langsam neben ihnen her.

Käte hätte sich sehr gern entfernt, um die beiden jungen Leute allein zu lassen, um auf diese Weise ihre Dankesschuld Malve gegenüber ein wenig abzutragen, aber sie wußte nicht, wie sie es unverfänglich anstellen sollte. Es fiel ihr aber ein, daß sie wenigstens das Zusammensein mit Lutz verlängern konnte. Als sie an einer Konditorei vorüberkamen, wo es bestens bekannte Fleischpasteten und Bouillon zum Frühstück gab, sagte sie zu Malve:

»Ich fände es famos, Malve, wenn wir hier einen kleinen Imbiß nehmen. Herr Doktor, halten Sie mit?«

Er war sofort dazu bereit.

»Aber selbstverständlich, mit Vergnügen. Darf ich die Damen, als Revanche für oft genossene Gastfreundschaft, zu diesem improvisierten Frühstück einladen?«

Käte lachte ihn an und machte große, erstaunte Augen.

»Herr Doktor, Sie müssen ja ein Riesenhonorar bekommen haben für Ihre Artikel!«

Er lachte mit.

»Wie werden Sie erst staunen, wenn ich Ihnen verrate, daß man mir eine ganze Artikelserie in Auftrag gegeben hat. Ich werde mir ein Bankkonto zulegen müssen«, scherzte er.

Malve ließ ihren Blick weltvergessen auf ihm ruhen. Wenn er lachte, war er noch bezaubender als sonst. Zugleich rührte es sie, daß er im Lebenskampf noch nicht die Sprosse erklommen hatte, für die ihn ihr Vater befähigt hielt. Es erschien ihr aber nach allem, was sie von ihm wußte, ganz sicher, daß Sie es dem Verlag geradezu schuldig war, ihn als dessen literarischen Leiter zu verpflichten. Das wäre auch im Sinne ihres Vaters gewesen. Sie wußte nur nicht, wie sie das in die Wege leiten sollte und konnte.

Mit ihren Prokuristen darüber zu sprechen, getraute sie sich nicht recht. Das waren zwei von sich sehr überzeugte Herren, die der Ansicht waren, sie hätten es nicht nötig, irgendwen neben sich oder gar über sich zu dulden.

Bei ihnen würde sie wenig Verständnis finden, zumal deshalb nicht, weil sie – mochten sie noch so tüchtige Kaufleute sein – von Literatur herzlich wenig verstanden.

Hätte sie Lutz Falkner objektiv gegenüber gestanden, würde sie selbst die Initiative ergriffen haben, allein sie empfand nur zu gut, wollte sie sich ihm verständlich machen, würde eine solche Verlegenheit sie befallen, daß sie ganz gewiß nicht zum Ziel käme.

Während Lutz das kleine Frühstück mit den beiden Damen einnahm, sah er immer wieder Malve daraufhin an, ob er imstande sein würde, ihr wenigstens die Illusion eines Glückes zu verschaffen und zu erhalten. Denn er wußte sehr wohl, daß es wichtiger für einen Menschen war, an ein Glück glauben zu dürfen, als es in Wahrheit zu besitzen. Daß sie ihm nicht mehr gleichgültig und unbefangen gegenüberstand, merkte er sehr wohl, sie war nicht gewöhnt, sich zu verstellen. Kokette Manöver waren ihr fremd, sie gab sich immer so, wie sie war, wenngleich sie in mädchenhafter Scheu zu verbergen trachtete, was sie für ihn empfand.

Während die drei scheinbar unbefangen miteinander plauderten, betrat Milda Herfort die Konditorei. Malve erkannte in ihr sofort die Dame, die vor dem Mädlerschen Geschäft mit Lutz gesprochen und ihre Hand auf seinen Arm gelegt hatte. Zu ihrem Befremden bemerkte sie, daß er diese Dame nicht grüßte, sondern fremd über sie hinwegsah.

Auch Milda hatte Lutz neben den beiden Damen sitzen sehen. Ihre Augen flammten auf, denn auch sie erkannte in Malve diejenige, mit der Lutz den Mädlerschen Laden betreten hatte. Ihre Augen bohrten sich forschend in Malves Gesicht, nachdem sie Lutz ziemlich herausfordernd angesehen hatte. Dann aber erblickte sie Käte. Diese und Milda Herfort hatten sich einmal flüchtig in einer Gesellschaft kennengelernt. Das benutzte Milda nun, um nach kurzem Überlegen an Käte heranzutreten und sie anzusprechen. Und nun mußte Lutz sich dazu bequemen, sie mit einem Neigen des Kopfes zu begrüßen. Das nutzte Milda sofort aus. Rasch und, wie es den Anschein hatte, unbefangen bot sie Lutz die Hand.

»Ah, Herr Doktor – Sie hätte ich gar nicht erkannt. Wie geht es Ihnen?«

»Danke!« sagte er nur kurz und schroff.

Malve wurde rot, weil sie fühlte, daß er sich irgendwie genierte. Warum hatte er diese Dame erst begrüßt, als sie an den Tisch herantrat?

Frau Milda ließ sich aber durch sein abweisendes Verhalten nicht irre machen.

»Herr Doktor Falkner«, sagte sie lächelnd, »hat mit uns zusammen die Überfahrt von New York nach Hamburg gemacht, auf diese Weise haben wir uns kennengelernt, allerdings nur flüchtig.«

Lutz hatte eine rasende Angst, Milda könne die Unverfrorenheit haben, sich mit an den Tisch zu setzen. Käte merkte ihm, feinfühlig wie sie war, diese Angst an und fragte sich, wie er zu dieser schönen Frau stehen mochte. Jedenfalls spürte sie, daß Abwehrkräfte von ihm ausströmten, sonst hätte sie Milda wohl Platz gemacht. So unterließ sie es jedoch, dankte dieser für eine Empfehlung an ihre Mutter und verabschiedete sich von Frau Herfort, wie man es von einer sehr flüchtigen Bekannten tut.

Zögernd verbeugte Milda sich vor Malve und Lutz und trat an den Verkaufstisch heran, wo sie eine Bestellung machte.

Nach ihrem Weggang herrschte ein beklemmendes Schweigen zwischen den drei Menschen. Aber endlich nahm Käte wieder das Wort:

»Es war vielleicht etwas unhöflich von mir, Frau Herfort nicht zum Platznehmen aufzufordern, aber – ich wußte nicht, ob es angenehm wäre.«

Lutz richtete sich schroff auf.

»Ich bin Ihnen jedenfalls dankbar, daß Sie es unterlassen haben – Frau Herfort erscheint mir etwas aufdringlich«, sagte er hart.

Malve erschrak bei diesem Ton. Und nun fiel ihr wieder ein, daß Lutz diese Dame schon damals in der Leipziger Straße sehr kurz abgefertigt haben mußte, da er sie gleich wieder stehen ließ. Das Herz wurde ihr dadurch leicht, sie hatte gefürchtet, daß zwischen ihm und der blendend schönen Frau irgendwelche Beziehungen beständen. Sie hatte nun erfahren, daß Lutz die Dame auf dem Dampfer kennengelernt hatte und daß er von ihr nicht gerade entzückt zu sein schien – Gott sei Dank!

Käte aber fühlte instinktiv, was sowohl Malve als auch Lutz bewegte, und sagte daher mit einem Lächeln:

»Frau Herfort muß man eines lassen, sie gewährt wenigstens einen angenehmen Anblick. Aber ihr Gatte – ich begreife es nicht, daß eine so schöne Frau sich mit einem so häßlichen Menschen verbinden konnte. Sie können ihn wohl auch nicht leiden, Herr Doktor?«

»Offen gesagt, Fräulein Käte, die Herrschaften sind mir beide nicht angenehm aufgefallen. Aber wenn Sie gestatten, wollen wir dieses Thema fallen lassen.«

Käte lachte scheinbar harmlos.

»Also gut, sprechen wir von erfreulicheren Dingen. Ich habe Herforts bei Bekannten von Helmers einmal kennengelernt, schon vor langer Zeit, und wir haben damals kaum zehn Worte miteinander gewechselt, jedenfalls war ich überrascht, von ihr angesprochen zu werden. Ich hätte höchstens einen formellen Gruß aus der Ferne gewagt. Aber nun wollen wir wirklich von etwas anderem reden.«

Lutz tat nun alles nur Mögliche, um den Eindruck zu verwischen, den Mildas Erscheinen verursacht hatte. Käte grübelte noch immer darüber nach, wie sie wohl ein kurzes Alleinsein zwischen Lutz Falkner und Malve herbeiführen könnte. Sie hatte das Gefühl, daß Malve damit gedient wäre. Und so beschloß sie, wenigstens am Ladentisch einige Einkäufe zu machen und diese so lange wie möglich hinzuziehen.

»Weißt du, Malve, ich werde Mutter einige Leckereien mitbringen. Ich bitte für einige Minuten um Entschuldigung.«

Damit erhob sie sich und trat an den Ladentisch.

Lutz war der kleinen Käte sehr dankbar und wehrte den unangenehmen Eindruck, den Mildas Erscheinen bei ihm hervorgerufen hatte, von sich ab. Er hatte Vergleiche ziehen müssen zwischen Milda und Malve, und wenn letztere auch nicht von so blendender Schönheit war wie jene, so erschien sie ihm doch viel reizvoller und angenehmer.

»Es hat mir sehr viel Freude gemacht, mein gnädiges Fräulein, Sie so unverhofft wiederzusehen. Finden Sie es sehr aufdringlich, wenn ich mich bald wieder zum Tee bei Ihrer Frau Tante einfinden werde?«

Sie sah schüchtern zu ihm auf.

»Aber nein, ich weiß doch, meine Tante freut sich und Käte nicht minder, wenn Sie kommen.«

»Und Sie?« fragte er leise. »Werde ich auch Ihnen nicht unwillkommen sein?«

Sie wurde dunkelrot.

»Ganz gewiß nicht, Herr Doktor – Ihre Gesellschaft bedeutet mir viel.«

»Das freut mich außerordentlich. Ich plaudere sehr, sehr gern mit Ihnen.«

Sie seufzte ein wenig beklommen.

»Ach – was kann Ihnen, dem geistvollen, bedeutenden Mann an der Unterhaltung mit einer so unscheinbaren Frau liegen, wie ich es bin.«

Mit einem innigen Blick sah er sie an.

»Daß sie eine viel zu bescheidene Meinung von sich haben, ist mir schon oft aufgefallen. Damit beeinflussen Sie für den ersten Augenblick das Urteil der Menschen, die Sie kennenlernen – aber – man merkt bald, daß Sie sich selbst unterschätzen.«

Verlegen sah sie vor sich nieder.

»Über welches Thema werden Sie jetzt eine Artikelserie schreiben?« fragte Malve ganz unvermittelt.

Etwas erstaunt sah er sie an. Über das, was er zu schreiben gedachte, traute er ihr freilich kein Urteil zu. Aber er sagte höflich:

»Über die Not der deutschen Theater und wie ihr zu steuern wäre.«

»Oh, darüber ließe sich viel sagen!«

Erstaunt sah er sie an.

»Dieses Thema liegt Ihnen wohl sehr fern, gnädiges Fräulein.«

Sie wurde rot, sagte aber tapfer:

»Wohl nicht ganz so fern, wie Sie glauben. Hoffentlich darf ich diese Serie lesen. Leider kenne ich bisher nur eine Artikelserie von Ihnen, die ich im Nachlaß meines Vaters fand. Sie führte den Titel: Ein Überblick über das literarische Deutschland.«

Er stutzte. Dann sagte er lächelnd:

»Das wird Sie vermutlich arg gelangweilt haben.«

»Im Gegenteil – das heißt – vor allem deshalb nicht, da mein Vater diese Artikel durch sehr viele Randbemerkungen erläutert hat.«

Er horchte interessiert auf.

»Oh, schade, daß ich diese Randbemerkungen nicht einsehen kann.«

»Dazu kann Ihnen Gelegenheit gegeben werden, Herr

Doktor; Sie werden daraus ersehen, wie stark das Interesse meines Vaters an Ihrem Schaffen war.«

Irgend etwas in ihren Worten ließ ihn aufhorchen, und er sah, daß ihr Gesicht einen ganz anderen Ausdruck hatte als sonst. Sie sah jetzt alles andere als uninteressiert aus.

»Ich staune, daß Sie diese Zeitungsartikel nicht verbrannt oder sonstwie vernichtet haben.«

»Aber nein, Herr Doktor, was denken Sie«, entfuhr es ihr unwillkürlich, und dann wurde sie wiederum rot und fügte hinzu: »Ich sagte Ihnen doch, mein Vater hat diese Artikel mit Randbemerkungen versehen. Daraus ersah ich, für wie wertvoll er die Ausführungen des Verfassers hielt. Und überdies – jedes von meinem Vater geschriebene Wort ist mir eine wertvolle Erinnerung. Ich habe alles sorgfältig verwahrt und die Blätter von Grundhof – erst neulich fand ich sie dort – mit hierhergebracht.«

»Dürfte ich Sie bitten, sie mir für kurze Zeit zu überlassen?«

»Gern Herr Doktor, Sie können sie sich gelegentlich bei mir abholen. Was mein Vater geschrieben hat, wird Ihnen beweisen, wie – nun ja – wie innig er sich im Geiste mit Ihnen verbunden fühlte.«

Nun rötete sich seine Stirn, und seine Augen flammten auf.

»Ich glaube nicht, daß Sie ermessen können, wie glücklich es mich macht, das zu hören. Obwohl ich persönlich nur gelegentlich und flüchtig mit Ihrem Herrn Vater zusammengekommen bin, habe ich doch immer gewußt, wie wesensverwandt wir waren. Es hat mir aufrichtig leid getan, daß ich nicht näher mit ihm bekannt werden konnte.«

»Meinem Vater auch«, sagte sie schlicht.

Er sah sie forschend an.

»Wie meinen Sie das?«

Malve war sehr glücklich, daß das Gespräch ganz von selbst diese Wendung genommen hatte, ohne jedes Zutun ihrerseits.

»Ich wollte Ihnen das, was ich darüber weiß, nicht aufdrängen, aber da es sich nun von selbst so ergeben hat, möchte ich Ihnen sehr gern sagen, was mein Vater von Ihnen hielt und – wie sehr er es bedauerte, daß Sie nach Amerika gegangen waren, ohne daß er es hätte verhindern können. Er sagte mir einmal: die Amerikaner lassen ihn gewiß nicht wieder herüber.«

Interessiert beugte er sich vor und sah sie mit durchdringendem Blick an.

»Das alles haben Sie gewußt – und erst heute erfahre ich es von Ihnen? Ahnen Sie, wie wertvoll mir jedes Ihrer Worte ist?«

»Ich habe es wohl geahnt – aber – ich wagte es nicht, das Gespräch darauf zu bringen. Wären Sie damals nicht nach Amerika gegangen, hätte mein Vater wohl Großes mit Ihnen vorgehabt.«

In diesem Augenblick kam Käte an den Tisch zurück. Sie hätte ihren Einkauf unmöglich länger hinziehen können.

Lutz richtete sich empor und sagte ruhig und beherrscht:

»Alles Ihren Herrn Vater Betreffende interessiert mich ungemein. Über das, was Sie mir vorhin andeuteten, müssen wir noch einmal eingehender sprechen. Vielleicht dann, wenn ich mir die fragliche Artikelserie abhole.«

Hellhörig, wie Käte einmal war, griff sie auf der Stelle resolut in Malves Schicksal ein.

»Ah, hier sind inzwischen wahrscheinlich literarische Probleme erörtert worden?«

»So ist es, Fräulein Käte, das gnädige Fräulein hat mir

sehr interessante Eröffnungen gemacht über das Schaffen ihres Herrn Vaters. Ich möchte mich gern weiter darüber unterhalten, wozu hier keine Gelegenheit ist.«

»Soll ich Ihnen zu einer weiteren Gelegenheit verhelfen?« fragte Käte schelmisch lächelnd.

»Ich bitte sehr darum.«

»Gut, kommen Sie morgen vormittag zu uns, Mutter ist dann in einer Komiteesitzung. Malve und ich sind dann allein, und – ich werde Sie bestimmt nicht stören bei Ihren Diskussionen, die mich, offen gesagt, wenig interessieren.«

Er verbeugte sich.

»Vielen Dank, Fräulein Käte. Wird es auch Ihnen recht sein, mein gnädiges Fräulein?« wandte er sich an Malve.

Diese war sehr verlegen und wußte nicht, ob Käte nicht etwas Unpassendes getan hatte, aber es lag ihr sehr viel daran, diese Angelegenheit mit Lutz zu besprechen, und so sagte sie schüchtern:

»Wenn das angeht – gewiß – es ist mir recht.«

Es wurde also abgemacht, daß Lutz am nächsten Vormittag gegen elf Uhr zu Besuch kommen sollte. Käte erklärte sich bereit, alle Verantwortung der Mutter gegenüber auf sich zu nehmen.

IX

Malve erwartete mit großer Unruhe am nächsten Vormittag den Zeitpunkt, an dem Tante Magda zu ihrer Komiteesitzung aufbrechen würde. Sie hatte allerdings ein ganz schlechtes Gewissen. Und als die Tante wirklich gegangen war und sie mit Käte allein im Wohnzimmer saß, sagte sie mit unsicherer Stimme:

»War es denn richtig Käte, daß wir Tante Magda nicht gesagt haben, daß wir Doktor Falkner erwarten?«

Käte hatte ebenfalls einige Bedenken, aber sie hatte es sich nun einmal in den Kopf gesetzt, Malve zu ihrem Glück zu verhelfen, wie diese ihr dazu verhelfen wollte, und darum sagte sie scheinbar ganz unbekümmert:

»Aber Malve, Mutter hätte ja ihre Sitzung schwänzen müssen, weil sie bestimmt gedacht hätte, sie könne uns mit Doktor Falkner nicht alleinlassen. Warum sollten wir sie also damit behelligen? Sie könnte dir doch nur im Weg sein. Was ist denn dabei? Du empfängst doch deine Prokuristen auch allein, wenn du mit ihnen zu reden hast. Und soviel ich aus euren Reden gestern entnommen habe, handelt es sich doch auch zwischen Doktor Falkner und dir um irgendeine literarische Sache oder wenigstens um eine Verlagsangelegenheit – also warum sollst du ihn da nicht allein empfangen. Im übrigen bin ich doch Anstandsdame genug. Also nur keine Skrupel! Wenn Doktor Falkner wieder gegangen ist und Mutter heimkommt, sagen wir ihr, Doktor Falkner habe uns einen Besuch gemacht und sei sehr betrübt gewesen, nicht auch Gelegenheit gehabt zu haben, Mutter begrüßen zu können. Du sagst ihr dann so viel, wie du erzählen willst, und sollte sie uns doch schelten, daß wir ihn angenommen haben, dann sage ich einfach, ich hätte nichts Bedenkliches dabei gefunden.«

Malve faßte Kätes Hand.

»Ich will dir lieber gleich alles eingestehen, was ich mit ihm zu reden habe, Käte. Du wirst selbstverständlich unserer Unterredung beiwohnen und bist dann gleich im Bilde.«

»Gut«, meinte Käte scheinbar gelassen, »wenn du es mir sagen willst, werde ich sehr aufmerksam zuhören. Und hinterher fungiere ich als Anstandswauwau.«

Dabei war Käte ganz fest entschlossen, unbedingt einige Male nach der Küche zu sehen, während Lutz Falkner und Malve zusammen waren. Sie spürte deutlich, daß Malve ihm nicht gleichgültig gegenüberstand. Und auch er schien sich sehr stark für sie zu interessieren. Also fehlte nichts weiter, als daß man ihnen genügend Zeit ließ, sich auszusprechen, ohne daß jemand dabei neugierig die Ohren spitzte.

Als Malve nun die Artikelserie herbeiholte und ihr die Tagebücher ihres Vaters vorlegte, als sie ihr obendrein sagte, was der Vater mit ihr über den ihr damals unbekannten Lutz Falkner gesprochen hatte, fiel es Käte wieder ein, daß sie einmal, gleich nach Georg Renards Tod, Richard hatte sagen hören: »Der einzige Mensch, der Onkel Georg ersetzen kann, ist Lutz Falkner, er ist es dank seiner geistigen Elastizität und Genialität.«

Malves Augen begannen heller zu glänzen.

»Siehst du, Käte, auch Richard ist dieser Überzeugung. Wenn ich nur wüßte, wie ich es ihm begreiflich machen soll, daß er diesen Posten unbedingt annehmen muß. Ich habe längst erkannt, es muß jemand das Unternehmen führen, der nicht bloß Geschäftsmann ist, und je länger, desto deutlicher wird mir klar, daß meine Wahl auf keinen Besseren fallen könnte als auf Doktor Falkner. Aber, aber . . .«

Sie vollendete den Satz nicht, dafür aber kam ein tiefer Seufzer aus ihrem Mund.

Käte spitzte unwillkürlich die Ohren. Nun wußte sie Bescheid.

Zugleich aber staunte sie, wie klar Malve die Situation übersah.

»Liebe Malve«, begann sie lächelnd »ich falle aus einem Verwundern in das andere. Wahrhaftig, ich schäme mich darüber, wie sehr ich dich unterschätzt habe. Aber daran ist nur deine verflixte Zurückhaltung schuld. Wie kann man denn ahnen, daß hinter der schüchternen, bescheidenen Malve ein so kluges Geschöpf steckt.«

»Es ist mir nun einmal nicht gegeben, Käte, mich allen Menschen zu offenbaren. Dir bin ich in letzter Zeit aber so nahegekommen, daß ich mit dir darüber reden kann. Und bei dieser Gelegenheit will ich dir gleich beichten, was ich hinter verschlossenen Türen arbeite, wenn die Ledermappen kommen, die dir schon so viele Rätsel aufgegeben haben. Sie enthalten nämlich die Manuskripte, die beim Verlag eingereicht worden sind, das heißt nur die, die überhaupt zu einer Prüfung geeignet erscheinen. Schon seit einigen Jahren hat Vater mich angelernt, diese Manuskripte zu beurteilen. Ich war auch mit ihm in jeder Premiere, in der ein von uns herausgegebenes Stück aufgeführt wurde. Außerdem ist mir diese kritische Veranlagung von meinen Vorfahren vererbt worden – genug – Vater überließ mir die Entscheidung über die Manuskripte schließlich fast allein – und – ich hatte das Glück, daß gerade die von mir zur Annahme empfohlenen stets besonders guten Erfolg hatten. Vater hat deshalb verfügt, daß sämtliche geeignet erscheinenden Manuskripte mir zur Durchsicht vorgelegt werden und daß nur die angenommen werden, die ich befürworte.«

Käte schlug die Hände zusammen.

»Mein Gott, und ich habe immer meine dummen Witze über deine Arbeiten gemacht und nicht geahnt, was für eine kluge, bedeutende Kusine ich habe. Verstehst du denn wirklich so viel davon?«

Malve mußte lachen, sagte aber bescheiden:

»Ich sage dir, diese Gabe ist mir einfach angeboren. Ich treffe instinktiv das Richtige.«

»Dann wärest aber du selbst die ideale Leiterin deines Verlags.«

»O nein, Käte, was denkst du! Dazu gehört mehr als ein bloß instinktiv gutes Urteil. Und ich weiß, Lutz Falkner wäre hier der rechte Mann am rechten Platz. Ich fand bei meinem letzten Aufenthalt in Grundhof in Vaters Schreibtisch diese von ihm verfaßte Artikelserie: Ein Überblick über das literarische Deutschland. Ich habe alles gelesen und daraus erkannt, wie wesensverwandt der Verfasser mit meinem Vater ist. Das geht auch aus zahlreichen Randbemerkungen hervor, die Vater dazu gemacht hat. Falkner und ich sind nun gestern, während du einkauftest, zufällig auf diese Sache zu sprechen gekommen, und es interessiert ihn sehr diese Randbemerkungen kennenzulernen. Auch möchte ich ihm die Stellen in Vaters Tagebüchern zeigen, die auf ihn Bezug nehmen. Ich hoffe, ihm auf diese Weise begreiflich machen zu können, daß es sehr wertvoll für den Verlag und ganz im Sinne meines Vaters wäre, wenn er eine führende Stellung in der Firma einnehmen würde. Da er zum Glück nicht, wie mein Vater fürchtete, von den Amerikanern festgehalten worden ist, betrachte ich es als meine Pflicht, Vaters Wunsch nachträglich zu erfüllen – sofern es möglich ist.«

Käthe hatte sehr interessiert zugehört. Sie merkte sehr wohl, daß Malve sich mit ihren eigenen Wünschen hinter die des Toten verstecken wollte. Es wurde ihr immer klarer, daß Malve sehr viel für Lutz Falkner übrighatte, und so war sie bereit, ihr in jeder Weise behilflich zu sein.

»Soweit ich Lutz Falkner durch meinen Bruder kennengelernt habe«, sagte sie, »ist er wirklich eine geniale Persönlichkeit. Auch Klaus Arens hat eine sehr hohe Meinung von seinen Fähigkeiten. Also will ich hoffen, daß du deines Vaters Wunsch nachträglich erfüllen kannst.«

»Wenn es mir nun gelänge, Käte!«

»Aber das ist doch sehr einfach, du brauchst ihm doch nur das Anerbieten zu machen, sich an die Spitze deines Verlags zu stellen.«

Malve wurde dunkelrot.

»Das eben fällt mir sehr schwer! Ich – ach Käte – ich weiß wirklich nicht, wie ich das anstellen soll.«

»Aber Malve, ich verstehe dich nicht. Du zeigst ihm die zur Debatte stehenden Aufzeichnungen, sagst ihm kurz und bündig, was dein Vater mit dir über ihn gesprochen hat, und schließt mit den Worten: Wie stellen Sie sich zu dieser Sache? Sind Sie bereit, als oberster Leiter in den Verlag einzutreten?«

Gleich darauf wurde den jungen Damen der erwartete Gast gemeldet. Er wurde vorgelassen, und Malve blieb keine Zeit mehr, sich vor dem Ganzen zu fürchten.

Käte half ihr nach Kräften, die Sache in Fluß zu bringen. Dann legte Malve ihm die Zeitungsartikel mit ihres Vaters Randbemerkungen vor, und nachdem Lutz diese überblickt und eine rote Stirn bekommen hatte, zeigte sie ihm die Stellen in dem Tagebuche ihres Vaters und berichtete ihm, von Käte unterstützt, was dieser über ihn geäußert hatte. Käte half Malve dann weiter und sagte in ihrer frisch zupackenden Art:

»Meine Kusine ist nun mit sich im unklaren, wie sie es Ihnen beibringen soll, daß Sie darüber entscheiden müssen, ob Sie dem ehrenvollen Ruf folgen wollen, als Leiter des Verlages an die Spitze der Firma Renard & Sohn zu treten. Deshalb mache ich mich zu ihrem Sprachrohr. Und nachdem ich das nun getan habe, bitte ich, mich eine Weile zu entschuldigen, ich muß in die Küche und in Mutters Abwesenheit nach dem Essen sehen.«

Ehe sie noch jemand daran hindern konnte, war sie auch schon hinaus.

Malve und Lutz Falkner saßen sich eine Weile stumm und etwas fassungslos gegenüber. Malve wußte vor Verlegenheit nicht, wie sie beginnen sollte. Und Lutz sah sie mit großen, forschenden Augen an. Erst nach einer Weile fragte er ernst und eindringlich:

»Ist es wirklich wahr, was Fräulein Käte eben gesagt hat, haben Sie tatsächlich den Wunsch, daß ich der Nachfolger Ihres Vaters werde?«

Sie wagte nicht, ihn anzusehen, aus Furcht, er könne merken, wie lebhaft sie es wünschte, er solle in ihrer Nähe bleiben. Es rührte ihn, wie sie gegen ihre Verlegenheit kämpfte, aber gerade diese Verlegenheit verriet ihm auch, daß ihr alles Herzenssache war. Und das Verlangen erfaßte ihn auf einmal, sie in die Arme zu nehmen und alles Bangen aus ihrer Seele fortzuzaubern. Es erschien ihm plötzlich sehr wünschenswert, dieses junge Geschöpf an sich zu fesseln, ihr Schutz und Schirm sein zu können und sich dann mit seiner ganzen Kraft ihrem Erbe zu weihen und es in Georg Renards Sinne zu verwalten.

Eine Weile rang Malve um Fassung, um ihm antworten zu können. Endlich sagte sie leise:

»Ich weiß, daß meines Vaters Wunsch und Wille geschehen, wenn Sie sein Nachfolger werden.«

Er erhob sich und trat zu ihr heran:

»Es genügt mir aber nicht, mein gnädiges Fräulein, daß es nur der Wunsch Ihres Vaters gewesen ist. Ich gestehe, dieser ehrenvolle Ruf beglückt mich; es macht mich stolz, daß Ihr Vater so von mir und über mich dachte. Aber – wenn ich mich Ihnen ganz verschreiben soll, Malve Renard – dann kann ich es nur unter einer Bedingung.«

Sie blickte zu ihm auf, und in ihren Augen lag etwas, was ihn seltsam bewegte, was ihn zu ihr hinzog mit unwiderstehlicher Gewalt. Er erfaßte ihre Hand und beugte sich zu ihr herab:

»Malve – wollen Sie meine Frau werden?«

Das sagte er schlicht und ernst und mit sehr viel ehrlicher Wärme.

Sie zuckte zusammen, duckte sich ein wenig und hob dabei die Hände. Sie wollte sprechen und konnte es nicht. Er zog sie an den Händen zu sich empor, es erschien ihm plötzlich sehr reizvoll, sie zu seiner Frau zu machen.

»Malve – ich sage Ihnen, daß ich mich nur als Ihr Gatte Ihrem Verlag auf Lebenszeit verschreiben werde. – Sie müssen mir zeigen, daß ich nicht nur Ihrem Verlag, sondern auch Ihrer Person zum Leben nötig bin. Ich könnte Ihnen dann versprechen, daß ich es als meine Lebensaufgabe betrachten würde, Ihr Erbe so zu verwalten, wie es Ihrem Vater erwünscht war. Ich halte mich für fähig, Georg Renard zu ersetzen, soweit ein Mench den anderen ersetzen kann – aber nur, wenn Sie mir Ihr Jawort geben, kann ich Ihr Anerbieten annehmen. Sie können sich das in Ruhe überlegen – ich werde Ihre Entscheidung abwarten. Ich will keinen Zwang auf Sie ausüben. Aber – ich bin Ihnen von Herzen gut, Malve – und es würde mich froh und glücklich machen, wollten Sie die Meine werden.«

Da brachte sie es endlich über sich, ihn anzusehen. Sie streckte die Hand nach ihm aus, als sei sie in Sorge, er könne jetzt gehen und es möchte ihn reuen, um sie geworben zu haben.

Schnell faßte er ihre Rechte mit warmem Druck.

»Sagen Sie mir, ob ich gehen soll und wann ich wiederkommen darf, um mir Ihre Antwort zu erbitten.

»Nein – bleiben Sie – ich – ich habe Sie lieb, Lutz Falkner, und ich brauche keine Zeit zum Überlegen.«

Er zog sie gerührt in seine Arme. Es klang seltsam beglückend an sein Ohr, dieses: »Ich habe Sie lieb, Lutz Falkner.« Es klang so innig und zugleich so schlicht, so wahr. Und wenn er nicht eine so große Enttäuschung erlebt hätte, wenn er nicht einst eine andere Frau so viel heißer geliebt und begehrt hätte, wäre ihm wohl jetzt der Glaube gekommen, daß er dieses feine, stille Geschöpf liebte.

Er brauchte sich wirklich nicht zu überwinden, sie in voller Herzlichkeit in seine Arme zu schließen und ihre Lippen mit Inbrunst zu küssen. Dieser Kuß war ein Gelöbnis, Malve Renard glücklich zu machen, soweit es in seiner Macht stand.

Und sie lag in seinen Armen mit einem Gefühl, als habe sich über ihr der Himmel geöffnet. Sie zweifelte nicht, daß er sie liebte – wie hätte er sonst um sie werben können? Sie war viel zu unerfahren, als daß sie an einen anderen Grund für seine Werbung hätte glauben können. Wenn er ihr auch nicht gesagt hatte, daß er sie liebte, so hatte er doch gesagt: »Ich bin Ihnen von Herzen gut, Malve, und es würde mich froh und glücklich machen, wollten Sie die Meine werden.«

Welches Glück, welche Seligkeit, daß es in ihre Hand gegeben war, ihn froh und glücklich zu machen.

»Ich danke dir, Malve, daß du dich mir zu eigen geben willst«, sagte er tiefbewegt und küßte sie wieder und merkte froh, wie gern er diese weichen, unschuldigen Lippen küßte.

Sie barg ihr Gesicht an seiner Brust.

»Es ist ja ein Wunder, ein herrliches Wunder, daß Sie –

daß du mir gut sein kannst.«

Er streichelte ihr Haar.

»Liebe kleine Malve, du denkst viel zu bescheiden von dir selbst. Das Wunder ist, daß du mir dein junges Herz geschenkt hast. Aber glaube mir, ich will dir das immer danken und will dich so glücklich machen, wie es in meiner Macht steht.«

Sie sah zu ihm auf mit den bernsteinfarbenen Augen, in denen es jetzt so wundersam leuchtete. Er war fast betroffen über die Veränderung, die mit ihr vorgegangen war. Sie erschien ihm plötzlich schön und bedeutend. Ihre Augen blickten bei aller Hingebung klug und beseelt.

»Ach Lutz«, sagte sie ganz verklärt, »ich habe dich gleich lieben müssen, als ich dich das erstemal sah – ich wußte damals nur noch nicht, daß es Liebe war, was ich für dich fühlte. Wie lange weißt du, daß du mir gut bist?«

Er war froh, daß sie nicht fragte, »daß du mich liebst«. So konnte er ihr ehrlich antworten:

»Ich weiß es nicht genau, Malve, seit wann ich dir gut bin; es ist ganz allmählich gekommen. Ganz offen, anfangs war mein Interesse für dich gering – du zeigtest so wenig von alledem, was dein Inneres birgt. Aber dann merkte ich, daß man dich nur besser kennenlernen muß, um deinen Wert zu erfassen. Und so kam es, daß du mir immer mehr gefielst. Aber – ich höre Käte kommen.«

Er wich einen Schritt von ihr zurück. Käte trat ein, nachdem sie sich draußen vernehmlich bemerkbar gemacht hatte. Und als sie die beiden so dicht beieinander stehen sah, fragte sie mit einem kleinen Schelmenlächeln:

»Nun, Malve, hast du Doktor Falkner für deinen Verlag gewonnen?«

Statt Malve, die wieder sehr verlegen geworden war,

antwortete Lutz Falkner:

»Ja, Fräulein Käte, ich bin gebunden, für Lebenszeit. Aber ich bin sehr kühn gewesen hinsichtlich meiner Bedingungen.«

Käte merkte nun schon, daß geschehen war, was sie hatte herbeiführen wollen. Aber sie stellte sich unwissend und sagte lachend:

»Sie haben sich also ein horrendes Gehalt ausgehandelt? Das ist richtig. Was gut ist, ist eben auch nicht billig.«

Lutz lachte, nahm Malves Hand und sagte:

»Ich bin sogar viel höher gegangen, als Sie mir wohl zutrauen werden, Fräulein Käte – die ganze Malve habe ich gefordert – Sie sehen ein Brautpaar vor sich.«

Käte und Malve fielen sich um den Hals. Und Käte sagte lachend:

»Billig haben Sie sich ja nicht ergeben – ich weiß besser als andere Menschen, was für ein Kleinod Sie sich gewonnen haben. Aber – mich dünkt, Malve kann auch zufrieden sein.«

Sehr erregt wurde nun alles klargestellt, und wieder mußte Lutz sich über sich selbst wundern, weil er von ganzem Herzen zufrieden war mit der Situation.

Das Brautpaar begann sogleich Pläne zu schmieden. Lachend hörte Käte ihnen zu; dann sagte sie neckend:

»Ich bin wirklich sehr zufrieden, Malve, daß ich mich nicht darauf festlegen ließ, deine Sekretärin zu werden. Das wäre ein schöner Hereinfall geworden, denn nun wirst du dich überhaupt nicht mehr um geschäftliche Dinge kümmern.«

»Hat Malve das überhaupt je getan?«

»Nun, Sie werden staunen, was für eine tüchtige Person sie ist.«

Malve warf Käte einen bittenden Blick zu, und so schwieg diese still. Sie begriff, daß Malve ihrem Verlobten selber nach und nach Aufschluß geben wollte über ihre Fähigkeiten. Es mußte in der Tat sehr reizvoll für sie sein, sich von ihm immer höher gewertet zu sehen. Während die jungen Herrschaften noch zusammen plauderten, wurde plötzlich draußen geklingelt.

»Mutter kommt zurück, Malve«, sagte Käte mit einem verschmitzten Gesicht. »Die wird staunen.«

Und Frau Magda staunte wirklich, sie war sehr überrascht! Sie hatte keine Ahnung davon gehabt, daß sich zwischen Malve und Lutz Falkner etwas angesponnen hatte. Lutz mußte selbstverständlich zu Tisch bleiben, und als der Hausherr kam, hielt er bei ihm in aller Form um Malves Hand an, und Onkel Heinrich gab gern seine Einwilligung, denn er kannte Lutz hinlänglich, um zu wissen, daß Malve eine gute Wahl getroffen hatte. Er äußerte auch seine lebhafte Freude darüber, als er vernahm, daß Lutz dem Verlag seine Kräfte weihen sollte und wollte.

Da Malve die Veröffentlichung ihrer Verlobung bis zum Abschluß der Trauerzeit hinausgeschoben haben wollte, meinte Herr Cornelius:

»Das kann ich sehr gut verstehen, aber ich halte es dennoch für geboten, daß du wenigstens deine beiden Prokuristen über alles unterrichtest. Das dürfte deinem Verlobten mancherlei Schwierigkeiten ersparen und ihm von allem Anfang an die nötigen Freiheiten sichern, die er unbedingt haben muß, um im Sinne deines Vaters wirken zu können.«

Fragend sah Malve Lutz an.

»Was meinst du dazu?«

Er ergriff ihre Hand.

»Du sollst nichts gegen deinen Willen tun, Malve. Ich werde mir schon selbst meine Stellung schaffen; deswegen brauchst du nicht besorgt zu sein.«

Sie atmete tief auf.

»Trotzdem leuchtet mir Onkel Heinrichs Vorschlag ein. Ich werde mich folgendermaßen entscheiden: bemerke ich irgendwelche Widerstände bei den beiden alten Herren gegen deine Anstellung, dann werden wir ihnen mitteilen, daß wir, vorläufig in aller Stille, verlobt sind. Wenn ich mich verheirate, werde ich ja sowieso in alle Rechte eintreten, die mir sonst erst bei meiner Mündigkeitserklärung zustehen würden.«

Er nickte ihr zu.

»Das halte auch ich für gut und richtig.«

Sie lachte ein wenig.

»Meine Herren Prokuristen werden glauben, daß ich mich etwas zu sehr in die Geschäfte einmische, zumal ich schon eine Anstellung durchgesetzt habe, die ihnen nicht gleich einleuchtete.«

Dabei sah Malve Käte schelmisch an, und diese wurde rot. Lutz aber fragte:

»Darf ich fragen, was für eine Anstellung du durchgesetzt hast?«

»Es handelt sich um die Neubesetzung des Leiters der fremdsprachlichen Abteilung. Diese Stelle wird vakant durch das Ausscheiden des derzeitigen Inhabers.«

Lutz zog die Stirn ein wenig zusammen.

»Schade, daß du bereits jemanden vorgeschlagen hast. Ich hätte dir dafür eine ganz bedeutende Kraft empfehlen können. Ist die Sache schon perfekt?«

»Ja, Lutz – aber vielleicht begegnen sich unsere Wünsche. Wen hättest du mir vorzuschlagen?«

»Einen Mann, wie du ihn nicht besser und tüchtiger finden kannst – nämlich meinen Studienfreund Klaus Arens.«

Käte sah Malve strahlend an. Wie dankte sie Lutz dieses Eintreten für seinen Freund. Malve aber lachte schelmisch, was Lutz sehr reizvoll erschien.

»Oh, lieber Lutz – ich freue mich, zu erkennen, daß ich in deinem Sinn gehandelt habe – ich habe nämlich gestern, als du uns trafst, meinen Prokuristen strikte Anweisung erteilt, Doktor Klaus Arens einzustellen.«

Überrascht sah er sie an.

»Kennst du ihn?«

»Nein, aber Käte hat mir viel von seinen hervorragenden Fähigkeiten erzählt. Also, bist du zufrieden mit dieser Neubesetzung?«

Lutz hatte Käte forschend angesehen, und da sie sehr rot wurde unter seinem Blick, ahnte er, wie dieses Engagement zustande gekommen war. Hatte Malve hier wieder einmal Menschen glücklich machen wollen? Hing Käte irgendwie mit seinem Freund Klaus zusammen? Er nahm, ohne weiter zu fragen, Malves Hand und küßte sie andächtig und verehrungsvoll.

»Ja, Malve, ich könnte nicht zufriedener sein und freue mich sehr, Klaus zu meinen Mitarbeitern zu zählen. Ich weiß, daß man sich auf ihn verlassen kann, und ich bin sehr froh für ihn, daß er nun eine seinen Fähigkeiten entsprechende Stellung erhält.«

Malve hatte beobachtet, daß Käte ihr heimlich ein Zeichen machte – indem sie den Finger an den Mund legte. Malve verstand und sagte bittend:

»Lieber Lutz, es wäre mir sehr angenehm, wenn Doktor Arens nicht erführe, daß wir – Käte und ich – sozusagen seine Fürsprecherinnen gewesen sind. Wir haben unsere Gründe dafür.«

Lutz verstand, sagte aber lachend:

»Wenn er hört, daß ich jetzt der Leiter des Verlags werde, wird er das Geschehene unbedingt mir in die Schuhe schieben und mich mit Danksagungen drangsalieren, ungeachtet aller Proteste meinerseits.«

Wieder verständigten sich Malve und Käte durch Blicke.

Malve sah Lutz mit großen Augen an.

»Ich habe eine Bitte an dich, Lutz.«

Er sah sie innig und herzlich an.

»Es wird deine erste Bitte sein, Malve, und wenn es in meiner Macht steht, soll sie erfüllt werden.«

»Also, dann laß Klaus Arens' Dankbarkeit stumm über dich ergehen – nimm an, ich hätte ihn noch nicht eingestellt und du hättest ihn mir erst für diese Stelle empfohlen. Er wird es nämlich leichter ertragen, wenn ein Freund für ihn eingetreten ist, als – nun ja, als wenn eine Frau ihm voranhelfen will. Verstehst du das?«

Ernst sah er ihr in die Augen.

»Nur zu gut, Malve. Ich war sehr froh, daß du mich dem Wunsche deines Vaters gemäß an die Spitze deines Verlages riefst, da ich erst dann um dich werben konnte, als ich wußte, daß ich auch ohnedies diese Anstellung bekommen würde. Auch ich hätte sonst einer Frau meine Zukunft verdanken müssen. Du bist sehr feinfühlig und zart, liebste Malve – und das gefällt mir sehr an dir. Ich habe diese deine Veranlagung schon einige Male entdeckt, und gerade das hat mich dir nähergebracht.«

Malve wurde sehr verlegen. Käte aber rief begeistert:

»Da haben Sie Malve goldrichtig erkannt, Lutz Falkner, sie ist überhaupt ein wundervoller Mensch.«

Verständnisvoll nickte Lutz ihr zu, faßte ihre Hand und sagte strafend:

»Was ist das für eine steife, formelle Anrede, liebe Käte – wir werden jetzt doch zu einer Familie gehören, und du hast schon gehört, daß deine Eltern mich mit ›du‹ anreden und nur bei meinem Vornamen.«

Sie lachte ihn an, drückte ihm kräftig die Hand und erwiderte:

»Famos! Einen solchen Vetter habe ich mir schon lange gewünscht. Also auf du und du, Vetter Lutz. Malve, werde jetzt nicht eifersüchtig – wir bekräftigen diesen Bund mit einem Kuß!«

Und schnell drückte sie ihm einen Kuß auf die Lippen, und er ließ es sich lachend gefallen.

X

Am nächsten Vormittag ließ Malve im Verlag anrufen, die Herren Prokuristen möchten sie in einer sehr wichtigen Angelegenheit baldmöglichst aufsuchen und ihr mitteilen lassen, wann sie die Herren erwarten dürfe. Es wurde ihr gesagt, die Herren würden, wenn es ihr recht sei, unmittelbar nach Tisch kommen, am Vormittag seien sie unabkömmlich, weil sie Doktor Arens erwarteten. Malve war damit einverstanden.

Es verhielt sich wirklich so, Klaus Arens war für heute vormittag in den Verlag Renard & Sohn bestellt.

Er war sehr unruhig und erregt, als er sich zu dem Besuch rüstete. Es war in dem Brief, den er erhalten hatte, keinerlei Grund für diesen Besuch angegeben worden. Es hieß darin nur, man erwarte ihn zu einer sehr wichtigen Besprechung.

Seine Mutter, die ihm seine Sachen zurechtgelegt hatte, war nicht weniger aufgeregt als er.

»Worum mag es sich nur handeln, Klaus, hast du keine Ahnung?« fragte sie.

»Nein, Mutter – ich tappe genau so im Finstern wie du. Aber in einer Stunde werde ich ja Bescheid wissen, und dann wirst du es ebenfalls erfahren.«

»Wenn sie dir eine Anstellung bieten würden, Klaus?«

Er lachte bitter auf.

»Was denkst du, Mutter. Heutzutage kann man sich die Schuhsohlen ablaufen, ohne eine Anstellung zu finden; wie kannst du glauben, daß sie einem auf dem Präsentierteller entgegengehalten wird. Nun, wir werden ja sehen.«

Und trotzdem von einer leisen Hoffnung erfüllt, machte er sich rechtzeitig auf den Weg. Er war für elf Uhr bestellt worden. Seinen besten Anzug hatte er angelegt, und mit seinem charakteristischen Kopf sah er wirklich nach etwas aus. Auch trug er Ruhe und Gelassenheit zur Schau, obwohl alles an ihm fieberte, als er den beiden Prokuristen gegenüberstand. Herr Seidel ergriff das Wort.

»Ich will ohne Umschweife auf das Ziel zugehen, Herr Doktor, denn unsere Zeit ist sehr knapp«, sagte er, die Augenbrauen wichtig emporziehend.

Klaus verneigte sich stumm; er fürchtete, keinen Ton herauszubringen. Und Herr Seidel fuhr fort, während Herr Dillmann mit einem Bleistift in gleichmäßigen Intervallen auf seinen Schreibtisch klopfte:

»Es handelt sich um die Neubesetzung eines wichtigen Postens in unserem Verlag, und Sie sind uns für diesen empfohlen worden.«

Vor Klaus Arens' Augen begannen sich die beiden Prokuristen mit sämtlichen im Zimmer befindlichen Gegenständen zu drehen.

»Was für ein Posten ist das?« hörte er sich wie aus weiter Ferne selber sagen.

»Die Position eines Leiters unserer fremdsprachlichen Abteilung, die der derzeitige Inhaber am fünfzehnten Februar aufgeben wird, um nach London überzusiedeln.«

Herr Seidel begann nun umständlich aufzuzählen, welche Leistungen verlangt würden und welche Bedeutung diesem Posten im Verlag zukomme.

Klaus hörte atemlos zu, mußte sich mühen, alles zu verstehen, und dachte immer wieder: ich hätte heute morgen etwas ausgiebiger frühstücken müssen. Wenn mir jetzt dieser Posten angetragen wird, riskiere ich eine Ohnmacht wie ein zimperliches Mädchen. Herrgott – wenn ich diese Stelle bekäme! Das wäre eine Erlösung – ich bekäme doch bestimmt fünfhundert Mark Monatsgehalt. Was würde Mutter sagen! Und – Käte – ach, Käte!

Ihm schwindelte wirklich ein bißchen, als Herr Seidel dann fortfuhr:

»Es ist uns mitgeteilt worden, Sie besäßen die notwendigen Fähigkeiten, um diesen Posten auszufüllen, und es ist daher beschlossen worden, Ihnen diesen anzutragen, falls Sie sich bis dahin freimachen können.«

Da hatte sich Klaus Arens wieder in der Gewalt. Er hatte schon andere und weniger erfreuliche Aufregungen standhaft ertragen. Allerdings – Freude war für Leute seines Schlages etwas höchst Ungewohntes. Aber er rief sich selber zu: Achtung! Haltung! Zu dieser Stellung gehört auch eine Dosis Selbstbeherrschung. Also mache nicht schlapp, alter Junge! Da ist das Wunder, um das deine Mutter den Himmel angefleht – und auf das Käte gehofft hat. Ach Käte – kleine Käte! Aber Ruhe jetzt!

Gelassen und beherrscht vermochte er zu sagen:

»Frei kann ich mich machen, wenn mir die angetragene Stelle zusagt. Darf ich fragen, wie hoch sie dotiert ist?«

Und nun fiel er doch beinahe von seinem Sessel, als Herr Seidel mit Gönnermiene erwiderte:

»Dieser Posten war bisher mit achthundert Mark monatlich dotiert, aber in Anbetracht dessen, daß Sie Ihren Doktor gemacht haben, was immerhin einiges Prestige bedeutet, haben wir für Sie neunhundert Mark ausgesetzt. Falls Sie mit allem einverstanden sind, kann die Sache sogleich perfekt gemacht werden. Wir brauchen uns dann nicht nochmals damit zu befassen. Einen Vertrag haben wir schon ausarbeiten lassen – er lautet vorläufig auf fünf Jahre, wie das immer bei uns gehandhabt wird. Aber – zu Ihrer Beruhigung möge Ihnen dienen – wer im Verlag Renard & Sohn seine Pflicht tut und tüchtig ist, kann mit einer Lebensstellung rechnen. Bezahlten Urlaub erhalten Sie die ersten zwei Jahre je zwei Wochen, die nächsten drei Jahre drei Wochen. Für später werden dann günstigere Abmachungen getroffen werden. Also – willigen Sie ein?«

Klaus hätte Herrn Seidel am liebsten hell ins Gesicht gelacht. Ob er einwilligte? Dieser Herr Prokurist hatte wohl keine Ahnung, wie ihm zumute war! Aber man durfte sich das doch nicht anmerken lassen, mußte sich das scheinbar eine Weile überlegen. Denn wenn er sich so geben wollte, wie ihm ums Herz war, hätte man ihn einfach für verrückt erklärt und ihm ganz bestimmt den Vertrag nicht ausgehändigt. Also nochmals: Haltung!

Während ihm all das durch den Kopf ging, gelang es ihm wirklich, eine nachdenkliche Miene aufzusetzen. Endlich sagte er, aufatmend:

»Also gut, meine Herren – ich bin einverstanden.« Dabei

dachte er: jetzt werde ich gleich aus diesem wunderschönen Traum aufwachen und merken, daß alles in Nebel zerrinnt. Das kann doch überhaupt nicht wahr sein!

Aber – zu seinem Erstaunen hielt er dann den Vertrag in den Händen – oder vielmehr zwei Ausfertigungen davon. Und sie waren schon von seiten der Firma unterschrieben. Aber die Buchstaben darauf tanzten einen wilden Reigen vor seinen Augen, und er dachte: unterschreiben darfst du selbstverständlich nichts, bevor du nicht alles das mit klarem Kopf gelesen hast.

Sich einen Ruck gebend, steckte er die Verträge in seine Brusttasche und bemerkte, so ruhig und sachlich er konnte:

»Sie werden zweifelsohne gestatten, daß ich den Vertrag zu Hause in Ruhe durchlese, ich sende ihn dann mit meiner Unterschrift versehen eingeschrieben an Sie zurück. Haben Sie sonst noch Wünsche, meine Herren?«

»Nein, für uns ist die Angelegenheit erledigt. Für gewöhnlich wird so etwas nicht so schnell perfekt, aber wie gesagt – Sie sind uns empfohlen worden.«

Klaus hätte gern gefragt, wer das getan habe. Aber das würde er später sowieso erfahren. Jetzt nur schleunigst fort, damit man ihm den kostbaren Vertrag nicht wieder abverlangte.

Er verabschiedete sich höflich, wenn auch etwas benommen. Huldvoll reichten ihm die beiden Prokuristen die Hand, so ungefähr, als erteilten sie damit einen Ritterschlag. Klaus drückte den beiden kräftig die Hände. Dann war er entlassen.

Als er wieder auf der Straße stand, holte er erst einmal tief Luft und lachte vor sich hin. Aber klar denken konnte er noch immer nicht. Er mußte bloß immerzu rechnen. Neunhundert Mark im Monat, das waren zehntausendachthundert Mark im Jahr – in einem Jahr mehr, als sein ganzes Studium gekostet hatte, viereinhalbmal mehr, als er jetzt an Gehalt bezog. In fünf Jahren machte das – Hergott im Himmel – vierundfünfzigtausend Mark! So viel Geld gab es doch gar nicht! Vierundfünfzigtausend Mark! Käte – liebe, süße Käte, kannst du das begreifen? Das heißt, daß wir heiraten können, Käte! Im Verlag Renard & Sohn hat jeder, der tüchtig ist, eine Lebensstellung. Du sollst etwas erleben, Käte, mit meiner Tüchtigkeit. Wer mag mich nur empfohlen haben, welcher edle Menschenfreund hat mir das angetean? Mutter! Herrgott, das muß ich ihr schonend beibringen – das wirft sie sonst um. Was tue ich jetzt nur vor Freude? Zu wem laufe ich zuerst – zu Mutter oder zu Käte? Nein, zu Mutter, die war zuerst da und muß es deshalb zuerst erfahren.

Und den Vertrag mußte er auch erst lesen – darin würde hoffentlich nichts anderes stehen, als was die Herren ihm gesagt hatten.

Mitten auf der Straße zog er die Verträge heraus, stellte sich an eine Hauswand und las. Ja – gottlob, es stimmte alles. Auch mit dem Urlaub! Nun, der erste Urlaub – der würde für eine Hochzeitsreise benutzt, an die Ostsee hinauf, da gab es billige Pensionen – und da grub man sich tief hinein in den Sand – und in eine rosenrote Glückseligkeit – zusammen mit Käte. Herrgott, da durfte er endlich seine Sehnsucht stillen nach ihren roten Lippen. Ganz deutlich sah er ihren schön geschwungenen Mund vor sich – der zuweilen vor Schmerz leise zuckte und dann doch wieder so tapfer lachte. Käte – neunhundert Mark im Monat! Ein Sechstel davon durfte man als vernünftiger Familienvater für die Miete rechnen – das gab eine hübsche Fünfzimmerwohnung. Ein Zimmer davon bekam Mutter – ein recht sonniges! Wenn es nur erst soweit wäre! Aber es würde ja nicht mehr lange dauern. Am fünfzehnten Februar trat er ein, da hatte er am ersten März schon ein halbes Monatsgehalt. Und in den ersten Monaten würde gespart werden – bis Käte kam, der man doch alles recht behaglich machen wollte. Eine Aussteuer würde sie bekommen, das Nötigste war also sowieso vorhanden.

Wie berauscht kam er nach Hause und sah vor Erregung so blaß aus, daß seine Mutter erschrak.

»Um Gottes willen, Klaus, wie siehst du aus – was ist geschehen?«

Er umarmte sie, wollte reden und vermochte es nicht; und nun war es nichts mit der schonenden Vorbereitung. Wortlos drückte er die Mutter in ihren Sorgensessel und zog die Verträge hervor. Einen davon preßte er ihr in die Hand. Dann warf er seinen Mantel ab, fiel der Mutter gegenüber in einen Stuhl und las den anderen Vertrag nochmals durch.

Die Mutter wurde abwechselnd blaß und rot, ihre Hände zitterten. Aber als sie fertig war, kamen ihr Tränen; wohltuende Tränen der Erlösung. Und dann erhob sie sich und trat neben ihn, streichelte sanft und leise sein kantiges Gesicht und küßte ihn auf die Stirn.

»So hat der liebe Gott doch geholfen, mein Klaus!«

Er drückte sein Gesicht an ihre Brust, damit sie seine feuchten Augen nicht sehen sollte.

»So eine herrliche, wunderschöne Stellung, Mutter, so ganz das, was ich mir erträumte.«

»Ja, mein Klaus, nun wirst du befreit aufatmen können.«

Er streichelte ihre Hand.

»Und – Mutter – die Käte – weißt du, die Käte Cornelius, die hab' ich lieb, unsagbar lieb hab' ich sie, Mutter.«

Sie drückte ihn an sich.

»Ich weiß das; denkst du, so etwas fühlt eine Mutter nicht? Da sind Aussichten, mein Sohn; jetzt kannst du ihr doch etwas bieten.«

Er sprang auf und trat an das Fenster. Groß und weit sahen seine brennenden Augen ins Freie. Er mußte um Fassung ringen. Und nun konnte er auch an seine Stelle denken, die ganz seinen Wünschen entsprach. – Er erzählte auch, daß jemand ihn empfohlen hätte. Sie rieten alle beide, wer das gewesen sein könnte, kamen aber zu keinem Resultat.

Und dann sah Klaus nach der Uhr. Es war zwölf vorbei. Er stand unschlüssig da. Dann sagte er mit einem Lächeln, das ihn sehr jung erscheinen ließ und seine kantigen Züge weich machte:

»Ich muß Käte anrufen, Mutter – es drückt mir sonst das Herz ab. Sie muß mir sagen, wie und wo ich einige Minuten mit ihr sprechen kann.«

Sie nickte ihm lächelnd zu.

»Geh, mein Sohn, ich richte inzwischen das Mittagessen.«

Und er stürmte davon, nahm die Treppe in großen, kraftvollen Sätzen und lachte dabei glückselig vor sich hin.

Im Nebenhaus war ein Zigarrenladen, wo er telefonieren konnte. Und er rief Käte an. Zum Glück war sie gleich selbst am Apparat.

»Fräulein Käte!«

»Ja? Ach, Sie sind es, Herr Doktor Arens?«

»Ja, Fräulein Käte. Ach, liebes Fräulein Käte – ich möchte ihnen gern etwas sagen, etwas Wichtiges und Wunderschönes. Kann ich Sie heute noch einige Minuten sprechen?«

Das Herz klopfte Käte bis zum Hals hinauf. Sie wußte ja, was er ihr zu sagen hatte, und sie war hochbeglückt, daß es ihm so geeilt hatte, sie anzurufen. Ach – sie hatte es ja gewußt, daß seine Freude ihn zu ihr treiben würde.

»Ja, es wird sich machen lassen, Herr Doktor – um zwei Uhr – oder lieber eine halbe Stunde früher, da schlafen die Eltern noch, und ich kann besser weg.«

»Also ja! Halb zwei Uhr – in dem kleinen Café, wo wir uns schon einmal getroffen haben, wissen Sie noch?«

»Ja, ich weiß – und es paßt mir gut, ist ganz in unserer Nähe.«

»Gut! Ich freue mich sehr, Fräulein Käte – auf Wiedersehn also.«

Und er stürmte wieder hinauf zu seiner Mutter, die gerade das Essen auftrug. Er erstattete ihr Bericht, und sie nickte ihm lächelnd zu.

Käte war mit geschlossenen Augen am Telefon stehengeblieben, und ein weiches, süßes Lächeln spielte um ihren Mund. Dann eilte sie in Malves Zimmer und warf sich dieser aufweinend in die Arme.

»Ach Malve – liebe Malve, es war Klaus. Wenn du seine Stimme gehört hättest! Es griff mir ans Herz, so glücklich klang sie. Ich soll ihn um halb zwei Uhr treffen.«

Malve freute sich mit ihr.

»Jetzt kommt das Wunder auch zu dir, Käte, wie froh mich das macht!«

Sie saßen eng aneinandergeschmiegt da und flüsterten sich zu, wie glücklich sie seien.

Gleich darauf wurden sie zu Tisch gerufen. Man beeilte sich mit der Mahlzeit, weil gleich nachher Lutz und dann auch die Prokuristen kommen würden. So konnte Käte pünktlich entwischen, angeblich, um einen kleinen Einkauf in der Nähe zu machen.

»Ich werde nicht lange bleiben, Malve, aber für den Fall, daß deine Prokuristen eher eintreffen, alles Glück für dein Vorhaben!«

»Danke dir, Käte. Nun geh aber, und auch dir alles Glück!«

Käte ging, und zehn Minuten später betrat sie das kleine Café.

Klaus war schon da. Sonst befand sich niemand in dem kleinen Raum, und sobald das Servierfräulein die bestellte Erfrischung gebracht hatte, verschwand es, weil es zum Mittagessen gehen wollte. Die beiden Liebenden waren allein. Und nun brach es aus Klaus Arens' Brust hervor, all seine Freude, sein Jubel und sein Hoffen. Jetzt endlich durfte er von seiner Liebe sprechen. Und er tat das mit so heißer Zärtlichkeit, daß sie merkte, wie sehr er gelitten hatte unter der Aussichtslosigkeit seiner Liebe, fast mehr als sie selbst.

Wie sie im resignierten Verzicht einig gewesen waren, so waren sie nunmehr einig in überquellender Glückseligkeit. Klaus rechnete Käte vor, wie gut sie nun heiraten könnten, bis zum Sommer würden sie es freilich noch verschieben müssen. Erst wollte er sich in seine neue Stellung einarbeiten; und sie wollten Hochzeit halten, wenn er seine ersten Ferien bekäme. Das würde er ja bald erfahren. Und mit übermütiger Freude rechnete er ihr vor, was sie für die Wohnung ausgeben könnten und was sonstige notwendigen Dinge kosten würden. Hundert Mark im Monat wollte er unbedingt sparen, das hatte er sich vorgenommen. Und er erkundigte sich nun, was alles anzuschaffen sei, wenn sie einen Ehestand gründen würden.

Mit heißen Wangen hatte Käte mitgerechnet und mitgesorgt. Und nun sagte sie lächelnd:

»Nichts wirst du anzuschaffen haben, Klaus; ich

bekomme doch eine gute, solide Aussteuer und außerdem bin ich Kapitalistin.«

»Um Gottes willen, Käte!« rief er im übermütigen Schreck.

»Doch«, sagte sie stolz, »die Aussteuer bekomme ich von meinem Vater, und weitere dreißigtausend Mark hat mir mein Onkel Georg Renard vererbt.«

Er stutzte.

»Ach richtig – du warst ja mit Georg Renard verwandt. Ist es nicht ein seltsames Zusammentreffen, daß ich nun in dem Verlag Renard & Sohn angestellt bin? Wenn ich nur wüßte, wer mich empfohlen hat, Käte, ich möchte meinem Gönner wenigstens meine Dankbarkeit bezeugen.«

Sie wußte, daß sie sich nicht verraten durfte.

»Er wird sich schon melden, der edle Gönner, Klaus. So etwas kommt immer heraus.«

»Nun ja, es würde mich quälen, könnte ich ihm nicht meinen Dank abstatten.«

O guter, lieber Lutz, dachte Käte dankbar, nun laß dir nur den Dank meines Herzliebsten gefallen, sonst gibt er keine Ruhe, und ich werde die Angst nicht los, daß er hinter meine Schliche kommt oder vielmehr hinter die Malves.

Und sie war sehr froh, daß Lutz mit gutem Humor eingewilligt hatte, sich den unverdienten Dank seines Studienfreundes gefallen zu lassen.

Klaus schilderte ihr nun mit einer gewissen Selbstverspottung, in welcher Verfassung er den beiden Prokuristen gegenübergesessen hatte und wie er zu seiner Mutter heimgekommen war. Käte überlegte, ob sie ihm jetzt schon sagen sollte, was Malve mit seiner Mutter vorhatte, aber dann dachte sie, das habe Zeit, und es könnte besser bei Gelegenheit von Malve selber besorgt werden. So schwieg sie.

Klaus fragte dann sehr ernsthaft:

»Und wann darf ich zu deinem Vater kommen, Käte, damit ich ihn um deine Hand bitte?«

Käte überlegte, dann antwortete sie:

»Setzen wir dafür den Sonntag fest, Klaus, da ist Vater immer in guter Stimmung, Mutter bereite ich inzwischen schon darauf vor. Auch hast du sonntags am besten Zeit. Und – bringe nur deinen Vertrag mit, damit du ihn Vater vorlegen kannst. Väter sind in solchen Dingen sehr gründlich.«

Sie sahen sich an und lachten.

»Selbstverständlich bringe ich den Vertrag mit. Ich möchte mich am liebsten mit ihm fotografieren lassen, so stolz bin ich darauf. Manchmal denke ich immer noch, daß ich das alles nur träume, hier an deiner Seite zu sitzen und gemeinsam mit dir Pläne für eine gemeinsame Zukunft zu machen. Hast du eine Ahnung, süße kleine Käte, wie es mich gequält hat, daß ich keinerlei Aussichten hatte, dich erringen zu können?«

Mit feuchtschimmernden Augen sah sie ihn an.

»Ja, Klaus – ach, ich habe es wohl gefühlt. Und daß ich wußte, daß auch du leiden müßtest, das hat mir oft meine ganze Tapferkeit genommen. Damals auf Richards Hochzeit war ich kein bißchen in Feststimmung, weil ich die Sehnsucht in deinen Augen brennen sah.«

Er atmete tief auf.

»Ja, Käte, mich hat dann immer nur dein Ausspruch getröstet:

Dulde, gedulde dich fein;
Über ein Weilchen
Ist deine Kammer voll Sonne!

Und nun ist sie voll Sonne, Käte, und zugleich ist aus der engen Kammer ein Palast geworden. Unsere Fünfzimmerwohnung, das muß ein Palast werden.«

»Muß sie ganz bestimmt. Ach Klaus – lieber Klaus!«

»Du, wenn ich erst weiß, wem ich diese Anstellung verdanke – dem wird's gutgehen! Der soll sich gar nicht retten können vor meiner Dankbarkeit!«

Sie lachte ein wenig beklommen und sagte schnell:

»Aber Klaus, vergiß nicht, daß du diese Anstellung vor allem erst einmal deinen Fähigkeiten verdankst. Wenn der Betreffende nicht genau gewußt hätte, daß du dich für diesen Posten eignest, dann hätte er erst gar nicht an dich gedacht.«

Er nickte ihr zu.

»Sie sollen sich auch nicht verrechnet haben, wenn sie auf meine Fähigkeiten vertraut haben. Ach Käte, welche Freude wird es für mich sein, zeigen zu können, was ich zu leisten vermag. Du, das ist beinahe so schön, wie mit dir Hochzeit halten.«

Sie wurde sehr rot, aber ihre Hand stahl sich in die seine.

Eine Weile saßen sie schweigend da und sahen sich nur an. Er küßte immer wieder ihre Hand, weil er hier im Lokal leider nicht tun durfte, was er gern getan hätte. Und den Brautkuß wollte er sich nicht stehlen, in einer flüchtigen Sekunde, den wollte er mit Wonne und Bewußtsein von den Lippen seiner Herzliebsten trinken.

Käte sah auf die Uhr.

»Jetzt muß ich heim, Klaus, ich werde von Malve erwartet.«

Er stutzte.

»Ach so – Malve Renard? Du, das ist doch jetzt meine hohe Chefin! Sie wird selbstverständlich nichts davon wissen, daß ich von ihren Prokuristen eingestellt worden bin. Um so etwas kümmert sie sich wohl kaum?«

»Absolut nicht, Klaus, im Verlag weiß sie absolut nicht Bescheid. Sie muß sich ganz auf ihre Prokuristen verlassen – aber ich glaube, bald wird sie würdiger vertreten werden. Aber davon darf ich nicht sprechen – noch nicht - das wirst du erst erfahren, wenn du zur Familie gehörst.«

Schnell brachte sie das Gespräch auf etwas anderes. Dann mußten sie sich trennen.

»Grüße deine liebe Mutter herzlich, Klaus – und sie soll sich für den Sonntag bereithalten – wenn wir Verlobung feiern, muß sie doch auch dabei sein.«

»Lieb ist das von dir, Käte, daß du daran denkst. Mutter verdient es. Ihr Sorgenpäckchen wird nun leichter werden. Wenn du wüßtest, wie sie gejammert hat, daß ich sie erhalten mußte. Sie möchte gern selbst arbeiten. Und ich weiß schon, wenn wir heiraten, wird sie sich überall selbst im Wege sein. Sie ist absolut nicht dazu geschaffen, einen Dritten für sich sorgen zu lassen, und wenn es der eigene Sohn ist. Aber wir werden ihr schon beibringen, daß wir sie brauchen.«

Wie gern hätte Käte auch diese Sorge von ihm genommen. Aber sie hielt es doch für besser, das Malve zu überlassen, die würde das bei passender Gelegenheit anbringen und so, daß Klaus und seine Mutter zufrieden waren.

Es dauerte noch eine Weile, bis sie sich verabschiedeten, immer fiel ihnen noch irgend etwas Wichtiges ein. Aber endlich bezahlte Klaus, und sie gingen.

Mit einem strahlenden Blick sagten sie sich Lebewohl und trennten sich zögernd, immer wieder zurückwinkend.

Als Käte nach Hause kam, traf sie Malve noch allein und

erzählte ihr halb lachend, halb weinend alles, was zwischen ihr und Klaus besprochen worden war, und zum Schluß sagte sie:

»Du, Malve, es ist ein Glück, daß Lutz sich als derjenige entpuppen wird, der Klaus zu seiner Anstellung verholfen hat. Ich glaube, erführe er, daß ich meine Hand im Spiele gehabt habe, er würde sehr beklommen sein. Und das soll man einem Mann ersparen. Aber nun mußt du mir auch noch weiter helfen, süße Malve, du mußt ihm und seiner Mutter ganz harmlos und unbefangen mitteilen, du hättest eine Anstellung für die alte Dame. Er hat mir gesagt, wie schrecklich es für sie sei, sich von ihrem Sohn abhängig zu wissen. Da wirst du abermals als guter Engel deines Amtes walten dürfen.«

Malve lachte hell auf.

»Ich habe wirklich schon allerlei Beweise meiner diplomatischen Befähigung erbracht. Und es wächst der Mensch mit seinen höheren Zwecken.«

Gleich darauf erschien Lutz, und dann Kätes Eltern, denn sie hatten ihre mittägliche Siesta beendet. Lutz begrüßte Malve mit großer Innigkeit. Zu seinem eigenen Erstaunen hatte er die Zeit, bis er sie wiedersah, kaum erwarten können. Und als er ihre schlanke Gestalt in seinen Armen hielt, fühlte er sich sehr glücklich und zufrieden.

Bald darauf trafen die beiden Prokuristen ein. Malve hatte ihren Vormund gebeten, der Unterredung beizuwohnen und ihr, wenn es not tat, zu helfen.

Die Prokuristen waren sehr neugierig auf das »Wichtige«, was ihre junge Herrin ihnen zu sagen hatte. Malve hatte gebeten, sie zuerst mit ihnen reden zu lassen. Lutz und der Vormund sollten erst eingreifen, wenn es nötig wäre. Lutz war sehr gespannt, wie seine Verlobte diese Sache anpacken würde. Er nahm ohne weiteres an, daß sie sich dabei sehr schüchtern und unbeholfen zeigen würde. Aber er sollte allerlei Überraschungen erleben.

Ohne Umschweife, sicher und bestimmt ergriff Malve das Wort.

»Meine Herren, Sie werden gemerkt und gefühlt haben, daß mein Vater uns allen sehr fehlt, vor allen Dingen als führender Kopf des Verlages. Ich bin selbstverständlich außerstande, ihn nur annähernd zu ersetzen. Sie beide sind wohl sehr tüchtige Kaufleute, die die Geschäfte, wie immer, in tadelloser Weise führten. Aber in literarischen und künstlerischen Dingen können Sie unmöglich das leisten, was mein Vater geleistet hat.«

Die Prokuristen machten etwas betretene Mienen, und Seidel meinte:

»Ich denke doch, mein gnädiges Fräulein, daß wir den Verlag auf der Höhe gehalten haben.«

»Gewiß, in kaufmännischer Beziehung voll und ganz. Aber – der Geist meines Vaters schwebt vorläufig noch über dem ganzen Unternehmen. Das wird sich aber mit der Zeit ändern, und wir werden bei weiteren Anlässen bald merken, daß wir auf tote Punkte stoßen, wenn in Zukunft nicht jemand da ist, der in künstlerischen Belangen die Initiative ergreift. Kurz und gut, es muß ein neuer künstlerischer Direktor in den Verlag, der alle Fäden in der Hand hat und dem ganzen Unternehmen neues Leben einhaucht. Sind Sie nicht auch der Meinung?«

Die beiden Herren sahen sich fragend an. Es lag ihnen absolut nichts daran, sich einem Oberhaupt zu beugen, wie sie sich Georg Renard hatten beugen müssen. Sie fühlten sich jetzt als Alleinherrscher und hätten diesen Zustand gern erhalten, wenn sie sich auch sagen mußten, daß sie

Georg Renard in keiner Weise ersetzen konnten.

Wieder machte sich Herr Seidel zum Sprecher, während Herr Dillmann sich nur auf das Zuhören beschränkte und höchtens einen Blick mit seinem Kollegen tauschte.

»Ich bin eigentlich der Meinung, daß Ihr Herr Vater so weit vorausschauend für alles gesorgt hat, daß vorläufig alles von selbst laufen wird. Für das kaufmännische Ressort, das allerdings immer vertreten werden muß, sind ja wir da, mein Kollege Dillmann und ich.«

Malve richtete sich auf.

»Da bin ich anderer Meinung. Gerade das literarische Ressort muß ununterbrochen Neues bringen, wenn wir mit der Zeit gehen und die Konkurrenz in Schach halten wollen.«

Lutz Falkner staunte mehr und mehr über Malves ruhige, bestimmte Art, das Gespräch zu führen. Nie hätte er ihr das zugetraut. Er war davon so überrascht, daß er sie nur immer bewundernd ansehen konnte. Was alles steckte nur in der kleinen Malve, die er bisher gekannt hatte?

Die Prokuristen hatten schon von Anfang an ein wenig unruhig und mißtrauisch zu Lutz Falkner hinübergesehen und sich gefragt, wie dieser ihnen fremde Mann dazu käme, dieser Unterredung beizuwohnen.

Seidel verneigte sich vor seiner Chefin.

»Ganz recht, gnädiges Fräulein, aber – woher sollen wir einen Mann nehmen, der unserem hochverehrten verstorbenen Chef in dieser Beziehung auch nur das Wasser reichen könnte?«

Ein Lächeln huschte um Malves Mund, ein stolzes, zuversichtliches Lächeln.

»Dieser Mann ist bereits gefunden, meine Herren. Ich stelle Ihnen hier den Nachfolger meines Vaters vor – Herrn

Doktor Falkner.

Die Prokuristen erhoben sich mit nicht sehr geistvollen Gesichtern und verneigten sich leicht vor Lutz. Dann setzten sie sich wieder, und Seidel meinte etwas überlegen:

»Unser verehrter, verewigter Chef ist in jeder Hinsicht schwer zu ersetzen. Ich frage Sie, mein gnädiges Fräulein, was Ihr Herr Vater dazu sagen würde, wenn er hörte, daß Sie einen so jungen Herrn – ich will hier nichts gegen seine mögliche Begabung sagen – zu seinem Nachfolger ausersehen hätten?«

Malve ließ sich nicht irre machen, in Lutz Falkners Gegenwart brachte sie es fertig, alle Schüchternheit abzustreifen, denn sie wußte, daß sie auch für ihn kämpfte. Und ihre Liebe verlieh ihr Mut und Ruhe.

»Auch diesen Einwand kann ich entkräften, meine Herren. Mein Vater selbst hat bekundet, daß Herr Doktor Falkner die einzige Persönlichkeit sei, die er sich als Nachfolger wünschte und der er die dafür nötigen Fähigkeiten zutraute.«

Dann setzte sie den ziemlich verblüfften beiden Herren ruhig und bestimmt auseinander, was ihr den Wunsch und Willen ihres Vaters kundgetan hätte und wodurch sie sich habe bestimmen lassen, Herrn Doktor Falkner zum literarischen Leiter des Verlags zu machen und überhaupt zu dem Mann, in dessen Hand die Fäden des Gesamtunternehmens zusammenlaufen sollten.

Herr Seidel wollte noch einen Trumpf ausspielen, während Herr Dillmann schon eingesehen hatte, daß er sich fügen müsse. Seidel richtete sich ziemlich gekränkt in die Höhe.

»Mein gnädiges Fräulein, Sie hätten uns diesen Vorschlag unterbreiten sollen, um dazu Stellung nehmen zu können. Sie sind doch wohl noch zu jung und unerfahren – ganz abgesehen von Ihrer sehr wertvollen Mitarbeit –, um derartig tiefgreifende Bestimmungen allein zu treffen. Wir haben schon ohne Widerstand eingewilligt, daß Sie die Anstellung des Doktor Arens als Vorsteher der fremdsprachlichen Abteilung befürworteten, obgleich es sich auch hier um einen sehr wichtigen Posten handelt. Aber das kann unmöglich so weitergehen. Unsere Pflicht gebietet es, daß wir Herrn Doktor Falkner erst einmal einer gründlichen Prüfung unterziehen, ehe wir einwilligen können, ihn an eine so verantwortliche Stelle treten zu lassen.«

Malve sah ein, daß sie alle Karten auf den Tisch legen müßte, um die Herren zu überzeugen, daß all ihre Einwendungen zwecklos seien. Sie wandte sich ihrem Onkel zu, der schweigend zugehört hatte. Auf keinen Fall wollte sie, daß Lutz sich von den Prokuristen gewissermaßen als fremder Eindringlich ansehen lassen sollte.

»Lieber Onkel – bitte, willst du die Herren aufklären über meine Beziehungen zu Doktor Falkner?«

Es blitzte humorvoll in den Augen ihres Vormunds auf.

»Ja, meine Herren, Sie werden in dieser Beziehung meinem Mündel wohl ihren Willen lassen müssen. Es war meines Schwagers mehrfach geäußerter Wunsch, Herr Doktor Falkner solle einmal sein Nachfolger werden. Wenn er das nicht in bindender Form verfügte, lag das daran, daß dieser nicht frei war – er weilte in Amerika. Aber abgesehen von allem anderen würde Doktor Falkner nach Ablauf des Trauerjahres sowieso an die Spitze des Verlages treten, und zwar als gesetzlicher Vertreter meiner Nichte. Vorläufig freilich inoffiziell. Fräulein Renard hat sich nämlich mit ihm verlobt – ich bitte das vorläufig als eine diskrete Mitteilung zu betrachten – und dürfte sich noch im Lauf des Jahres mit ihm vermählen. Mit der Verheiratung meiner Nichte erlischt meine Vormundschaft schon vor deren Großjährigkeit und zu derselben Stunde auch Ihr Recht, irgendwelchen Einspruch gegen von ihr getroffene Verfügungen zu erheben.«

Die beiden fassungslos erstaunten Herren fühlten sich vollständig außer Gefecht gesetzt. Die schönen Tage ihrer Alleinherrschaft waren vorüber, das mußten sie einsehen. Herr Seidel faßte sich zuerst, stammelte zunächst einen Glückwunsch und fuhr dann fort:

»Das ist freilich etwas anderes, mein gnädiges Fräulein; wäre uns das von vornherein bekannt gewesen, hätten wir es nicht nötig gehabt, unsere Bedenken geltend zu machen.«

Malve atmete lächelnd auf.

»Ich hätte gern noch verschwiegen, daß ich mich verlobt habe, und bitte Sie dringend, von dieser Mitteilung keinerlei Gebrauch zu machen.«

»Selbstverständlich werden wir darüber schweigen. Aber wir dürfen uns wohl gestatten, Ihnen, mein gnädiges Fräulein, und Ihnen, Herr Doktor, unsere ergebensten und herzlichsten Glückwünsche auszusprechen.«

»Die nehmen wir gern entgegen, da wir in Ihnen die Vertreter des Verlages sehen. Nicht wahr, Lutz?«

Malve wurde nun wieder sehr schüchtern. Lutz hatte sich noch nicht von seinem Staunen erholt über die bestimmte, ruhige und sehr verständige Art Malves. Es war ihm beinahe eine Erleichterung, als sie ihn wieder mit ihren lieben, schüchternen Augen ansah.

Er wandte sich nunmehr an die Herren.

»Gewiß, meine Herren, wir danken Ihnen für Ihre Glückwünsche; vorläufig, wie gesagt, inoffiziell. Und ich möchte gleichzeitig bemerken, wenn meine Braut die Einstellung des Doktor Arens befürwortet und angeordnet hat, so können Sie sich darüber sehr freuen. Doktor Arens ist ein sehr bedeutender Mann und wird seinen Posten zu Ihrer größten Zufriedenheit ausfüllen. Ich kann ihn in jeder Hinsicht empfehlen.«

Da glaubten die beiden Prokuristen annehmen zu müssen, daß die Einstellung Doktor Arens' bereits auf das Konto von Doktor Falkner zu buchen sei, und sie beschlossen, Doktor Arens vollkommen freie Bahn zu lassen. Mochte Falkner die Verantwortung für dessen Einstellung übernehmen.

Es wurde nun noch allerlei besprochen, und Lutz kündigte an, daß er bereits am nächsten Tag die Leitung des Verlages übernehmen würde.

»Sie können mich morgen vormittag um neun Uhr erwarten, wir besprechen dann alles Weitere.«

Die Herren verneigten sich; Seidel wandte sich nochmals an Malve und fragte:

»Wie soll es in Zukunft mit den Manuskripten gehalten werden, gnädiges Fräulein, sollen wir die nach wie vor zuerst Ihnen vorlegen?«

Malve wurde dunkelrot, und Lutz sah sie erstaunt und fragend an. Sie gab sich aber einen Ruck und sagte so ruhig sie konnte:

»Ich werde das mit meinem Verlobten besprechen und Ihnen dann durch ihn Bescheid zukommen lassen.«

Die beiden Herren verabschiedeten sich nun; Onkel Heinrich begleitete sie hinaus und brach dann ebenfalls auf, um in sein Amt zu gehen. Lutz und Malve blieben allein. Er ergriff ihre Hand und sah sie bewundernd an.

»Malve, du hast mich schon manches Mal überrascht, aber heute kann ich dich nur restlos bewundern.«

Sie sah ihn wieder mit ihrem lieben schüchternen Blick an.

»Wenn ich dir nur so, wie ich manchmal sein muß, nicht weniger lieb bin als zuvor.«

Er zog sie tiefbewegt an sich.

»Meine kleine Malve, welchen Schatz habe ich an dir gewonnen! Du wirst mir immer lieb sein, gerade so, wie du bist, aber ich glaube, daß du mir noch mancherlei Überraschungen bereiten wirst. Was sollten zum Beispiel die letzten Worte des Herrn Seidel bedeuten bezüglich der Manuskripte, die dir zuerst vorgelegt werden sollen?«

Sie wurde sehr rot, als sei sie auf unrechten Wegen ertappt worden.

»Das ist so, Lutz«, sagte sie, ihre Verlegenheit bemeisternd, »Vater und ich haben alle Manuskripte, die in engere Wahl kamen – Untaugliches war von den Lektoren vorher ausgeschieden – gemeinschaftlich durchgesehen. Ich nahm großes Interesse daran, und Vater gab sehr viel auf mein Urteil. Waren wir – meistens stimmten unsere Ansichten überein – doch einmal verschiedener Ansicht, stellte es sich zumeist heraus, daß gerade die Stücke gut einschlugen, für die ich mich entschieden hatte. – Schließlich, als die Leistungsfähigkeit Vaters nachließ und er öfter Anfälle seines Leidens hatte, überließ er mir die Entscheidung über die Manuskripte allein und prüfte nur noch das von mir Ausgewählte nach. Gemäß den von meinem Vater getroffenen Bestimmungen werden mir auch jetzt noch alle Manuskripte vorgelegt, und ich muß sagen, diese Arbeit ist mir lieb geworden. Und – da mußt nun auch du einwilligen, daß ich dir bei der Begutachtung der Stücke helfe. Ich habe es Vater versprochen, das nie ganz aus der Hand zu geben. Du mußt bedenken, daß er nicht ahnen konnte, daß du sein

Nachfolger werden würdest, sonst hätte er das wohl nicht für nötig gehalten.«

Das alles sagte sie gleichsam in einem entschuldigenden Ton. Lutz sah sie mit gespannter Aufmerksamkeit an. Er ließ im Geiste die Stücke an sich vorüberziehen, die Renard & Sohn in den letzten Jahren verlegt hatten, und er mußte sich eingestehen, daß immer eine hervorragende Wahl getroffen worden war. Als Malve zu Ende war und wie ein verlegenes kleines Mädchen an dem Knopf seines Rockes drehte, fing er ihre Hände ein und küßte sie langsam und andächtig. Dann sagte er mit verhaltener Stimme:

»Wann werde ich dich erst ganz kennen, meine Malve? Alles, was ich so nach und nach an Vorzügen an dir entdeckt habe, setzt mich immer wieder in staunende Verwunderung. Wenn dein Vater deine Fähigkeiten anerkannt hat, bin ich ohne weiteres davon überzeugt, daß du sie auch wirklich besitzt. Und es würde mir gar nicht einfallen, dir diese liebgewordene Tätigkeit zu entziehen. Ich kann dich nur herzlich bitten, laß uns in Zukunft gemeinsam arbeiten, so, wie du es mit deinem Vater gehalten hast. Und wenn wir einmal verschiedener Meinung sind, wird sich schon ein Weg finden, auf dem wir uns begegnen.«

Sie umschloß lächelnd seinen Hals.

»Dann erst werde ich ganz glücklich sein, Lutz, wenn ich mit dir gemeinsam schaffen kann. Mein Urteil ist ganz bestimmt immer nur rein gefühlsmäßig, ich werde niemals begründen können, warum ich dieses oder jenes Stück befürworte oder nicht, immer nur spüre ich: das ist gut, und jenes ist schlecht. Du mit deinem reichen Wissen wirst alles viel schärfer erfassen – aber ich möchte Vater mein Wort halten.«

Sehr wohl fühlte Lutz, daß sie sich nur wieder schüchtern in den Schatten stellen wollte, um ihn ja nicht zu kränken. Das rührte ihn wieder sehr. Er zog sie fest an sich und küßte sie und hatte das Gefühl, daß er sehr darauf achten müßte, daß ihre Vorzüge immer in das rechte Licht gestellt würden. Und so warm und wohlig war ihm zumute, als sie sich vertrauend an ihn schmiegte, daß er sich plötzlich sagte, so glücklich sei er nie gewesen bei seinem Zusammensein mit Milda.

Liebevoll und gütig über ihr goldbraunes Haar streichend, sah er Malve an und sah ihr dabei tief in die Augen.

»Wie recht hatte Käte, als sie mir sagte, ich hätte an dir ein Kleinod gewonnen, meine süße Malve. Käte kennt dich viel besser als irgend jemand hier im Hause. Richard ist zum Beispiel in einem großen Irrtum über dich befangen.«

Sie lachte ein wenig.

»Ach weißt du, Lutz, Richard ist noch in den Ansichten aufgewachsen, daß die Frau etwas Untergeordnetes ist, also keinen Geltungswert hat. Darin macht er nur Ruth gegenüber eine Ausnahme. Onkel Heinrich ist übrigens derselben Meinung wie sein Sohn. Tante Magda hat sich den beiden Männern in der Familie willig untergeordnet. Käte aber galt als vorlaut, wenn sie mal ihre Ansicht zum besten gab. Das habe ich alles sehr wohl erkannt, wenn meine Angehörigen uns früher auf Wochen in Grundhof besuchten. Und warum sollte ich ihnen eine andere Meinung über mich aufdrängen? Ich bin nur Käte gegenüber etwas mehr aus mir herausgegangen, weil ich bei ihr auf Verständnis stieß. Es kümmert mich auch nicht, was Richard und Onkel von mir denken – wenn es mir nur gelingt, deine Meinung über mich ständig zu verbessern.«

Wieder küßte er sie innig.

»Ich habe sehr umlernen müssen, was dich betrifft, Malve«, sagte er ernst.

»Wenn ich dir nur immer gefalle, Lutz«, entgegnete sie, sich wohlig und beglückt in seine Arme schmiegend.

Er küßte leise und verstohlen ihr Haar – das war wie eine Abbitte, daß er sie erwählt hatte, ohne ihren Wert recht erkannt zu haben.

XI

Von diesem Gefühl vollkommen beherrscht, suchte Lutz seine Wohnung auf und setzte sich unverzüglich an den Schreibtisch. Er fühlte sich gedrängt, an Richard zu schreiben und ihm gewissermaßen eine Beichte abzulegen über die Wandlung seiner Gefühle.

Sein Brief lautete:

„Mein lieber Richard!

Eigentlich ist es ein Unfug, Hochzeitsreisen zu stören, aber es drängt mich zu sehr, Dir eine Nachricht zukommen zu lassen, die vorläufig in der Familie bleiben soll. Also kurz heraus: zwischen Malve und mir ist ein Verlöbnis geschlossen worden. Ich weiß, daß Dich das freut, aber ich fühle mich gerade Dir gegenüber verpflichtet, eine offene Beichte abzulegen. Als ich damals in New York den bewußten Brief von Dir erhielt, dachte ich zunächst an nichts anderes, als daß es die Erfüllung meines höchsten Wunsches bedeuten würde, in dem Renardschen Verlag tätig sein zu dürfen. Ich wußte ganz genau, daß ich dort an der richtigen Stelle stehen würde, daß ich gerade dort meine Verehrung für Georg Renard beweisen könnte. Malve war mir zunächst ganz Nebensache. Du weißt auch, daß es nicht pekuniäre Gründe waren, die mir Deinen Vorschlag erstrebenswert erscheinen ließen, es war wirklich nur die Hoffnung auf Erfüllung meiner beruflichen Vorstellungen. Daß Du mir Malve als uninteressiert und unbedeutend schildertest, ließ sie mir erst recht als nebensächlich erscheinen. Aber wie ich Dir schon damals sagte, es erschien mir notwendig, daß Sie mir sympathisch wäre. Meine Erfahrung mit Milda Herfort hatte mir die Frau in einem recht häßlichen Licht erscheinen lassen und sie mir als Lebensgefährtin unangenehm gemacht.

Ich lernte Malve kennen – und sie erschien mir, durch Deinen Bericht beeinflußt, zunächst wirklich unbedeutend, aber zugleich in irgendeiner Weise rührend. Ihre Schüchternheit bewegte mein Herz, ich hatte das Gefühl, sie brauche dringend einen Schutz gegen die Welt, gerade weil sie an so exponierter Stelle stand.

Aber wie sehr habe ich umlernen müssen! Wo hast Du Deine Augen gehabt, als Du Deine Kusine als unbedeutend einschätztest? Sie ist im Gegenteil eine der bedeutendsten Frauen, die ich kennengelernt habe, und ihre Schüchternheit, lediglich durch ihr zurückgezogenes Leben bedingt, läßt es nicht zu, daß sie all die Schätze des Geistes und der Seele zeigt.

Ganz allein deine Schwester Käte hat schärfer gesehen als Ihr alle. Ich aber werde täglich mehr überrascht und – das sage ich offen – beglückt, wenn ich mehr und mehr erkenne, welche unverdiente Gnade das Schicksal mir erwies, als es mir diese Frau ans Herz legte. Ausführlich kann ich jetzt nicht werden, kurzum, aus der kühlen

Zuneigung, die ich anfangs für sie hegte, ist eine große Bewunderung geworden, und wenn ich mir schon eher klar über mich selber geworden wäre, hätte ich erkennen müssen, daß ich sie liebte. Mit einer anderen Liebe freilich als der, die ich einstmals Milda Herfort schenkte. Jenes Gefühl war Sinnenrausch, nichts sonst, war Leidenschaft, aus Egoismus geboren. Ich wollte sie besitzen, weil meine Sinne nach ihr verlangten. Malve liebe ich anders – mit einer Rührung ohnegleichen, mit dem innigsten Wunsch, sie zu beglücken, sie ruhig und zufrieden zu machen. Daß ich dabei das höchste Glück gefunden habe, das einem Mann zuteil werden kann, daß ich von dem aufrichtigen Wunsch beseelt bin, ihr alles zu werden, was ein Mann einer Frau werden kann, betrachte ich als ein Gnadengeschenk des Himmels.

Und nun willst Du wohl wissen, wie wir uns fanden. Sie teilte mir mit, daß ihr Vater sich immer für mich interessiert habe, daß er gern in mir seinen Nachfolger gesehen hätte, weil er erkannt hatte, wir seien von gleicher Art. Sie belegte mir das durch Aufzeichnungen des alten Herrn und bat mich, als Direktor in ihren Verlag einzutreten. In diesem Moment erkannte ich, was ich bis dahin nur geahnt hatte, daß sie mich liebte und – das löste in mir das sehnliche Verlangen aus, mir dieses wertvolle Geschöpf als Lebensgefährtin zu sichern. Wie froh ich war, daß ich nun um sie werben konnte, ohne daran denken zu müssen, daß ich nur über sie an die Position kommen könnte, die mich immer gereizt hat, wirst Du mir nachfühlen können. Ich fühle mich wie befreit von einem Zwang, denn ich konnte nun um sie werben, nur weil mein Herz danach verlangte, sie zu beschützen und zu behüten! Sie gab mir ihr Jawort – und ich war beglückt! Glaube es mir, Richard! Und mit jeder weiteren Stunde erkenne ich, welches Kleinod ich mir errungen habe. Wie blind seid Ihr gewesen – wie blind war ich! Ja, Richard, jetzt, da ich dieses schreibe, wird es mir vollends klar, daß ich Malve liebe mit der echten, wahren Liebe, die nicht zuerst das ihre sucht.

Ihr Glück will ich zuerst, dann erst das meine. Was ich für sie empfinde, ist tiefer, reiner und selbstloser, als was ich jemals für Milda Herfort empfunden habe. Es basiert nicht auf Äußerlichkeiten wie damals, sondern kommt ganz tief aus dem Herzen. Und das macht mich froh – ich fühle, diese selbstlose Liebe macht mich besser, sie hat mich geläutert und mir den rechten Wert des Lebens erst erschlossen.

All dieses, was ich sonst tief in meinem eigenen Herzen verschlossen hätte, muß ich Dir sagen, obwohl ich sonst über meine Gefühle nicht sehr mitteilsam bin. Das weißt Du, da Du mich kennst. Du weißt auch, daß ich mir immer Rechenschaft gab über mich selbst. Es geschah auch Dir gegenüber. Und ich kann Dir nur raten, lerne meine Malve besser kennen. Du wirst ebenso staunen über das, was sie ist, wie ich es getan habe.

Und nun will ich Dir keine Sekunde mehr von Deiner Flitterwochenseligkeit stehlen – das aber mußte ich Dir sagen, ehe wir uns wieder Auge in Auge gegenüberstehen werden. Unsere Verlobung bleibt vorläufig, bis zur Beendigung der Trauerzeit, geheim. Doch Du gehörst zur Familie und sollst daher eingeweiht werden. Alles andere nach Deiner Rückkehr. Empfiehl mich Deiner verehrten Frau Gemahlin und sei Du herzlich gegrüßt

von Deinem getreuen Lutz.«

Als Lutz dieses Schreiben beendet hatte, erhob er sich und streckte die Arme weit von sich. Und dann sagte er ganz weich und zärlich:

»Süße kleine Malve, ich habe dich wirklich lieb, viel lieber, als ich glaubte, noch jemanden lieben zu können.«

Er machte das Schreiben postfertig und trug es selbst zum Briefkasten. Er war froh, daß er das alles vom Herzen herunterhatte.

Am nächsten Vormittag begab er sich in das Verlagshaus, Renard & Sohn. Es hatte sich schon im ganzen Verlag herumgesprochen, daß ein Direktor an die Spitze des Betriebes treten würde. Die beiden Prokuristen versuchten, gute Miene zu machen, obwohl es sie sehr verstimmte, daß ihre gute Zeit zu Ende war. Man mußte jedenfalls versuchen, sich mit Doktor Falkner gutzustellen, da er durch die bevorstehende Heirat mit Fräulein Renard sowieso Herr des Verlages wurde.

Lutz legte eine ruhige, bestimmte Freundlichkeit an den Tag, als er von den Prokuristen durch den Betrieb geführt wurde. Hier und da blieb er stehen und ließ sich den einen oder den anderen Angestellten vorstellen, sobald er auf ein besonders intelligentes Gesicht traf. Er fragte nach mancherlei Dingen, die ihm Interesse abnötigten, und seinen scharfen Augen fiel gleich auf, wenn irgendwo eine Nachlässigkeit bemerkbar wurde.

Nach diesem Rundgang hatte er eine Konferenz mit den beiden Prokuristen. Er merkte sehr wohl, daß deren Befähigung gerade nur so weit reichte, um die kaufmännischen Ressorts zu übersehen. Für alles andere waren sie zu schwerfällig, zu pedantisch. Aber als gute Kaufleute waren sie schon am rechten Platz, wenn man ihnen jeweils die nötigen Direktiven gab.

Er mußte sich nun eines der Zimmer aussuchen, das er als Büro benutzen wollte. Die Prokuristen fragten ihn, ob er vielleicht das Arbeitszimmer des verstorbenen Chefs zu benutzen gedenke. Aber Lutz lehnte ab, er war der Ansicht, daß Georg Renards Arbeitszimmer vorerst in Ehren gehalten werden müsse. Vielleicht konnte man es später als Konferenzzimmer benutzen.

»Dann wird es sein, als weile er, den ich aufrichtig verehrt habe, noch unter uns, und ich werde mir Mühe geben, immer in seinem Sinn meine Entscheidungen zu treffen.«

Und dabei dachte Lutz, vielleicht würde auch Malve später manchmal hier im Verlag erscheinen und mit ihm arbeiten wollen. Dann sollte das Zimmer ihres Vaters für sie bereit sein.

Im großen ganzen verlief der »Regierungsantritt« Lutz Falkners glatt und ohne Zwischenfall.

Er ließ sich heute schon einige wichtige Arbeiten vorlegen und sah die Bücher und Tabellen über Annahme und Ablehnung der Manuskripte durch.

Jedenfalls waren sich alle Angestellten darüber einig, daß er eine sehr imponierende Erscheinung sei, daß er genau zu wissen schien, was er wollte, und daß man in Zukunft in ihm den Mann sehen müßte, von dem Aufstieg oder Abstieg des Verlags abhingen.

Lutz arbeitete durch bis um fünf Uhr nachmittags. Er wollte heute keine Pause machen, es lag ihm daran, sich möglichst schnell einzuarbeiten. Notgedrungen mußten auch die Prokuristen so lange aushalten.

Zum Tee wurde Lutz in der Familie Cornelius erwartet. Malve empfing ihn mit unruhig fragenden Blicken, und er zog sie an sich und sah ihr zärtlich und liebevoll in die

Augen. Ruhig teilte er ihr das Notwendigste über seinen ersten Tag im neuen Amt mit, und es fiel ihm gar nicht ein, anzunehmen, daß sie nichts von diesen Dingen verstehen könnte. Sie hörte ihm aufmerksam zu und legte ihm zuweilen eine Frage vor, aus der er ersehen konnte, daß sie vollkommen bei der Sache war. Er empfand zum ersten Mal, daß es einen eigenen Reiz hatte, mit einer Frau über etwas zu sprechen, was er sonst nur mit Männern besprochen hatte.

Käte hatte ihrer Mutter gebeichtet, daß am Sonntag Klaus Arens kommen würde, um bei Vater um ihre Hand anzuhalten. Ihre Mutter war, da Käte ihr von der überraschenden Veränderng von Klaus Arens' Lage berichtet hatte, sehr glücklich darüber, daß ihre Tochter dem Mann angehören würde, den sie liebte. Selbstverständlich hatte sie ihren Mann auch ein wenig vorbereitet, und dieser erwartete nun den künftigen Schwiegersohn. Frau Magda sorgte für ein Festessen zum Sonntagmittag, das leicht zum Verlobungsschmaus ausgebaut werden konnte. Auch Lutz war zum Mittagessen geladen worden, wußte aber noch nicht, welches Ereignis bevorstand. Käte hatte Malve gebeten, nichts zu verraten. Lutz sollte überrascht werden. Ebenso wollte man Klaus damit überraschen, daß Lutz sein künftiger Vorgesetzter sein würde.

Es verlief alles programmgemäß. Punkt elf Uhr erschien Klaus Arens und brachte seine Werbung vor. Er wurde sehr herzlich aufgenommen, und man ließ sodann das Brautpaar taktvoll eine Weile allein. Die beiden glücklichen Menschen hatten sich ja nichts mehr zu sagen, gesagt war schon alles. Jetzt wurde nur noch geküßt, und Klaus konnte nicht genug davon bekommen. Gar zu lange hatte er seine Sehnsucht bezwingen müssen.

Aber endlich mußten die beiden Glücklichen aus ihrem Himmel wieder auf die Erde herabsteigen, und Käte fragte nun erst einmal nach Klaus' Mutter.

»Selbstverständlich ist sie einverstanden, Käte, sie kennt dich doch und hat schon längst gewußt, daß wir uns gut sind. Aber trotzdem jammert sie nun wieder, daß sie mir eine Last sein müsse, und daß sie nicht in eine junge Ehe hineingehöre. Das wußte ich schon. Aber gelt, meine Käte, sie soll nicht spüren, daß sie überflüssig ist«, fragte er bittend.

Sie schüttelte lächelnd den Kopf.

»Das soll sie gewiß nicht, aber ich kann ihr nachfühlen, wie ihr zumute ist.«

»Ich ebenfalls, Herzenskäte, aber es ist nun mal nicht zu ändern.«

Sie strich über sein Haar.

»Laß nur gut sein, Klaus, das kommt schon alles in die Reihe; wir Frauen werden uns schon das nötige Verständnis entgegenbringen.«

Er küßte dankbar ihre Hände, ihre Augen und ihren Mund, und für eine Weile war die Welt wieder vergessen.

Aber dann fragte Käte:

»Wann wird deine Mutter hier sein, Klaus?«

Er lachte.

»Ach, sie hatte, wie du dir denken kannst, allerlei Hemmungen und sagte mir, wenn wir sie haben wollten, solle ich sie holen. Und das werde ich nun wohl tun müssen.«

Sie küßte ihn schnell und schob ihn zur Tür hinaus.

»Dann beeile dich – Mutter richtet schon den Verlobungsschmaus, und da muß deine Mutter dabei sein.«

Klaus mußte sich also gleich aufmachen.

Da seine Mutter schon im Festkleid war, dauerte es nicht lange, bis er mit ihr zurückkam.

Inzwischen war auch Lutz eingetroffen, und Malve berichtete ihm gerade, daß heute abermals Verlobung gefeiert würde.

Ehe er sich noch dazu äußern konnte, erschien Klaus mit seiner Mutter. Die Freunde waren sehr erstaunt, sich hier zu sehen, und noch erstaunter, als sie erfuhren, daß sie künftighin Verwandte sein würden. Während Käte und ihre Eltern Frau Arens herzlich begrüßten, standen Klaus und Malve und Lutz zusammen. Klaus begrüßte Malve sehr ergeben als seine künftige Chefin, worauf sie lächelnd sagte:

»Mit mir werden Sie wahrscheinlich geschäftlich gar nichts zu tun haben, aber dafür desto mehr mit meinem Verlobten. Dieser ist an die Spitze des Verlags Renard & Sohn getreten.«

Da zuckte es plötzlich in Klaus Arens' Augen auf. Er faßte Lutz bei den Schultern und schüttelte ihn aufgeregt hin und her.

»Lutz! Nun weiß ich wenigstens, wem ich meine Anstellung verdanke! Käte! Käte, bitte komm mal her. Käte, denke nur, Lutz hat mir diesen Posten verschafft, dessen bin ich sicher. Ist es nicht so, Lutz?«

Dieser lachte etwas verlegen.

»Ich habe dich nur wärmstens empfohlen, Klaus, mache davon kein Aufhebens.«

Aber Klaus war fest davon überzeugt, daß nur Lutz seine Anstellung veranlaßt hätte, und dieser mußte sich seinen Dank gefallen lassen, was er auch mit einem humorvollen Lächeln und einem verständnisvollen Blick auf Käte und Malve tat. Klaus rief nun auch noch seine Mutter herbei, um Lutz zu danken. Lutz entzog sich dem allen, indem er seine

Braut ins Nebenzimmer zog. So konnte Klaus seinen Gefühlen ohne ihn Luft machen.

Frau Arens saß mit Käte in einer Ecke zusammen und streichelte ihre Hände.

»Gott schenke euch Glück, liebste Käte, ihr habt es wahrlich verdient«, sagte sie bewegt.

Eben rief Frau Magda zu Tisch, und es kam nun etwas Ruhe in das freudige Durcheinander.

Nach dem Mittagessen, als die Herren im Arbeitszimmer des Hausherrn eine Zigarette rauchten und dabei ein Männerwort sprachen, half Käte ihrer Mutter den Teetisch herrichten, denn die Gäste sollten selbstverständlich bis zum Abend bleiben. So saß Malve mit Frau Arens allein, und sie beschloß, die Sache, die sie noch auf dem Herzen hatte, sogleich in Ordnung zu bringen. Sie verstand es, dank ihrer lieben, gütigen Art, Frau Arens zutraulich zu machen, und diese erzählte ihr nun, daß sie sich noch viel mehr freuen würde über das Glück ihres Sohnes, wenn sie es nicht durch seine Sorge um sie beeinträchtigt sähe.

»Ich wäre sehr froh, könnte ich auf eigenen Füßen stehen. Was soll ich in einem so jungen Haushalt. Ich werde dort überall im Wege stehen, wenn die Kinder mich das auch niemals fühlen lassen werden. Wie gern möchte ich meinen Lehrerinnenberuf wieder aufnehmen, aber in meinem Alter, ich bin schon dreiundfünfzig, wird mich niemand anstellen wollen, zumal jetzt nicht, wo so viele junge Kräfte brachliegen müssen.«

Malve faßte ihre Hand.

»Vielleicht ist eine ältere Lehrerin manchmal wertvoller als eine jüngere Kraft. Ich weiß nicht, ob ich Ihnen ein Angebot machen darf? Es ist Ihnen vielleicht nicht bekannt, daß ich das Gut Grundhof von meinem Vater geerbt habe.

Dadurch bin ich Patronatsherrin auch über die Grundhofer Schule geworden. Ich habe nun schon seit längerer Zeit eingesehen, daß wir unserem Lehrer eine Hilfskraft zur Seite stellen müssen. Aber meine Verlobung und sonstiger Dinge wegen bin ich nicht dazu gekommen, das Nötige zu veranlassen. Vielleicht war das gut; wir gehören jetzt doch zu einer Familie und – auf Sie könnte ich mich bestimmt verlassen. Wie nun, wenn Sie die Lehrerinnenstelle in Grundhof annehmen würden? Sie könnten in meinem Haus wohnen; unsere Hausdame wäre dann auch nicht mehr allein, zumal nicht an den langen, einsamen Winterabenden. Und im Sommer würde ich Käte und Ihren Sohn einladen, dann hätten Sie Ihre Kinder eine Weile bei sich. Im übrigen kann man mit dem Auto in einer Stunde von Grundhof hierherkommen. Sie könnten an den Sonntagen Ihre Kinder leicht besuchen. Wie denken Sie darüber?«

Malve waltete wieder einmal als Glücksbringerin. Frau Arens war außer sich vor Freude und nahm nur zu gern an, was ihr geboten wurde. Malve machte daraufhin gleich alles mit ihr perfekt. So war nichts mehr daran zu ändern, als Klaus wieder auftauchte und hörte, was inzwischen geschehen war. Auch Käte kam herbei. Und alle Bedenken von Klaus mußten schweigen, als er in das glückstrahlende Gesicht seiner Mutter sah. Sie lebte förmlich auf, als sei eine schwere Last von ihr genommen worden.

Malve wurde mit herzlichen Worten gedankt, und Lutz sah mit stolzer Zärtlichkeit in ihr Gesicht, das ganz hilflos zu ihm aufschaute.

Einige Monate vergingen.

Frau Arens war in der letzten Woche nach Grundhof übergesiedelt. Klaus, der längst seine Stellung im Verlag

Renard & Sohn angetreten, hatte sich sehr gut eingearbeitet, ganz wie Lutz, und die beiden Freunde arbeiteten hervorragend zusammen.

Zwischen Malve und Lutz wurde das Verhältnis immer inniger und tiefer. Sie arbeiteten, wenn Malve in das Verlagshaus kam, oft zusammen in dem Privatbüro Georg Renards. Malve scheute jetzt nicht mehr davor zurück, sich vor ihren Leuten sehen zu lassen.

Mit großer Sehnsucht wünschten Lutz und Malve den Zeitpunkt herbei, einander ganz angehören zu können, aber Malve bestand darauf, die Trauerzeit um den Vater abzuwarten. Für den zehnten Oktober war der Vermählungstag festgesetzt.

Käte sollte schon früher mit Klaus vermählt werden. Ihre Hochzeit sollte am fünfzehnten August stattfinden. Dann würde Klaus Urlaub bekommen, und sie würden zwei Wochen in einem kleinen Ostseebad verbringen.

XII

Inzwischen hatte Milda Herfort die unglaublichsten Anstrengungen gemacht, sich Lutz Falkner wieder zu nähern. Und je weniger ihr das gelang, desto intensiver sehnte sie es herbei, ihm zu begegnen. Da seine Verlobung noch nicht bekanntgegeben war, ahnte sie nicht, daß er längst einer anderen gehörte. Einige Male war sie ihm flüchtig wiederbegegnet, aber Lutz hatte es immer verstanden, ihr rechtzeitig auszuweichen.

Obwohl ihr schwerfälliger Gatte nicht viel für Geselligkeit übrig hatte, setzte Milda es durch, daß es in ihrem Haus während des Winters und bis tief in das Frühjahr hinein einige Festlichkeiten gab, um vor allem mit den Leuten in Kontakt zu bleiben, bei denen sie hoffen konnte, wieder eingeladen zu werden und Lutz zu treffen. Bisher war ihr das stets mißlungen. Eines Tages, als sie wieder Gäste bei sich hatte, zog sie sich mit einer der anwesenden Damen in einen Schmollwinkel zurück. Gerade von dieser Bekannten wußte sie, daß sie mit Richard Cornelius und seiner Frau verkehrte. Sie horchte sie nun aus, wie es den jungen Herrschaften ginge. Man sähe sie doch so wenig in Gesellschaft. Die Dame meinte, das junge Paar sei noch immer in Flitterwochenstimmung und im übrigen hielten sie sich noch immer etwas zurück wegen der Trauerzeit um Georg Renard.

Milda hatte inzwischen in Erfahrung gebracht, welch hervorragende Position Lutz Falkner im Verlag Renard & Sohn einnahm. Das hatte sie schmerzlich getroffen, denn sie mußte sich sagen, daß sie nur eine Weile hätte warten brauchen, um auch an seiner Seite ein angenehmes, sorgloses Leben führen zu können.

»Herr Doktor Falkner, der Direktor des Verlages Renard, verkehrt wohl auch bei Ihnen?« fragte sie die Freundin.

»Allerdings, einige Male war er mit Richard Cornelius und dessen Angehörigen bei uns. Auch Fräulein Malve Renard war dabei.«

Milda Herfort zitterte vor unterdrückter Erregung. Sie hatte freilich keine Ahnung, daß Malve Renard in irgendeiner Verbindung mit Lutz Falkner stand. Ebensowenig ahnte sie, daß Malve die junge Dame war, die seinerzeit gemeinsam mit Lutz bei Mädler gewesen war. Aber daß sie nicht zu einer Gesellschaft geladen war, wo sie Lutz hätte treffen können, regte sie noch nachträglich auf.

Sie wollte nun zeigen, daß sie auch gut bekannt war mit

all den Herrschaften, und sagte lächelnd:

»Dieses Fräulein Renard ist eine Verwandte von Richard Cornelius, nicht wahr?«

»Ganz recht, seine Kusine. Ein entzückendes junges Mädchen, ganz schlicht und bescheiden, obwohl sie eine reiche Erbin ist.«

»Da haben Sie ja sehr interessante Gäste bei sich gehabt«, sagte Milda ein wenig gekränkt.

Die Dame, eine gewisse Frau Manders, dachte nun erst daran, daß sie schon einige Male bei den Herforts eingeladen gewesen war, ohne sich revanchiert zu haben.

»O ja, es waren lauter interessante Leute, aber außer diesen hatten wir niemanden aufgefordert, weil die Herrschaften, wie gesagt, der Trauer wegen nur in kleinem Kreis verkehren.«

»Wir kennen Doktor Falkner ebenfalls sehr gut; wir haben mit ihm die Überfahrt von New York nach Hamburg gemacht. Ein sehr bedeutender Mann. Wir würden ihn auch sehr gern bei uns im Hause sehen, es macht immer Freude, geistvolle Menschen bei sich zu haben. Aber trotz unserer gemeinsamen Überfahrt sind wir hier in keinerlei Kontakt gekommen. Mein Mann ist in solchen Dingen etwas schwerfällig.«

Frau Manders zeigte sich sehr bereitwillig:

»Vielleicht treffen Sie einmal mit ihm bei uns zusammen, ich werde nicht vergessen, Sie aufzufordern, wenn wir die Herrschaften wieder bei uns haben.«

»Oh, da wäre ich Ihnen sehr dankbar!«

Sie plauderten noch eine Weile über gesellschaftliche Ereignisse und gingen dann zu den anderen zurück.

Seit jenem Abend war Milda in immerwährender Erwartung, eine Einladung von Frau Manders zu erhalten. Aber der Winter war vergangen, ohne daß dies geschehen wäre. Schon wollte sie ganz verzagen, als endlich Mitte Mai doch noch eine Einladung von Frau Manders kam:

»Meine liebe Frau Herfort! Glauben Sie nicht, daß ich mein Versprechen vergessen habe, aber bisher war es unmöglich, die bewußten Herrschaften wieder bei mir zu sehen. Fräulein Käte Cornelius, Richards Schwester, hat sich mit dem ihm befreundeten Doktor Arens verlobt, und die Mitte August stattfindende Vermählung wirft schon ihre Schatten voraus. Diese Hochzeit soll übrigens in aller Stille stattfinden. Nur allernächste Freunde und Bekannte sind dazu geladen. Auch wir sind nicht eingeladen, aber das soll alles nachgeholt werden. Nun habe ich aber darauf gedrungen, obwohl der Frühling schon auf die Berge steigt, daß die Herrschaften alle noch einmal bei mir sein werden. Und allzusehr brauchen wir uns Fräulein Renards wegen nicht mehr zu beschränken, da die Trauerzeit schon weit über die Hälfte vergangen ist. Ich würde mich also sehr freuen, Sie und Ihren Herrn Gemahl ebenfalls am zweiundzwanzigsten Mai zu einer Abendgesellschaft bei uns zu sehen. Sie werden dann näher mit den Herrschaften bekanntwerden, und das Weitere findet sich dann leicht von selbst. Ich würde mich freuen, wenn ich eine Zusage von Ihrer Seite erhalte, und begrüße Sie herzlichst.

Ihre Sophie Manders«

Milda war außer sich vor Freude. Ihr Mann wollte allerdings streiken. Es sei doch schon Mitte Mai, die Festsaison sei vorüber und man wolle doch endlich seine Ruhe haben. Sie ging ihm aber um den Bart, und so willigte er schließlich doch ein, weil sie ihm versprach, es solle für dieses Jahr das letztemal sein.

Milda dachte sich dann in aller Eile eine besonders raffinierte Kleidung aus. Sie wußte, daß sie schön war, aber sie wollte auch siegen über den störrischen Mann, der ihr noch immer nicht vergeben konnte, daß sie die Frau eines anderen geworden war.

Lutz Falkner hatte keine Ahnung, was ihm bei der Abendgesellschaft bei Manders bevorstehen würde. Aber um Malve die Scheu vor dem Umgang mit Menschen zu nehmen, befürwortete er die Annahme dieser etwas späten Einladung. Herr und Frau Manders waren angenehme Menschen und würden später voraussichtlich bei ihnen im Hause verkehren.

Also willigte Malve ein, wie sie ja alles tat, was Lutz für gut und richtig hielt.

Außer ihnen waren Onkel und Tante, Käte und ihr Verlobter und Richard mit Frau und Schwiegervater geladen. Onkel Heinrich meinte humorvoll, die Familie Cornelius mit Anhang wachse sich langsam zu einer Invasion aus und sparsamen Gastgebern müßte angst und bange werden um ihre Vorräte, wenn sie allesamt anmarschiert kämen.

Man belachte seinen Scherz, aber Herr und Frau Manders hatten dringend darum gebeten, niemand möge absagen, und so machte man sich vollzählig auf den Weg.

Als man eintraf, waren bereits einige Herrschaften anwesend. Herforts fehlten jedoch noch, und da ihr Name nicht genannt wurde, war Lutz ahnungslos, was seiner wartete.

In Gesellschaft mußten Malve und Lutz immer sehr reserviert und vorsichtig sein, weil ihre Verlobung noch nicht publik war. Aber Malve hatte bereits gelernt, ruhig und sicher aufzutreten. Sie sah reizend aus in einem schwarzen Spitzenkleid. Der Nacken und die weißen, schöngeformten Arme schimmerten durch den hauchfeinen Spitzenstoff, und ihr goldbraunes Haar war zu einer sehr kleidsamen, kurzgelockten Frisur arrangiert. Sie verstand es bereits, sich wirkungsvoll zu kleiden und ihre Vorzüge in das rechte Licht zu rücken, denn sie wollte Lutz unbedingt gefallen. Daß das auch heute der Fall war, las sie in seinen Augen, sooft er sie ansah.

Auch Käte sah reizend aus in einem weißen Kreppkleid, und ihr lichtes Hellblond unterstrich das Strahlende ihrer Erscheinung. Klaus war es nicht zu verdenken, daß er niemanden sah als seine Braut.

Bald nach ihnen kamen Richard mit Frau und Schwiegervater, und Ruth Cornelius sah nicht minder entzückend aus als die beiden anderen jungen Damen aus der Familie.

Richard und Lutz standen eben zusammen und besprachen etwas, als die Tür zum Empfangszimmer nochmals geöffnet wurde und Herr und Frau Herfort erschienen. Milda sah sinnverwirrend schön aus in ihrem hocheleganten Abendkleid. Sie geizte nicht mit ihren Reizen und gab vielleicht etwas zuviel davon preis, aber sie bot einen überwältigenden Anblick, zumal neben der unförmigen Gestalt ihres Mannes.

Lutz wurde vor Schrecken ein wenig blaß.

»Allmächtiger Gott!« sagte er verdrießlich.

Richard wandte sich um und erblickte Milda Herfort neben der Hausfrau, die sie lebhaft begrüßte. Etwas besorgt sah er den Freund an.

»Das war nicht gerade nötig«, sagte er leise.

Lutz zuckte die Achseln.

»Es hilft nichts, man muß damit rechnen, ihr immer

wieder zu begegnen. Aber ich will schon zufrieden sein, wenn sie sich mir möglichst fernhält.«

Das sollte sich aber nicht machen lassen, denn die Hausfrau hatte, um ihr einen Gefallen zu tun, seinen Platz an der Tafel ausgerechnet neben den Mildas gelegt.

Die beiden Freunde wechselten einen Blick, als der Hausherr jetzt den Herren mitteilte, wen sie zu Tisch zu führen hätten.

»Das hat mir gerade noch gefehlt, Richard.«

Dieser sah den Freund ein wenig besorgt an.

»Bist du denn deiner sicher, Lutz, wirst du nicht wieder ihrem Zauber verfallen?«

Mit einem ernsten, ruhigen Blick sah Lutz ihn an.

»Mein Herz gehört Malve, Richard. Ich fürchte nur, Milda Herfort wird versuchen, mich zu attackieren. Können wir nicht unbemerkt unsere Tischdamen tauschen?«

»Du vergißt, daß auf jedem Platz die entsprechende Namenskarte liegt. Ich möchte dir gern helfen, aber es geht nicht.«

Entschlossen richtete Lutz sich auf.

»Nun gut, es ist nicht zu ändern. Auch dieser Abend wird vorübergehen.«

Inzwischen waren Herforts einigen Herrschaften vorgestellt worden und kamen nun mit dem Hausherrn auf Lutz und Richard zu. Als der Hausherr bekannt machen wollte, sagte Milda mit einem koketten Lächeln:

»Ist nicht nötig, Herr Manders, wir kennen uns bereits. Herr Doktor Cornelius ist mir von früher her bekannt, und Herr Doktor Falkner war an Bord des gleichen Dampfers, als wir von New York nach Deutschland fuhren.«

Dabei reichte sie lächelnd beiden Herren die Hand, die den obligaten Luftkuß darüber hinhauchten.

Käte und Malve waren soeben mit Klaus gekommen. Malve erkannte die schöne Dame, die sie damals vor Mädler mit Lutz zusammengesehen und die in der Konditorei Käte angesprochen und begrüßt hatte. Ein wenig gespannt war ihr Blick, als sie die Begrüßung zwischen Lutz und Milda Herfort bemerkte. Und sie sah auch, daß die schöne Frau Lutz einen brennenden und flehenden Blick zuwarf. Dieser Blick verursachte Malve Schmerzen – sie wußte nicht, warum. Diese Frau Herfort war ihr unangenehm, und es freute sie nicht, sie wiederzusehen.

Milda erblickte nun Käte, begrüßte sie wieder sehr lebhaft und gratulierte ihr zur Verlobung, worauf Käte ihren Verlobten vorstellte. Erst danach machte Frau Manders Malve mit Milda bekannt. Etwas wie Haß zuckte einen Augenblick in Mildas Augen auf, als sie in Fräulein Renard die Dame erkannte, die mit Lutz in dem Mädlerschen Geschäft gewesen war. Die Begrüßung zwischen den beiden Damen war sehr kühl und zurückhaltend.

Malve trat zurück; ihre Augen suchten Lutz. Er hatte die Begrüßung zwischen Malve und Milda besorgt beobachtet, und als Malve nun zu ihm hinübersah, strahlten seine Augen sie für einen Augenblick selbstvergessen an. Just in diesem Moment sah Milda zu Lutz herüber, und ihr Herz krampfte sich unwillkürlich zusammen. Ganz plötzlich wurde ihr alles klar – Lutz war Direktor des Verlages Renard geworden – und diese junge Dame in dem schwarzen Kleid war die Besitzerin des Verlages. Sie erschien der eifersüchtigen Frau nicht schön und begehrenswert. Und es zuckte durch ihr Hirn: er hat sich verkauft, wie ich mich verkauft habe. Nun sind wir quitt – aber ich verzichte nicht auf ihn, jetzt erst recht nicht. Mit diesem blassen, farblosen Geschöpf werde ich den Kampf aufnehmen – und werde siegen, unbedingt siegen!

Als man zu Tisch ging, war sie in fieberhafter Erregung. Daß Lutz ihr Tischherr sein würde, wagte sie nicht zu hoffen, aber da die Tafelrunde nicht allzu groß war, würde er immerhin in ihrer Nähe sitzen können.

Als die Herren die ihnen zugewiesenen Damen zu Tisch zu führen begannen, sah sie aufmerksam zu Lutz hinüber. Wer würde seine Dame sein?

Sie merkte, daß er zögerte, einer der Anwesenden den Arm zu bieten, denn er stand noch immer abseits. Als nun auch der letzte der Herren, außer Lutz, mit seiner Dame in das Speisezimmer hinüberging, blieben Milda und er einen Moment allein zurück. Milda hätte laut aufjauchzen mögen, denn sie erkannte, daß die Hausfrau sie Lutz als Tischdame bestimmt hatte. Langsam kam er endlich auf sie zu und verbeugte sich vor ihr.

»Es tut mir leid, gnädige Frau, daß ich das nicht verhindern konnte. Hätte ich eine Ahnung von Ihrer Anwesenheit gehabt, wäre ich nicht gekommen.«

Sie sah mit einem brennenden Blick zu ihm auf.

»Ist dir meine Gegenwart so unangenehm, Lutz?« fragte sie schmeichelnd.

»Ja!« erwiderte er kurz und kalt.

Er führte sie nun hinüber und sah, daß Malve schon mit großen, bangen Augen nach ihm Ausschau hielt. Leider hatte man ihr einen Tischherrn zugewiesen, der ihr ganz fremd war, aber sie sagte sich, sie müsse lernen, sich mit fremden Menschen zu unterhalten.

Als sie Lutz an der Seite Milda Herforts hereinkommen sah, befiel sie wieder ein beklemmendes Gefühl. Diese schöne Frau sah entschieden kokett zu Lutz empor. Und ihr fiel auf, daß er eine steinerne Miene aufgesetzt hatte.

Zu ihrer Erleichterung saß sie Lutz bei Tisch schräg gegenüber, so daß sie sich verstohlen mit den Augen grüßen konnten.

Viel Aufmerksamkeit wandte Malve ihrem Tischherrn nicht zu. Immer wieder mußte sie zu Frau Herfort hinübersehen, und es entging ihr nicht, daß diese sehr erregt war und Lutz sich ihr nur mit eisiger Höflichkeit zuwandte.

Diese kühle Reserviertheit beruhigte Malve wieder, aber sie merkte doch, daß irgendwelche Beziehungen zwischen Lutz und dieser Frau bestehen mußten.

An Malves anderer Seite saß Richard. Dieser beobachtete den Freund und dessen Nachbarin mit sorgenvollen Blicken. Auch er bemerkte, daß Malve unruhig zu den beiden hinübersah. Da beschloß er, einzugreifen. Er wandte sich an Malve und sagte leise:

»Der arme Lutz, er wird nicht sehr zufrieden sein mit seiner Tischdame.«

Malve sah ihn fragend an.

»Warum nicht Richard, sie ist doch eine wunderschöne Frau?«

»Das ist Geschmacksache, Malve; ich weiß bestimmt, daß Lutz diese Frau nicht ausstehen kann. Wir haben vorhin davon gesprochen, wie aufdringlich diese Dame ist. Lutz würde sicherlich viel lieber an deiner Seite sitzen.«

»Meinst du?« fragte sie leise.

»Gewiß meine ich das. Sieh nur, eine wie eisige, abwehrende Miene er aufgesetzt hat.«

»Ja, das ist mir auch schon aufgefallen. Und die Dame scheint sehr erregt auf ihn einzureden.«

»Dafür ist sie überall bekannt, Malve, sie scheint etwas exaltiert zu sein, und Lutz wollte schon mit mir die Tischdame tauschen – aber ich habe dafür gedankt.«

Immer leichter wurde Malve ums Herz. Alles erschien ihr nun verständlich. Nur konnte sie nicht begreifen, daß eine so schöne Frau bei den Herren so wenig beliebt war. Das sprach sie auch aus. Richard sah sie lächelnd an.

»Nicht immer sind die schönsten Frauen zugleich auch die angenehmsten, Malve; meist sind sie sehr anspruchsvoll und verlangen von jedem Mann, daß er ihr Sklave sein soll. Und das liegt weder Lutz noch mir.«

Nun lachte sie fröhlich auf.

»Der arme Lutz«, sagte sie leise und sah liebevoll zu ihm hinüber.

Er gab den Blick ebenso zurück. Das Hin und Her bemerkte Milda Herfort auf der Stelle, und sie sah böse zu Malve hinüber. Zornig sagte sie:

»Nun weiß ich wenigstens, wie du an die Spitze des Verlages Renard & Sohn gelangt bist, Lutz!«

Es zuckte ärgerlich um seinen Mund.

»Ich bezweifle, daß Sie das wissen, gnädige Frau, und ich ersuche Sie höflichst darum, mich den Gepflogenheiten entsprechend anzureden. Zu einer vertraulichen Anrede haben Sie nicht das mindeste Recht.«

Sie lachte spöttisch auf.

»Hast wohl Angst, daß die blasse, unansehnliche Malve Renard das hört. Keine Sorge, ich spreche leise. Aber ich frage dich, wie kommst du zu diesem überheblichen Ton mir gegenüber? Du hast es mir übel genommen, daß ich einen armen Mann nicht heiraten wollte, weil es für uns beide nur Not und Sorgen im Gefolge gehabt hätte. Ich habe den anderen genommen, weil er reich war, obwohl ich dich liebte – noch immer heiß und leidenschaftlich liebe. Du hast dich doch ebenso verkauft wie ich – an dieses blasse Gänschen da drüben, weil sie dich an die Spitze ihres

Verlages stellte. Was hast du nun noch vor mir voraus? Du willst mir doch nicht einreden, daß du sie liebst? Also – jetzt sind wir quitt, wir brauchen uns gegenseitig keine Vorwürfe zu machen. Meinst du nicht auch? Du kannst mich unmöglich vergessen haben, wie auch ich dich nie vergessen werde. Warum sollen wir uns nicht ein heimliches Glück sichern, Lutz – es braucht doch kein Mensch davon zu wissen. Sieh doch nicht so entsetzlich kalt und abweisend aus – ich ertrage das nicht.«

Lutz saß wie auf Nadeln. Noch sprach die erregte Frau leise und zwang sich, ein unbefangenes Gesicht zu zeigen. Man konnte annehmen, daß sie ganz harmlose Worte zu ihm sprach, aber dieses Angebot, das sie ihm soeben gemacht, war schamlos genug, um ihm den letzten Rest von Mitleid mit ihr zu nehmen. Seine Achtung hatte sie längst verloren. Er sah sie mit kalten Augen an.

»Gnädige Frau – Ihr Herr Gemahl sieht zu uns herüber – seien Sie vorsichtig; Sie wissen doch wohl, was Sie aufs Spiel setzen, wenn Sie weiter in diesem Ton mit mir sprechen. Ich bitte Sie nochmals, kommen Sie zu sich, werden Sie vernünftig; zwischen uns wird es niemals mehr irgendwelche Berührungspunkte geben.«

»Du denkst wohl, ich fürchte mich vor meinem Mann? Mag er doch merken, was ich für dich fühle. Mir ist jetzt alles gleich. Wenn du mir kein Zusammentreffen ermöglichst, schreie ich es allen Leuten ins Gesicht, daß ich dir gehöre, daß ich deine Geliebte bin; auch dieses blasse, farblose Gänschen soll es hören. Ist dir daran gelegen?«

Er merkte, daß sie sich in sinnloser Erregung befand, und wußte, daß es einen Eklat geben konnte, wenn es ihm nicht gelang, sie zu beruhigen. Er griff nach der Menükarte, hielt sie ihr vors Gesicht als habe sie ihn nach der Speisenfolge gefragt, und sagte leise:

»Lassen Sie mich überlegen. Hier bei Tisch kann man über derartige Dinge unmöglich sprechen. Seien Sie vorsichtig, man merkt Ihnen Ihre Eregung an. Es wird sich nachher eine Gelegenheit zu einer Aussprache finden. Aber jetzt müssen Sie ruhig sein.«

Sie atmete auf, und die Spannung ihres Gesichtes löste sich auf zu hingebungsvoller Weichheit.

»Mußtest du mich erst so weit treiben, Lutz? Gut, ich bin jetzt ruhig, aber ich erwarte dich nach Tisch in dem kleinen Wintergarten vor dem Musikzimmer. Du findest ihn leicht. Da treffen wir uns zehn Minuten nach beendeter Tafel. Du sollst mir ja nur sagen, wo und wann wir uns sehen können – endlich einmal wieder allein.«

»Gut, ich werde kommen«, sagte er ruhig und legte die Menükarte wieder hin. Dabei sah er Richard mit einem qualvollen Blick an. Dieser merkte sehr wohl, daß es da drüben eine heimliche Katastrophe gab, und er beschloß, alles daranzusetzen, dem Freund zu helfen. An dem Wahnwitz dieser Frau, die Lutz erst verraten hatte und sich nun ihm aufdrängte, durfte das von Lutz Erreichte nicht scheitern.

Milda gab sich fortan scheinbar sehr unbefangen und heiter. Sie trank heimlich ihrem Mann zu, unterhielt sich auch mit ihren anderen Nachbarn und kümmerte sich scheinbar wenig um Lutz.

Dieser konnte das Ende der Tafel kaum erwarten, und sobald sie aufgehoben wurde, gab er Richard ein verstohlenes Zeichen.

Die Herren begaben sich in ein Nebenzimmer, um eine Zigarette zu rauchen, auch einige Damen schlossen sich ihnen an. Richard drückte seiner Frau verstohlen die Hand und sagte leise zu ihr:

»Ruth, würdest du mir einen Gefallen tun?«

»Selbstverständlich, Richard.«

»Dann bitte, beschäftige dich eine Weile mit Malve, bis ich zu euch komme. Wenn sie nach Lutz Ausschau hält, sage ihr, daß wir Herren jetzt eine Zigarette rauchten.«

»Wird gemacht, Richard, ohne daß ich viel frage.«

»Du bist eine kluge Frau, Ruth.«

Richard kam an seiner Schwester vorbei, die mit ihrem Verlobten zusammenstand.

»Malve und Ruth warten auf dich, zu einem Schwatz, Käte. Wir Männer verlangen nach der Friedenspfeife. Ich entführe deinen Klaus.«

Käte zog das Näschen kraus.

»Wichtig! Als ob Damen nicht auch gern eine Zigarette zum Mokka nehmen würden«, sagte sie, ging aber gehorsam davon, nachdem sie noch einen Händedruck mit Klaus getauscht hatte, der viel lieber bei Käte geblieben wäre. Richard merkte es ihm an.

»Es hilft nichts, Klaus, ich glaube, wir brauchen dich, Lutz und ich.«

Damit führte er den Freund davon. Dieser sah Richard forschend an.

»Du, diese Milda Herfort – und an Lutz' Seite? Was geht da vor?«

»Ich weiß noch nicht, aber heraushauen müssen wir Lutz, sieh – er schaut schon hilfesuchend nach uns aus.«

»Also dann los! Sag, was ich tun soll!«

»Mir und Lutz vorläufig störende Menschen fernhalten; muß erst sehen, was der Augenblick verlangt!«

»Gut! Ich stehe Schildwache!«

Richard trat an Lutz heran.

»Ich sehe dir an, du brauchst mich.«

Mit ernstem Gesicht sah Lutz ihn an und nickte Klaus zu. Er wußte, auf die Hilfe der Freunde konnte er sich verlassen.

Schnell berichtete er Richard von Mildas Drangsalierung und daß er ihr versprochen habe, in den Wintergarten zu kommen.

Richard nickte.

»Geh ruhig hin, Klaus wird Wache stehen und – ich werde schon dort sein und mich versteckthalten. Laß sie ruhig reden – im entscheidenen Moment erscheine ich auf der Bildfläche.«

Lutz atmete auf. Es half nichts, man mußte diese Frau mit solchen Waffen schlagen. Anders war ihr nicht beizukommen.

Richard ging an Klaus vorbei.

»Folge mir unauffällig, Klaus, und halte dich in der Nähe des Musikzimmers auf. Hast du dort die schöne Milda und Lutz eintreten sehen, halte alle Störung fern.«

»Aber, es ist doch unklug von Lutz, mit dieser Frau allein zusammenzutreffen.«

»Unbesorgt – ich begebe mich schon jetzt dahin, wo ich gebraucht werde. Später alles Weitere.«

Richard schlich sich schnell und so, daß er nicht gesehen wurde, in das Musikzimmer. Er sah Milda einstweilen noch bei ihrem Mann stehen.

Schnell betrat er den Wintergarten und verbarg sich hinter einer Portiere.

Gleich darauf erschien Milda und warf sich aufatmend und nervös Luft zufächelnd in einen Sessel, den man von draußen nicht sehen konnte. Sie hatte keine Ahnung, daß Richard Cornelius wenige Schritte von ihr entfernt hinter der Portiere stand. Ihr ganzes Interesse konzentrierte sich auf Lutz, der jeden Augenblick erscheinen mußte. Oder hatte er sie nur hierherbestellt, um sich vielleicht unbemerkt zu entfernen?

Aber nein – da kam er schon. Sobald Lutz eintrat, sprang sie auf und warf sich unbeherrscht an seine Brust. Er stieß einen zornigen Ruf aus, faßte sie fest bei den Schultern und drückte sie in ihren Sessel zurück.

»Wenn Sie nicht wollen, daß ich mich sofort wieder entferne, gnädige Frau, dann halten Sie sich von mir fern«, sagte er hart und schroff.

»O Lutz, warum bist du so kalt zu mir? Hast du denn ein Herz aus Stein, daß du mich immer wieder zurückweist. Wir sind hier allein und ungestört. Sei doch wieder gut zu mir, wie einst. Lutz, ich kann ja nicht leben ohne dich.«

»Das hätten Sie sich früher überlegen sollen, gnädige Frau. Ich habe Ihnen schon wiederholt gesagt, daß es nie mehr eine Gemeinschaft zwischen uns geben kann. Nur, um Ihnen das noch einmal zu wiederholen, habe ich eingewilligt, Sie hier zu treffen, weil Sie mir bei Tisch mit einer Szene drohten.«

Sie lachte heiser auf.

»So, nur deshalb, nur weil du Angst hast, daß dein farbloses Gänschen auf eine Verbindung mit dir verzichtet, hast du eingewilligt, hierherzukommen? Damit bin ich aber nicht zufrieden, Lutz, kann ich nicht zufrieden sein. Ich liebe dich, nur dich, und kann ohne dich nicht leben. Ich will ja nichts, als daß wir uns zuweilen sehen, zuweilen ganz im geheimen treffen. Du sollst dann lieb und gut zu mir sein, sonst soll kein Mensch davon wissen.«

»Aber Sie können doch nicht im Ernst annehmen, daß ich in so etwas einwilligen würde? Dazu müßten Sie mich doch kennen. Bitte, gehen Sie wieder zu Ihrem Herrn Gemahl zurück, damit es nicht auffällt, daß Sie sich hierher zurückgezogen haben.«

Sie ballte die Hände wie im Krampf.

»Soll es doch auffallen, soll man mich hier mit dir finden! Mir ist alles gleich.«

»Dann gestatten Sie mir, daß ich mich zurückziehe, ich habe Ihnen nichts mehr zu sagen.«

Sie sprang auf und trat vor ihn hin. Mit glühenden Augen sah sie ihn an.

»Nein, du wirst nicht fortgehen, sonst treibst du mich zum Äußersten. Ich will und kann ohne dich nicht leben. Bleibe bei mir und sage mir, wo wir uns treffen können. Läßt du mich jetzt allein, dann schreie ich es allen Menschen, auch meinem Mann und deiner heimlichen Braut ins Gesicht, daß ich deine Geliebte bin. Dann trage die Folgen.«

In diesem Moment trat Richard aus seinem Versteck hervor und zwischen die beiden.

»Das werden Sie nicht tun, gnädige Frau, denn wenn Sie das wagten und meinen Freund in dieser häßlichen Weise bloßstellten, nachdem Sie ihn verraten haben, weil er ein armer Schlucker war und Sie sich einem reichen Mann zu eigen gaben, dann würde ich ebenso laut vor allen erklären, daß Sie von meinem Freund ein heimliches Stelldichein erzwingen und aus Rache, weil er nicht darauf einging, eine schamlose Lüge verbreiten wollten. Ich werde Sie genausowenig schonen, wie Sie meinen Freund schonen wollten. Darauf gebe ich Ihnen mein Wort. Und nun komm, Lutz – wir haben hier nichts mehr zu suchen.«

Lutz atmete wie erlöst auf, er faßte Richards Hand wie im Krampf.

»Ich danke dir, Richard – das werde ich dir nie vergessen«, sagte er heiser.

Milda Herfort war bei dem unerwarteten Anblick Richards erblassend in ihren Sessel zurückgefallen. Sie sah mit starren Augen zu ihm auf, hörte seine Worte wie aus weiter Ferne und mußte wohl einsehen, daß sie in Richard ihren Meister gefunden hatte. Sie sah, wie die beiden Herren den Wintergarten verließen, sah, daß ihnen an der Tür des Musikzimmers ein Herr und drei Damen begegneten, und lehnte sich mit geschlossenen Augen und zusammengebissenen Zähnen zurück. Ihr Spiel war verloren, das mußte sie einsehen.

Der Herr, der rückwärts in das Musikzimmer getreten war und die drei Damen, Ruth, Malve und Käte, zurückzuhalten suchte, sprach laut auf die Damen ein. So wollte er die Freunde aufmerksam machen, daß sich jemand dem Musikzimmer nähere. Und er atmete auf, als er Richard und Lutz aus dem Wintergarten herauskommen sah. Ruth erblickte ihren Mann und rief ihm lachend zu:

»Klaus will uns den Eintritt hier verwehren, Richard, was sagst du dazu?«

Richard gab Lutz hastig und verstohlen ein Zeichen, er möge sich mit Malve entfernen, was Lutz auch sehr gern tat, da er seine Sache bei den Freunden in den besten Händen wußte. Er schob seinen Arm unter den Malves und führte sie davon.

»Entschuldige, daß ich mich einen Augenblick zurückzog, Malve.«

Sie sah lächelnd zu ihm auf.

»Oh, wir plauderten sehr vergnügt zusammen, wußten wir doch, daß ihr ein Rauchopfer darbringen wolltet.«

Langsam führte er sie weiter.

Inzwischen sagte Richard zu seiner Frau und seiner Schwester:

»Wir hatten Klaus beauftragt, niemand in das Musikzimmer hineinzulassen, dadrinnen im Wintergarten befindet sich Frau Herfort. Sie war von einem plötzlichen Unwohlsein befallen worden und möchte noch eine Weile allein sein. Klaus, du bleibst, bitte, noch einige Minuten hier, um Frau Herfort Ruhe zu verschaffen, ich führe unsere Damen einstweilen hinüber.«

Er hatte das so laut gesagt, daß Milda es hören und ihre Schlüsse daraus ziehen konnte. Mochte sie nun erst mit ihrer Enttäuchung fertig werden. Sie wußte jetzt, daß er als Zeuge für Lutz gegen sie auftreten würde, wenn sie es wagen wollte, ihre Drohung wahr zu machen.

Klaus ging langsam im Musikzimmer auf und ab. Ohne daß die Freunde ihn verständigt hatten, wußte er, daß es sich um eine alte Abrechnung zwischen Lutz und Milda Herfort gehandelt hatte. Anscheinend war alles gut abgelaufen.

Er wartete geduldig, um jedem, der sich dem Wintergarten nähern wollte, mitteilen zu können, daß dort Frau Herfort ruhe, weil sie von einem Unwohlsein befallen worden sei. Aber niemand kam herbei, und Milda hatte Zeit, sich zu fassen und einzusehen, daß sie darauf verzichten mußte, Lutz Falkner wieder in ihre Netze zu ziehen.

Nicht einmal ihr Mann sah sich nach ihr um. Dieser saß behaglich in einer gemütlichen Ecke des Rauchzimmers und ließ sich Witze erzählen, die er schallend belachte.

Malve war froh, Lutz wieder bei sich zu haben. Ihre Augen suchten gleichwohl unausgesetzt nach Milda Herfort, die sie seit Aufhebung der Tafel nicht wieder gesehen hatte. Sie hätte Lutz gern gefragt, wie er sich bei Tisch unterhalten habe, aber sie wagte es nicht.

Jedenfalls konnte sie lange nicht das aufgeregte Gesicht

Milda Herforts vergessen, mit dem diese bei Tisch auf Lutz eingeredet hatte. Lutz aber dankte Gott und Richard, daß dieser Kelch an ihm vorübergegangen war. Er malte sich aus, was alles hätte geschehen können, würde Milda ihre Drohungen wahrgemacht haben. Und er drückte impulsiv Malves Arm fest an sich, als er daran dachte, daß er durch Mildas Schuld leicht Malve hätte verlieren können.

»Meine Malve«, sagte er mit großer Innigkeit.

Ihre Augen wurden feucht.

»Lutz – mein Lutz«, flüsterte sie zurück.

Nach einiger Zeit tauchte Milda Herfort wieder auf; äußerlich ruhig, aber ein wenig blaß. Sie nahm von Lutz, wie es schien, keine Notiz mehr, aber diesem schien es trotzdem angezeigt, das gastliche Haus zu verlassen. Die Frau, die sich so tief vor ihm erniedrigt hatte, war ihm ein quälender Anblick. Einmal hatte er sie geliebt und er schämte sich für sie, daß sie sich vollkommen hatte gehenlassen. Zum Glück brachen die Gäste nicht gar zu spät auf, und erleichtert trat er an Malves Seite ins Freie.

XIII

Bald nach diesem Abend begab sich Malve mit ihren Angehörigen nach Grundhof hinaus. Ihr Onkel hatte Ferien, und die wollte die Familie in der freien Natur verbringen. Käte hatte um so lieber eingewilligt, mitzukommen, als Lutz fast jeden Abend im Auto herauskam und jedesmal Klaus mitbrachte. Dieser freute sich ebenfalls, seine Mutter so häufig sehen zu können, denn sie war schon in ihrem Amt als Lehrerin und fühlte sich außerordentlich wohl, zumal sie sich mit Frau von Heims sehr gut verstand.

Die Tage im Grundhof vergingen nur zu schnell, und Anfang Juli kehrte man wieder nach Berlin zurück, um die letzten Vorbereitungen für Kätes Hochzeit zu treffen.

Malve arbeitete täglich einige Stunden mit Lutz, und gerade diese Stunden ernster Arbeit, in denen er wie sie eifrigst das Wohl des Verlages förderten, brachten sie einander immer näher.

Die drei Freunde hatten sich nach jenem Festabend im Hause Manders über die Angelegenheit mit Milda Herfort ausgesprochen. Lutz konnte diese nicht mehr schonen, und er vertraute den Freunden an, wie sie ihn immer wieder attackiert hatte. Die Freunde versicherten ihm, daß sie ihm jederzeit zur Seite stünden, falls er neuen Belästigungen ausgesetzt sein sollte. Malves und Lutz Falkners Glück durfte nicht durch diese Frau gestört werden. Sie hofften nun alle drei, Milda Herfort möchte durch Richards Dazwischenfunken gemerkt haben, daß Lutz sich durch nichts zwingen ließ, auch nicht durch die unsinnigsten Drohungen. Richard meinte:

»Sie hätte ganz bestimmt nichts von alledem wahr gemacht, denn sosehr sie danach verlangt, dich wieder in ihre Netze zu ziehen, ihr luxuriöses Leben an der Seite ihres Mannes würde sie keinesfalls aufs Spiel gesetzt haben. Übrigens ein guter Kerl, dieser Herfort, der dank seinem Phlegma gottlob nicht zur Eifersucht neigt, sonst hätte er vielleicht doch etwas davon gemerkt, wie stark seine Frau dir Avancen machte. Malve ist das jedenfalls aufgefallen.«

Erschrocken sah Lutz ihn an.

»Malve?« fragte er heiser.

Richard berichtete ihm, was Malve am Abend bei Manders mit ihm gesprochen und wie er sie beruhigt hatte. Lutz atmete auf und drückte Richard dankbar die Hand.

»Ich habe dir viel zu danken, Richard.«

»Nun, ich muß doch ein wenig gutmachen, daß ich in meinem Unverstand Malve falsch beurteilt habe und dir kein richtiges Bild von ihr zeichnete«, sagte er lachend.

»Du weißt aber jetzt, wie wenig wahrheitsgetreu es war?«

Richard nickte.

»Ich staune täglich mehr, was in ihr geschlummert hat oder was sich hinter ihrem schüchternen Wesen verbarg.«

Diese Unterredung hatte einige Tage nach dem Abend im Hause Manders stattgefunden.

Klaus Arens arbeitete manchmal mit Lutz und Malve zusammen, und auch er staunte über Malves geistige Regsamkeit, über ihr sicheres Urteil.

Lutz hatte längst schon alle die einzelnen Ressorts verbindenden Fäden in der Hand. Die beiden Prokuristen arbeiteten unter seiner Direktion fleißiger denn je, denn sie merkten bald, daß er alles mit scharfen Augen beobachtete. Hatten sie anfänglich geglaubt, er habe sich von der jungen Besitzerin nur in den Sattel heben lassen, um sich gemächlich auf seinem Posten auszuruhen, so sahen sie bald ihren Irrtum ein und mußten sich sagen, daß Doktor Falkner wirklich in jeder Beziehung Georg Renard ersetzte.

Kätes Hochzeitstag war gekommen. Sie und Malve waren noch einmal zur Wohnung des jungen Paares gefahren, um letzte Handgriffe anzulegen. Malve hatte fleißig mitgeholfen, so daß alles in bester Ordnung war. Ein junges Dienstmädchen war bereits eingestellt worden. Es stammte aus Grundhof, und Frau Arens hatte es angelernt.

Aufatmend und mit strahlendem Lächeln sah Käte sich noch einmal um.

»Haben wir es nicht herrlich, Malve, ist unser Heim nicht einfach süß?« fragte sie stolz.

Malve nickte ihr lächelnd zu.

»Ihr werdet euch hier sehr behaglich fühlen, Käte, und ich denke, es ist doch gut, daß Klaus' Mutter in Grundhof untergebracht ist. Sie fühlt sich dort wohler, als wenn sie euch hier auf der Tasche liegen müßte, und ihr fühlt euch auch wohler, wenn ihr allein sein könnt.«

Käte umarmte Malve.

»Und alles verdanken wir dir, liebste Malve. Dafür mußt auch du sehr, sehr glücklich werden, darum will ich beten.«

Sie küßten sich herzlich und verließen die Wohnung. Käte schloß sie mit ernster und feierlicher Miene ab und breitete dann wie schützend die Arme aus.

»Nur Glück soll über diese Schwelle schreiten«, sagte sie beschwörend.

Einige Wochen später fand Kätes Hochzeit statt. Sie wurde im engsten Kreis gefeiert, nur die Verwandten waren anwesend. Lutz und Richard fungierten als Trauzeugen. Und auf den Gesichtern des jungen Paares lag ein so starker Ausdruck tiefster Glückseligkeit, daß jeder sich dadurch gerührt fühlte.

Gleich nach dem Hochzeitsessen reisten die Neuvermählten ab, um noch am Abend das kleine Ostseebad zu erreichen, wo sie sich in einer Pension eingemietet hatten, die nur noch von wenigen Gästen besucht war. Hier verlebten sie eine Zeit reinsten Glückes. Sie waren sich selbst genug, sie brauchten niemanden und zählten ängstlich die Tage, die leider nur allzuschnell verflogen. Klaus behauptete, er hätte nichts dagegen, das ganze Leben hier in dieser abgeschiedenen Stille zu verbringen, aber Käte meinte lachend, wozu sie dann ihr wunderschönes Heim hätten. Ob das vielleicht unbenutzt bleiben sollte. Da umarmte er seine junge Frau zärtlich:

»Hast ja recht, Käte; überall, wo du bist, ist Glück und Sonne für mich.«

Dann reisten sie heim. Staunend sahen sie die Tür zu ihrer Wohnung bekränzt. Das kleine Dienstmädchen war zur Stelle, mit weißer Schürze und weißem Häubchen angetan. Überall standen Blumen in Vasen, und in dem kleinen Speisezimmer war der Tisch zum Abendessen einladend gedeckt.

Malve hatte noch einmal als guter Engel gewaltet. Die Speisekammer war mit allem gefüllt, was für einen geordneten Haushalt nötig war. Es fehlte an nichts, und Käte jauchzte auf vor jungem Hausfrauenglück.

»Sieh dir das an, Klaus – da hat Malve wieder als gute Fee gewaltet«, sagte sie strahlend.

Und Klaus strahlte mit. Er kam sich sehr wichtig vor als Haushaltungsvorstand und erklärte, zu Hause sei es beinahe noch schöner als an der Ostsee.

Das Abendessen, das erste im neuen Heim, gestaltete sich zu einem wahren Festschmaus, und die jungen Eheleute sahen sich trunken vor Glück in die Augen. Nach dem Essen gingen sie langsam und bedächtig durch die ganze Wohnung. Klaus hatte zuvor keinen Blick hineintun dürfen und ließ sich nun mit allem überraschen. Käte zupfte und rückte da und dort noch etwas zurecht, glättete ein Fältchen oder gab irgendeiner Vase einen neuen Platz. Und dann begaben sie sich in die kleine Loggia und sahen sich die Nachbarschaft an. Da sie im Dunkeln saßen, konnten sie sich ungeniert immer wieder einen Kuß geben, eine Zärtlichkeit tauschen. Und Klaus sagte ganz andächtig:

»Käte, wenn uns vor Jahresfrist jemand prophezeit hätte, daß wir heute glücklich vereint hier sitzen – hätten wir das geglaubt?«

»Nein, Klaus – aber erhofft habe ich es im tiefsten Grund meines Herzens immer; ich hätte hundert Jahre darauf gewartet.«

Er zog sie glückselig seufzend an sich.

»Meine – meine Käte!«

Am nächsten Morgen mußte Klaus wieder in den Verlag und an die Arbeit. Käte ordnete erst mit strahlenden Augen ihren Haushalt, dann fuhr sie mit der Elektrischen zu ihrem Elternhaus, um Malve sowie Vater und Mutter zu begrüßen.

Sie forderte, als es geschehen war, Malve auf, nachmittags den Tee bei ihr zu trinken.

»Wir werden uns dann ausschwatzen, Malve. Und ich werde dich fürstlich bewirten. Du Gute, Liebe hast ja meine Vorratskammer mit allem gefüllt, was ich nötig habe, und noch mit manchem, was eigentlich nicht nötig war und weit über unsere Verhältnisse geht. Aber herrlich ist es, daß ich wenigstens zu Anfang so aus dem vollen wirtschaften kann. Da kann ich mich in Ruhe einrichten und brauche nicht gleich Angst zu haben, daß das Wirtschaftsgeld nicht reicht.«

Malve streichelte ihr blondes Haar.

»Wenn es mal nicht reicht, Käte, dann laß es mich wissen, ich helfe dir dann aus«, sagte sie.

Käte staunte Malve an. Vor ihrer Hochzeit hatte sie nicht viel Zeit gehabt, Malve zu beobachten. Und nun fiel es ihr auf, wie ganz anders diese heute wirkte. Sie hatte sich sehr zu ihrem Vorteil verändert, verstand jetzt viel besser, sich anzuziehen und sich zu geben. Ihr Gesicht und ihre Gestalt hatten sich ein wenig gerundet, was ihr außerordentlich gut stand. Und ihre Augen leuchteten glücklich und zufrieden in die Welt. Ihr Haar war wunderhübsch frisiert. Malve war es zum Bewußtsein gekommen, es sei ihre Pflicht, sich so hübsch wie möglich zu machen, und sie machte jetzt einen ganz anderen Eindruck als die kleine, schüchterne Malve, die nach ihres Vaters Tod zu ihren Verwandten gekommen war. Käte sagte ihr offen, wie sehr zu ihrem Vorteil sich Malve verändert habe.

»Ich freue mich«, erwiderte diese lächelnd, »daß du mir das sagst, denn ich weiß sehr wohl, daß an mir nicht viel Liebenswertes war, als ich zu euch kam.«

Käte schüttelte sie ein wenig an den Schultern.

»Du, das darfst du nicht sagen. Es war immer sehr, sehr viel Liebenswertes an dir, wenn wir das auch nicht gleich erfaßten. Ich habe sehr bald entdeckt, welche Schätze dein Inneres birgt, wenn du sie auch immer scheu vor jedermann verschlossen hast. Aber jetzt würde es kein Mensch mehr glauben, daß du einst die schüchterne, unbeholfene Malve warst; du hast eine stolze, freie Haltung angenommen, siehst etwas selbstbewußter aus und außerdem – unberufen – man sieht dir an, daß du tief im Herzen glücklich bist. Das hat auf dich gewirkt, wie auf eine Blume die Sonne, die ihr lange gefehlt hat. Jetzt läßt du einen ungehindert in deine Augen schauen, aus denen neben aller Klugheit ein wahrhaft gütiges Herz herausstrahlt. Dein Lutz kann sich glücklich preisen, und – du dich auch.«

Malve wurde rot.

»Ich tue das bestimmt, Käte, und – er, glaube ich, nicht minder.«

Nach der Hochzeitsreise waren Malve und Käte viel zusammen. War Klaus im Verlag, hatte Käte Zeit. Malve kam meistens nachmittags zu ihr, denn vormittags war sie mit Lutz zusammen im Verlag tätig. Und wenn es Premieren gab, besuchten beide entweder mit Käte und Klaus oder mit Tante Magda und Onkel Heinrich das Theater. Und heute sahen die Menschen nicht mehr gleichgültig über Malve hinweg. Heute fiel sie auf an der Seite ihres Verlobten, und man fragte sich: Wer ist das?

Die Verlobung von Lutz und Malve wurde endlich bekanntgegeben, und es liefen unzählige Glückwünsche ein, auch von Menschen, die Malve kaum kannte und irgendwie mit dem Verlag zusammenhingen oder die Bekannte ihres Vaters gewesen waren.

Bald war Malve Renard eine bekannte Erscheinung in der Gesellschaft, und sie hatte sich daran gewöhnt, im Mittelpunkt des Interesses zu stehen und beachtet zu werden. Dabei behielt sie aber imer ihre ruhige, bescheidene Art, wenn diese auch nicht mehr in Schüchternheit ausartete.

Sie wurde nach und nach bekannt mit allen Größen der Literatur, die Lutz ihr zuführte. Er sagte ihr, es sei ihre Pflicht als Erbin des weltberühmten Verlages Kontakt mit all diesen Prominenten zu haben.

»Wir werden später, wenn wir verheiratet sind, all diese Leute zuweilen bei uns sehen müssen.«

Sie sah ihn mit ihrem lieben Lächeln an.

»Du wirst mich immer bereit finden, meine Pflicht zu erfüllen, Lutz.«

Er drückte ihren Arm an sich.

»Das weiß ich, Malve – wie ich auch weiß, daß wir immer am glücklichsten sein werden, wenn wir allein sein können.«

Ihre Augen strahlten ineinander.

Inzwischen war in der Villa Renard alles bereit, das junge Paar aufzunehmen. Käte hatte Malve bei allem geholfen, wie diese ihr bei der Einrichtung ihres bescheidenen Heims zur Seite gestanden hatte.

Dann kam der Tag immer näher, an dem die Hochzeit des jungen Paares stattfinden sollte.

Auf eine Hochzeitsreise hatten sie beide verzichtet, da Lutz gerade jetzt zu Beginn der neuen Theatersaison unabkömmlich war.

Malve hätte gerne eine ebenso stille Hochzeit gefeiert wie Käte, aber Lutz machte ihr klar, daß ihre gesellschaftliche Stellung sie verpflichtete, einen größeren Kreis einzuladen. Sie fügte sich, wie immer, seiner besseren Einsicht.

»Nach der Hochzeitsfeier, das verspreche ich dir, Malve, werde ich dir Zeit lassen, dich auf dich selber zu besinnen. Wir sind dann eben offiziell auf Hochzeitsreise«, sagte er lächelnd.

Sie sah schelmisch lächelnd zu ihm auf.

»Ich weiß schon, Lutz, daß du mich schrecklich tyrannisieren wirst.«

Er zog sie an sich und küßte sie innig.

»Trotzdem wirst du durch all diese Tyrannei meine Liebe zu dir durchschimmern sehen.«

Es war wenige Tage vor ihrer Hochzeit, als Malve noch einmal allein einige Besorgungen machen mußte. Käte hatte heute keine Zeit, sie zu begleiten, und Malve unternahm zuweilen ganz gern allein solche Einkäufe. Sie fühlte, daß sie immer sicherer dabei wurde.

In einem Geschäft, wo sie Parfüm und allerlei Notwendiges zur Körperpflege einkaufte, begegnete sie Frau Milda

Herfort. Diese hatte sich nicht sehr zu ihrem Vorteil verändert. Sie war blaß geworden und etwas schlanker, was ihr nicht besonders gut stand. Malve hatte beim Anblick dieser Frau erneut das unbehagliche Gefühl, von dem sie in ihrer Gegenwart immer befallen wurde. Sie wollte mit einem flüchtigen Neigen des Hauptes an ihr vorübergehen, aber Milda trat ihr in den Weg und begrüßte sie sehr lebhaft. Sie gab sich den Anschein, als seien sie sehr gute Freunde, dabei aber maß sie Malve mit einem haßerfüllten Blick, was dieser nicht entgehen konnte. Malve wäre sehr froh gewesen, wenn sie diese Begegnung hätte abbrechen können, aber Milda verwickelte sie in ein Gespräch. Sie wußte von früher, daß Lutz Falkner gegen Fliederparfüm eine fast krankhafte Abneigung hatte.

Und gerade deshalb redete sie Malve ein, sie müsse dieses Parfüm kaufen, es sei wundervoll erfrischend.

Um Milda loszuwerden, kaufte Malve dieses angepriesene Parfüm, nicht ahnend, daß Lutz einen wahren Ekel davor empfand. Er hatte Milda eines Tages gebeten, nie wieder dieses Parfüm zu gebrauchen, es verursache ihm Übelkeit.

Und nun triumphierte diese, daß Malve gerade dieses Parfüm gekauft hatte. Sie brachte die Rede noch auf die Hochzeit des jungen Paares. Es hatte beinahe den Anschein, als lege sie es darauf an, eine Einladung zu erhalten, allein so deutlich Milda auch wurde, konnte Malve sich doch nicht entschließen, das entscheidende Wort auszusprechen. Alles was Milda erreichte, war, daß sie erfuhr, daß die kirchliche Trauung am zehnten Oktober in der Gedächtniskirche vorgenommen werden solle.

Als Malve von dieser Ausfahrt nach Hause kam, war Lutz gerade eingetroffen, um einiges Geschäftliche mit ihr zu besprechen. Sie breitete lächelnd ihre Einkäufe aus und zeigte ihm auch das Fliederparfüm. Dabei sagte sie:

»Ich habe in der Parfümerie Frau Herfort getroffen und soll dir von ihr einen Gruß bestellen. Sie hat mir dies Parfüm besonders empfohlen.«

Lutz wurde bleich. Er sah sehr wohl, daß es Fliederparfüm war, was sie auf Anraten Mildas gekauft hatte, und er erkannte, daß Milda damit eine Infamie hatte begehen wollen. Er nahm das Flakon hastig aus Malves Hand und wickelte es fest in Papier. Es dauerte eine Weile, bis er sich gefaßt hatte, dann sagte er, heiser vor unterdrückter Erregung:

»Willst du mir eine große Bitte erfüllen, Malve?«

Sie sah ihn forschend an.

»Gern Lutz, wenn es in meiner Macht steht.«

Er zwang sich zu einem Lächeln.

»Ich bitte dich inständig, niemals Fliederparfüm zu gebrauchen, Malve, es erregt mir Übelkeit, ich kann gegen diese Schwäche nicht ankämpfen. Und zumal an dir möchte ich es niemals spüren.«

Erschrocken sah sie ihn an.

»Oh. wie gut, daß ich das weiß, Lutz. Selbstverständlich werde ich es nicht verwenden, ich werde es umtauschen.«

»Ja, Malve, ich bitte dich darum. Behalte bitte dein Veilchenparfüm bei, ich habe es sehr gern. Veilchenduft paßt gut zu dir; ich möchte nicht, daß du je etwas anderes gebrauchst.«

Sie legte die Fliederparfümflasche in einen Karton, schloß diesen und stellte ihn fort. Ihr war plötzlich, als dringe der Fliederduft noch durch die dichte Verpackung, und besorgt sah sie Lutz an, ob er nichts davon spüre.

Aber er sah schon wieder ganz ruhig aus.

Sie berichtete ihm nun, daß Frau Herfort es entschieden darauf angelegt habe, von ihr eine Einladung zum Hochzeitsfest zu erhalten.

»Aber ich konnte mich nicht dazu entschließen, Lutz, ehe ich nicht mit dir darüber gesprochen hatte. Wenn dir daran liegt, daß wir sie einladen, kann es ja noch geschehen.«

Er machte eine Gebärde der Abwehr. »Um Gottes willen nicht, Malve!«

Sie sah ihn forschend an.

»Du kannst sie nicht leiden, Lutz?«

Er zog sie an sich und sah ihr tief in die Augen.

»Nein, Malve, ich kann sie nicht leiden – und es würde mich schmerzen, wenn du jemals in nähere Berührung mit dieser Frau kommen würdest, sie ist kein Umgang für dich.«

»Offen gesagt, Lutz, ich mag sie auch nicht. Sie erscheint mir sehr aufdringlich – und – es ist vielleicht lächerlich, aber sie sieht mich zuweilen an, als hasse sie mich!«

Er drückte ihren Kopf an seine Brust, damit sie sein zuckendes Gesicht nicht sehen sollte.

»Vielleicht haßt sie dich auch, wie das Unreine stets das Reine haßt. Aber kümmere dich nicht darum, mein geliebtes Herz – wir werden weitgehendst jedes Zusammentreffen mit ihr vermeiden. Und wenn du nun etwas Zeit hättest für geschäftliche Dinge, wäre ich dir dankbar; ich muß etwas mit dir besprechen, deshalb bin ich hier.«

XIV

Malves Hochzeitstag war gekommen. Es war ein wunderschöner, klarer Herbsttag. Mit einem Gefühl der Andacht sah Malve zu dem klarblauen Himmel auf und faltete die

Hände. Es war noch früher Morgen, und sie hatte noch ein Stündchen Zeit, ehe sie mit ihrer Toilette beginnen mußte. Das weiße Brautkleid mit Schleier und Kranz lag schon bereit – aber auch ein schwarzes Gewand, das sie bei der standesamtlichen Trauung zu tragen gedachte. Dieses schwarze Kleid sollte der letzte äußere Ausdruck ihrer Trauer um den Vater sein.

Sie begab sich zunächst in das Speisezimmer, um mit Onkel und Tante das Frühstück einzunehmen.

»Morgen werden wir allein hier sitzen, Heinrich, nun ist alles ausgeflogen, was wir im Nest hatten.«

Onkel Heinrich nickte ihr zu und sah dann zu Malve hinüber.

»Damit müssen wir uns abfinden, Magda, aber zum Glück behalten wir alle unsere Lieben in der Nähe, und wenn uns die Sehnsucht packt, können wir bei ihnen die Runde machen.«

»Ihr werdet nun wenigstens zur Ruhe kommen, Onkel Heinrich und Tante Magda. Es war viel Trubel im Haus in den letzten Monaten.«

»Das war uns nur recht, Malve. Gottlob seid ihr ja alle ins Glück gezogen, und das mag euch der Himmel bewahren.«

Malve küßte der Tante die Hand.

»Ich bin euch beiden großen Dank schuldig.«

»So darfst du nicht sprechen, Malve, wieviel mehr Dank sind wir dir schuldig, wissen wir doch, daß du Kätes Glück unter Dach gebracht hast. Möge Gott es dir dadurch vergelten, daß du selbst sehr glücklich wirst.«

Sie plauderten noch von allem möglichen, dann war es Zeit für Malve, sich für den Gang zum Standesamt anzukleiden.

Klaus und Richard trafen ein, ebenso die beiden Trauzeugen, und gleich darauf auch Lutz Falkner. Alle fuhren zum Standesamt, und eine Stunde später war Malve nach Recht und Gesetz Frau Falkner geworden.

Hand in Hand saß das junge Paar nebeneinander, und ihre Augen trafen in stummer Glückseligkeit ineinander.

Und wieder zwei Stunden später betraten die Neuvermählten unter gewaltigem Orgelklang die Kirche. Langsam und feierlich schritten sie zum Altar. Aber als sie den Weg bis zur Mitte zurückgelegt hatten, erhob sich plötzlich in dem Gestühl eine schöne, blasse Frau und sah mit brennenden Augen dem jungen Paar entgegen. Malve zuckte leise zusammen unter dem flammenden Blick der dunklen Augen Milda Herforts. Auch Lutz bemerkte sie, und seine Stirn zog sich finster zusammen. Er faßte Malves Hand, die auf seinem Arm lag, und drückte sie fest und innig. Dann gingen sie weiter. Milda hatte erreicht, was sie wollte, sie hatte Lutz Falkner und seiner jungen Frau einen Schatten auf den Weg zum Altar geworfen. Wie sie es erreicht hatte, zu dieser Feier eine Einlaßkarte für die Kirche zu bekommen, wußte das junge Paar nicht. Es war nur Einlaß gegen Vorzeigen einer Karte gestattet worden.

Malve wehrte das unangenehme Empfinden ab, das sie bei Mildas Anblick befallen hatte. Lutz aber wußte die Freunde hinter sich, und das machte ihn ruhig. Sonst hätte er vielleicht Sorge gehabt, daß Milda irgend etwas anstellen könnte, was die Feier störte. Er traute ihr nach ihrem bisherigen Verhalten das Schlimmste zu.

Aber die Zeremonie ging ungestört vorüber. Lutz und Malves junge Ehe war eingesegnet worden.

Die Hochzeitsgesellschaft fuhr zum Hotel, wo das Festmahl eingenommen werden sollte. Es war dasselbe, in dem Richards und Ruths Hochzeit gefeiert worden war. Auch das hatte Milda in Erfahrung gebracht, und sie saß in einer versteckten Ecke des Vestibüls und beobachtete von da aus das Eintreffen der Hochzeitsgesellschaft, von niemandem gesehen. Auch von dem jungen Paar nicht.

Nachdem alle Wagen vorgefahren waren, verließ Milda endlich ihr Versteck und fuhr müde und abgespannt und das Herz voller Grimm und Haß nach Hause, wo ihr Mann sie mit Vorwürfen über ihr langes Ausbleiben empfing.

Milda sah ihn mit erloschenen Augen an und unterließ jeden Versuch einer Verteidigung.

Sie war nicht glücklich, diese schöne, elegante und reiche Frau, aber sie war selbst schuld an ihrem Unglück.

Die Hochzeitsfeier verlief sehr stimmungsvoll.

Das junge Paar verstand es vortrefflich, zu repräsentieren. Malve benahm sich ruhig und sicher, hatte alle beklemmende Schüchternheit abgelegt und war ganz die stolze Herrin des weltberühmten Verlags. Selbstverständlich waren auch die mehr oder minder prominenten Autoren des Verlags geladen, und man sah sehr interessante Köpfe an der langen Hochzeitstafel.

Aber Malve und Lutz waren dennoch froh, als sie allen ermüdenden Pflichten nachgekommen waren und sich endlich zurückziehen konnten. Ihr Auto stand bereit und fuhr sie zu ihrer hellerleuchteten Villa, wo alles zu ihrem Empfang vorbereitet war. Eng aneinandergeschmiegt überschritten sie die Schwelle ihres Heims. Sie ergriffen beide Besitz von ihrem Reich, in dem sie ein langes, glückliches Leben zu verbringen hofften.

Die ersten Wochen ihrer Ehe erschienen Lutz und Malve wie die Erfüllung aller Glückseligkeit. Sie gingen beide ineinander auf, und niemand aus dem Kreis ihrer Angehörigen störte sie früher, als bis sie sich selbst scherzend von ihrer »Hochzeitsreise« zurückmeldeten.

Lutz hatte auch in diesen Wochen seine Pflicht nicht vernachlässigt. Und Malve arbeitete nach wie vor mit ihm; jetzt aber in ihrem eigenen Heim und nicht mehr in Georg Renards Arbeitszimmer.

Wenn Lutz seine schlanke, reizende Frau durch die weiten, vornehmen Räume der Villa gehen sah, wurde ihm das Herz weit vor zärtlicher Bewunderung. Malve blühte auf in dem ruhigen Glück ihrer jungen Ehe. Sie fühlte sich geliebt und angebetet, und wenn sie das auch in ihrer großen Bescheidenheit kaum begreifen konnte, beseligte es sie doch, und sie empfand es wie eine unverdiente Gnade.

In diese Glückszeit fielen einige bedeutende Premieren des Verlags, und Lutz wurden von allen Seiten Komplimente gemacht wegen der großen Sicherheit, mit der er gerade die Stücke auswählte, die in der heutigen Zeit nötig waren und eine Gesundung des literarischen Lebens bedeuteten. Dann wies Lutz lächelnd auf seine junge Frau, die immer elegant und vornehm neben ihm wirkte, und sagte:

»Das Hauptverdienst an allen diesen Erfolgen kommt meiner Frau zu.«

Dann wurde Malve jedesmal mit Komplimenten überschüttet, und ganz benommen von all dem Lob sagte sie auf der Heimfahrt zu ihrem Gatten:

»Bitte, lieber Lutz, sage doch den Leuten nicht, daß ich ein Verdienst an allen Erfolgen des Verlages habe.«

»Warum nicht, meine geliebte Malve? Es ist doch die Wahrheit.«

»Aber ich mag es nicht, wenn die Leute mir Komplimente machen, die ich nicht verdiene. Es ist doch kein Verdienst, wenn ich von meinen Vorfahren die Gabe ererbt habe, die eingereichten Stücke richtig zu beurteilen. Ich lese sie einfach durch und weiß dann, das ist gut und jenes ist schlecht. Arbeit habe ich nicht damit. Du – ja du mußt tüchtig arbeiten, an dir liegt es doch, wenn alles glatt- und gutgeht, wenn die Stücke in der richtigen Weise ausgestattet und aufgeführt werden. Ich weiß doch, welche Kämpfe du zuweilen hast mit den Direktoren und auch mit den die Rollen übernehmenden Künstlern. Das alles könnte ich nicht.«

Er drückte sie an sich.

»Aber wir ergänzen uns auf das idealste, meine Malve, und – du mußt mir schon gestatten, daß ich dein Licht nicht unter den Scheffel stelle. Ich bin doch ebenso stolz auf meine kluge, geistvolle Frau – wie ich glücklich bin mit meiner liebenswerten, mich beglückenden Frau.«

Solche Gespräche wurden oft zwischen den beiden geführt, und sie fühlten sich dann beide unsagbar froh, weil sie immer neue Reize und Werte aneinander entdeckten.

Von Milda Herfort hatte man nichts wieder gehört, aber eines Tages berichtete Richard Lutz, daß Herfort und seine Frau eine Reise nach Indien unternommen hätten, und diese Nachricht wirkte auf Lutz wie eine Erlösung. Immer noch hatte er Sorge gehabt, Milda Herfort könne den Seelenfrieden seiner jungen Frau und somit seinen Ehefrieden stören.

Höchst behaglich fühlten die jungen Gatten sich. Kein Mißton störte die Harmonie ihres Lebens.

Lutz führte den Verlag zu immer neuen Erfolgen. Es gelang ihm, das ganze Theaterleben positiv zu beeinflussen, und die besten Autoren trachteten danach, ihre Werke bei Renard & Sohn herauszubringen.

Unter Klaus Arens' kluger Leitung nahm auch die fremdsprachliche Abteilung einen neuen Aufschwung, und er war sehr froh darüber, dem Verlag nützen zu können. Malve und Lutz hatten schon besprochen, ihm nach einem Jahr eine Gehaltserhöhung zu geben und seine Ferien schon im zweiten Jahr auf drei Wochen zu verlängern. Es stand auch jetzt schon fest, daß alle Verwandten des jungen Paares im Sommer in Grundhof zu Gast sein sollten. Frau von Heims hatte Malve mitgeteilt, sie wolle ihre Stellung vorläufig noch nicht aufgeben. Sie fühle sich Frau Arens so herzlich verbunden, daß sie sich nicht mehr einsam fühle und deshalb gerne noch bliebe. Darüber war Malve sehr froh, denn sie wußte, auf Frau von Heims konnte sie sich verlassen.

All das war längst beschlossen, als das erste Weihnachten in Malves junger Ehe nahte. Malve konnte es sich leisten, ärmeren Menschen zu helfen und einige Tage vor dem Fest sagte sie beim Mittagessen zu ihrem Mann:

»Sag mal, Lutz, hast du unter deinen Sachen vielleicht etwas, was du ausrangieren könntest? Frauenkleider habe ich genug, da kann ich schon helfen, aber an Männerkleidern fehlt es sehr.«

Er überlegte eine Weile. Dann sagte er nachdenklich: »Es muß doch unter meinen Sachen ein Koffer gewesen sein, den ich von Amerika mit herübergebracht habe. In diesem müssen einige Anzüge von mir zu finden sein, auch ein warmer Mantel und Wäsche und Schuhe. Ich kann mich entsinnen, daß ich alles verschenken wollte vor unserer Hochzeit, aber ich bin dann nicht dazu gekommen. Wenn du einmal nachsehen willst, es ist ein großer, brauner Kabinenkoffer mit meinen Buchstaben – damit könnte ich deinem Wohltätigkeitsdrang bestens dienen. Du müßtest dich nur der Mühe unterziehen, den Koffer durchzusehen und zu entscheiden, was du brauchen kannst und was nicht.«

Sie sah ihn so erfreut an, als habe er ihr ein wertvolles Geschenk gemacht. »Das will ich gleich nach dem Essen tun, Lutz, ich habe für morgen vormittag die Sammler herbestellt. Ich bin sehr froh, auch Männersachen verschenken zu können. Also was in dem Koffer ist, brauchst du nicht mehr?«

»Gewiß nicht, du kannst alles verschenken. Es werden auch einige abgetragene Sachen dabei sein, aber manches Brauchbare ist bestimmt darunter.«

Malve berichtete ihm nun, wie sie ihre Gaben unterbringen wollte, und dann erzählte sie, daß sie mit Käte, Ruth und Tante Magda folgendes ausgemacht habe: Am Heiligen Abend sollten alle zur Bescherung bei dem jüngsten Ehepaar sein, also bei ihnen, am ersten Weihnachtsfeiertag wollte Tante Magda alle als Mittagsgäste bei sich sehen, den Abend wollte man bei Klaus und Käte verbringen und den Abend des zweiten Feiertages bei Richard und seiner Frau.

Lutz war mit allem einverstanden, sagte aber scherzend:

»Ich bin etwas bange um meine Figur Malve, wenn ich mich durch sämtliche Festtagskuchen durchessen muß. Es ist ja selbstverständlich, daß jede von euch drei jungen Frauen und auch Tante Magda ihre Backkünste zeigen wollen.«

Malve lachte.

»Das ist allerdings selbstverständlich. Und wenn ich dir erzähle, daß jede von uns auch noch höchsteigenhändig allerlei andere Süßigkeiten fabriziert hat, wird dir noch banger werden.«

Er küßte Ihr Hand, die sie ihm über den Tisch reichte,

und sagte gutgelaunt:

»Also ich werde mich anfüttern lassen, aber im Frühjahr müssen wir dann beide fleißig Sport treiben, sonst wird das Blut zu dick, bei der ständigen Büroarbeit.

»Ich halte mit, Lutz. Aber halt, eines habe ich noch vergessen, am Nachmittag des Heiligen Abend müssen wir unbedingt nach Grundhof hinaus, zur Bescherung der Leute. Das ist alter Brauch, und davon möchte ich nicht abgehen. Dort brauchst du aber keine Süßigkeiten zu schlucken, die erhalten dort alle die Leute, damit auch sie zu ihrem Recht kommen.«

»Selbstverständlich, dafür kenne ich dich, du wirst bestimmt keinen übergehen, so wenig, wie die Leute hier im Hause.«

»Das ist guter, alter Weihnachtsbrauch, Lutz. Mein Vater hat es auch so gehalten.«

Sie scherzten noch eine Weile, wobei sie, wie immer nach Tisch, eine Tasse Mokka nahmen. Lutz hatte dann auch Erlaubnis, eine Zigarette zu rauchen, und zuweilen rauchte Malve sogar mit.

Danach ging Lutz wieder an seine Arbeit. Malve wurde der Weihnachtsvorbereitungen wegen davon entbunden, Manuskripte durchzusehen. Um diese Zeit wurden auch nicht so viele wie sonst eingereicht.

Zärtlich, wie immer, verabschiedete das junge Paar sich voneinander. Lutz verließ das Haus und winkte der am Fenster stehenden Malve noch einmal zu.

Sodann gab Malve dem Diener den Auftrag, den von Lutz beschriebenen Koffer vom Speicher herunterzuholen, wo derlei überflüssige Sachen aufbewahrt wurden.

Bald darauf stand der Koffer in ihrem kleinen Salon, in dem bereits allerlei Weihnachtsgeschenke aufgebaut lagen.

Den Schlüssel zu dem Koffer hatte Lutz von einem Schlüsselbund gelöst und ihr übergeben.

Erfreut, als würde sie selbst beschenkt, sah Malve die Sachen durch und faßte als sorgsame Hausfrau in alle Taschen, um sich zu überzeugen, ob Lutz nicht vergessen hätte, wichtige Dinge herauszunehmen. So fand sie einen Füllfederhalter, einen Taschenkalender, eine Zigarettenspitze, ein kleines Notizbuch und eine alte Brieftasche. Die Brieftasche legte sie erst einmal mit den anderen Dingen beiseite, um sie nachher durchzusehen und zu beurteilen, ob sie ebenfalls verschenkt werden dürfte.

Sie fand neben den Anzügen, die sehr verschieden im Wert waren, einen warmen Mantel und einen Regenmantel. Dann mehrere Paar Schuhe, die noch getragen werden konnten, etwas Wäsche und mehrere Krawatten. Auch einen Kragenschoner, einen Badeanzug, ein Badetuch und eine gut erhaltene Strickweste.

Zu gebrauchen war noch alles. Befriedigt legte Malve alles auf einen Haufen. Das sollte der Diener hernach zusammenpacken.

Alles den Taschen Entnommene stapelte sie mit einem schelmischen Lächeln, das wollte sie Lutz heute Abend feierlich überreichen. Und nun nahm sie die Brieftasche in die Hand und öffnete sie. Es war eine dünne Tasche aus Juchtenleder. Sie hielt sie lächelnd an das Näschen. Juchten liebte Lutz, das wußte sie, es umgab ihn immer ein leichter Duft davon. In der Brieftasche steckten einige Papiere – da war ein erledigter Wäschezettel, eine Rechnung über Briefpapier und eine Visitenkarte von ihm selbst. In dem hinteren Fach der Brieftasche sah sie dann einen Brief; er war mit der Schreibmaschine geschrieben, auf feines, überseeisches Papier und anscheinend sehr umfangreich.

Zögernd nahm sie ihn heraus, und dabei entfaltete er sich, so daß sie plötzlich ihren Namen lesen konnte.

Sie wurde neugierig, sah nach der Unterschrift und las:

»Dein getreuer Richard Cornelius.«

Es zuckte ein schelmisches Lächeln um ihren Mund. Ah, ein Brief Richards an seinen Freund Lutz? Und darin war ihr Name genannt? Ob sie den Brief lesen durfte?

Es reizte sie sehr. Gern hätte sie gewußt, was Richard an Lutz über sie geschrieben hatte. Sicherlich dürfte sie das lesen, denn Lutz hatte ihr einmal gesagt, zwischen Mann und Frau dürfe es keine Geheimnisse geben, also auch keine Briefgeheimnisse. »Du kannst getrost alle meine Briefe öffnen, wenn sie in die Wohnung kommen«, hatte er gesagt.

Nun – auch dieser Brief war in die Wohnung gekommen, wenn auch auf einem etwas ungewöhnlichen Weg.

Es lockte sie sehr, den Brief zu lesen – und sie konnte dem schließlich nicht länger widerstehen, wenn auch ein unbestimmtes Gefühl sie davon abhalten wollte.

XV

Über die ersten Sätze ging Malve flüchtig hinweg, aber dann kam sie an eine Stelle, die sie zusammenzucken ließ. Diese lautete:

»Du warst ja einmal in der Verfassung, wie ich es jetzt bin, und ich weiß, was es Dich kostete, als die, der Du Dein ganzes Herz geschenkt hattest, Dir untreu wurde. Hoffentlich hast Du inzwischen überwunden, wenigstens so weit, daß Du Dich der Gefahr aussetzen kannst, dieser Frau wieder zu begegnen. Ganz wird sich das wohl kaum vermeiden lassen, wenn Du wieder nach Berlin kämest; ich weiß, daß Du über den großen Teich gegangen bist, um sie nicht an der Seite ihres reichen, wenn auch nicht jungen und ansehnlichen Mannes sehen zu müssen.«

Und dann hieß es weiter:

»Sie kann ja dieses Ungetüm von einem Menschen nicht lieben; sie hat sich nur seinem Reichtum verkauft. Schwamm drüber, mein Alter! Ich hoffe, Du bist darüber hinweg.«

Bis ins tiefste Herz erschrocken, hatte Malve das gelesen, und vor ihrem geistigen Auge erschien Milda Herfort. War das die Frau, die Lutz einst geliebt hatte – vielleicht jetzt noch liebte? War das die Erklärung dafür, daß er ihr so eigenartig gegenüberstand?

Das Herz tat ihr unaussprechlich weh. Eine heiße Angst stieg in ihr auf bei dem Gedanken, daß dieser Frau ihres Mannes Liebe noch immer gehören könnte. Was sollte dann geschehen? War es nicht besser, sie las kein Wort dieses Briefes mehr und suchte das eben Gelesene zu vergessen? Aber wie magnetisch angezogen, mußte sie fortfahren. Und nun traf sie das, was sie las, wie ein Schlag, der all ihr Glück vernichtete. Sie las:

»Lutz, ich habe eine Frau für Dich! Ganz ernsthaft – das ist eine Partie, wie geschaffen für Dich. Es handelt sich um meine Kusine Malve Renard.«

Sie stöhnte auf wie ein zu Tode getroffenes Wild und las mit großen, entsetzten Augen weiter:

»Sie ist keine Schönheit, wenn sie auch ganz nett aussieht, auch ist sie wahrscheinlich kein großes Licht in geistiger Hinsicht, aber dafür wird sie einmal eine sehr bequeme Frau werden. Die Hauptsache ist aber, daß Malve die Erbin des Theaterverlags Renard & Sohn ist.«

Malve war völlig vernichtet durch diese Worte, durch die ihr die Ehe in einem ganz anderen Lichte erschien als bisher. Was hatte Richard ihr angetan durch dieses Ausbieten ihrer Persönlichkeit? Richard hatten die Frauen nie viel gegolten, und er war immer der Ansicht gewesen, sie sei eine unbedeutende, uninteressierte Person. Sie hätte aufschreien mögen vor wilder Qual. Das also war es? Deshalb hatte Lutz sie um ihre Hand gebeten, nur deshalb?

Aber wie um die Qual ganz auszukosten, las sie weiter. Sie sah aus dem Brief, eine wie große Meinung Richard von Lutz hatte, daß er seine Fähigkeiten erkannt und richtig eingeschätzt hatte. Er wollte ihn, als den Tüchtigsten, an der Spitze des Verlages sehen. Sie galt bei dem Handel nur als Mittel zum Zweck. Mochten Richard und Lutz auch keine unedlen Zwecke bei alledem verfolgt, mochten sie wirklich nur Gutes und Großes gewollt haben, mochte Richard überzeugt gewesen sein, daß Lutz sie in Ehren halten und ihr die Illusion ihres Glückes erhalten würde – trotz alledem war doch ein entsetzlich brutaler Handel mit ihr getrieben worden. Ganz elend und verzweifelt las sie weiter, daß Richard annahm, Lutz könne nie mehr eine andere Frau lieben, und daß er Malve achten und sympathisch finden würde. – Vater im Himmel, was lag ihr an der Achtung und Sympathie des heißgeliebten Mannes? Was lag ihr daran, daß die Not des deutschen Theaters nach einem Reformator wie Lutz verlangte? Ihr Herz schrie doch nur nach ihm. Und sie war ihm vielleicht eine lästige Nebensache? Richards dringliche Worte an den Freund erschienen ihr wie ein Hohn auf ihre Gefühle. Vater im Himmel – und hier:

»Es wird einer so faszinierenden Persönlichkeit, wie Du es bist, ein leichtes sein, dieses junge Herz zu gewinnen.«

Ja, fürwahr ja, es war ihm ein leichtes gewesen, sie zu betören, zu bezaubern!

»Sie wird glücklich werden an Deiner Seite, auch wenn Du sie nicht so lieben kannst, wie du jene andere geliebt hast. Denn Du wirst sie nicht spüren lassen, daß Du sie nicht liebst.«

»Oh, Richard, was hast du mir angetan! Nein, er hat es mich nicht spüren lassen, daß er mich nicht liebte – aber nun ist all mein Glück dahin. Nun weiß ich, daß er mich nicht liebt. Oh, daß Richard es so eilig hatte, ihn kommen zu lassen, damit ich mich ja keinem anderen zu eigen gäbe! Es ist euch alles herrlich gelungen, ich bin töricht und unerfahren in das Netz hineingetaumelt, das man mir gestellt hat.«

Blaß, mit zuckenden Lippen, über die zuweilen ein jammervolles Wimmern kam, las sie den Brief zu Ende. Und ganz zuletzt wurde auch Milda Herforts Name genannt. Ja, sie war es gewesen, der Lutz Falkners Herz gehört hatte, und wenn er sie auch nicht mehr liebte, wenn er sie auch, wie sie nach seinem Verhalten glauben mochte, verachtete, er hatte sie doch einmal geliebt. Und ihr selbst hatte er nur eine mitleidige Komödie vorgespielt, ihr hatte er die Illusion eines Glückes vorgetäuscht, das nicht vorhanden war. Wie das schmerzte, wie das weh tat! Barmherziger Gott, warum bewahrtest du mich nicht davor, diesen Brief zu lesen. Dann hätte ich nie erfahren, daß ich nur ein Faktor in einem Rechenexempel war, daß ich bloß etwas Nebensächliches bin in Lutz Falkners Leben.

Sie warf sich auf den Diwan und barg das Gesicht in den

Händen. Sie dachte an all die seligen, glücklichen Stunden, die sie mit ihm verlebt hatte. Wie schwer mochte es ihm gefallen sein, ihr diese so glücklich zu gestalten?

Und tödliche Scham brannte in ihr, daß sie ihm so unverhüllt ihre Liebe gezeigt hatte, daß sie ihm alle Schätze ihres Herzens, ihres Körpers geschenkt hatte, um nur immer mit vollen Händen zu spenden. Und wie glücklich war sie dabei gewesen! Das war nun vorbei, für immer. Wie sie geartet war, gab es fortan keine Gemeinschaft mehr zwischen ihr und Lutz – nie mehr, es war alles aus – alles.

Sie konnte ihm nicht einmal einen Vorwurf machen. Es war keine niedrige Handlungsweise von ihm gewesen, daß er das Opfer, sie zu heiraten, gebracht hatte, um einem großen, guten Zweck zu dienen. Nein, er hatte sich nur durch Richards Verlockung fangen lassen und war sicherlich vom besten Willen beseelt gewesen, ihr wenigstens die Illusion eines Glückes zu erhalten. Ach, wie töricht war sie gewesen, anzunehmen, er könnte sie lieben. Was für ein unbedeutendes Geschöpf war sie im Vergleich zu ihm! Und sie hatte sich einreden lassen, daß auch sie Werte besäße!

Und jene andere Frau, die er geliebt hatte? Wie mußte der zumute gewesen sein, als sie merkte, daß er sie verachtete? Sie sah ihn im Geiste eisig kühl und unnahbar neben ihr sitzen, sah sie erregt auf ihn einreden, sah, wie ihre Augen haßerfüllt auf ihrem Gesicht ruhten. Ach, Milda Herfort, du hast keine Veranlassung, neidisch auf mich zu sein! Ich kann es verstehen, wie sehr du dich an der Seite deines unförmigen Gatten nach Lutz Falkner sehnst. Und mag er jetzt auch nichts mehr von dir wissen wollen, er hat dich immerhin einmal geliebt! Wie konntest du von ihm lassen, materieller Güter wegen!

Aber dann kam ihr das eigene Elend aufs neue jammervoll zum Bewußtsein, und sie fragte sich immer wieder, was sie zu tun habe. Weiter neben Lutz dahinleben, trotz der Erkenntnis, daß er sie nicht liebte – nein, das konnte sie nicht, dazu war sie nicht geschaffen, das ließ ihr Stolz nicht zu. So weit durfte sie sich nicht erniedrigen.

Was also tun?

Sie las den Brief noch einmal durch. Jedes Wort prägte sie sich ein. Und ein Zittern lief über sie hin. So lag sie lange, eine Beute ihres Schmerzes, ihrer Verzweiflung. Aber endlich raffte sie sich auf und sah auf die Uhr. Stunden waren vergangen. Es dunkelte – der Winterabend war hereingebrochen. Sie erhob sich. Eines wurde ihr klar – sie konnte es nicht über sich bringen, Lutz noch einmal in das geliebte Gesicht zu sehen. Ihre Liebe würde immer bei ihm bleiben, aber sie selbst mußte verschwinden aus seinem Leben.

Auch sonst mochte sie niemanden sehen. Einen Augenblick fragte sie sich, ob sie nicht nach Grundhof hinausfahren solle. Aber dort war sie nicht sicher vor den anderen. Sie würden kommen, fragen, sie bedrängen, und vielleicht kam er sogar selbst, um sich zu entschuldigen, sie wohl gar zu bitten, bei ihm zu bleiben. Nein – sie mußte fort, auf der Stelle, irgendwohin, wo man sie nicht finden konnte. Erst mußte sie wieder ruhig werden, dann konnte man einen Weg finden, alles zu ordnen, wie es am besten war.

Sie überlegte. Ihr schmerzender Kopf konnte keinen klaren Gedanken fassen. Sie klingelte ihrer Dienerin.

Als diese erschien, sagte Malve, so ruhig sie konnte:

»Ich bin eben von Grundhof angerufen worden – Frau von Heims geht es nicht gut. Ich muß ohne Verzug hinaus. Meinem Mann hinterlasse ich die notwendige Erklärung und lege den Brief auf seinen Schreibtisch. Sagen Sie ihm das, wenn er nach Hause kommt. Packen Sie mir schnell einen Koffer mit den nötigsten Sachen für einige Tage. Das Auto benutze ich nicht, es soll, wie immer, meinen Mann abholen. Ich fahre mit der Bahn; ich werde noch zum Zug zurechtkommen. Und – daß ich es nicht vergesse, da liegen die Sachen für die Kleidersammlung. Also bitte, beeilen Sie sich, ich schreibe inzwischen den Brief an meinen Mann.«

Das Mädchen war zwar etwas überrascht über den plötzlichen Entschluß ihrer Gnädigen, aber es erschien ihr nicht unglaubhaft, was diese vorbrachte.

Malve war wie im Fieber, sie hatte eiskalte Füße und Hände, doch das war ihr gleichgültig. Wenn sie doch sterben könnte, dann wäre alles gut, dann hörten diese unerträglichen Schmerzen auf, dann fand sie Frieden!

Sie ging an ihren Schreibtisch und schrieb:

»Lieber Lutz!

Der beiliegende Brief wird Dich aufklären über meinen plötzlichen Entschluß, fortzugehen. Ich weiß noch nicht, wohin ich mich wende. Ich werde aber Käte baldmöglichst Nachricht geben, wohin sie meine Sachen schicken soll. Dem Mädchen habe ich gesagt, ich fahre nach Grundhof, weil Frau von Heims unwohl sei. Diese Lesart wirst Du vorläufig als glaubwürdigen Vorwand benutzen können, um meine Abwesenheit zu erklären. Später kehre ich vielleicht wirklich nach Grundhof zurück, um dort zu bleiben. Denn – das wirst Du verstehen – an ein weiteres Zusammenleben zwischen uns ist nicht mehr zu denken. Ich mache kein Hehl daraus, daß ich Dich dazu viel zu sehr liebe. Es ist mir, jetzt da ich alles weiß, unmöglich, als Deine ungeliebte Frau neben Dir zu stehen.

Ich mache Dir keinen Vorwurf, daß Du mich nur auf Deine Art beglücken wolltest, Du hast ja nicht aus niedrigen Motiven gehandelt. Bitte, bleibe dem Verlag treu, er braucht Dich, und Du kannst auch in der Villa wohnen bleiben, ich werde nicht dahin zurückkehren. Geschäftliches ordne bitte vorläufig nach eigenem Ermessen an. Später kann Klaus mit mir über das Nötige korrespondieren oder mündlich mit mir unterhandeln. Vorläufig mag ich auch alle anderen nicht sehen, es würde mir jetzt unmöglich sein – denn ich schäme mich bis ins tiefste Herz hinein, daß ich einem Mann, der mich nicht liebt, meine Liebe aufdrängte. Ich hoffe, Du hast mich inzwischen gut genug kennengelernt, um zu wissen, wie mir zumute ist. Ich bin außerstande, Dir noch einmal Auge in Auge gegenüberzutreten. Deshalb mußte ich so schnell wie möglich fort. Es wird sich hoffentlich ein Skandal vermeiden lassen. Wenn ich etwas ruhiger geworden bin, werden wir uns brieflich über alles auseinandersetzen. Wiedersehen kann ich Dich nicht.

Lebe wohl! Alles Gute für Dich

Malve.«

Mit beispielloser Selbstbeherrschung schloß Malve den Brief, legte ihn auf ihres Mannes Schreibtisch und gab der Dienerschaft einige Verhaltungsmaßregeln. Dann ließ sie das Auto vorfahren. Bis zum Bahnhof konnte es sie bringen, es würde trotzdem rechtzeitig noch zum Verlag kommen, um Lutz abholen zu können.

Ihr Koffer war schon hinuntergeschafft worden, stand schon beim Chauffeur. Langsam, sich mühsam beherrschend, ging Malve noch einmal durch die Zimmer, die ihr Glück gesehen hatten – ihr Scheinglück, wie sie meinte. Ein

Schauer flog über sie hin, und sie konnte kein Wort mehr sprechen. Stumm stieg sie in das Auto, stumm nickte sie der Dinerschaft zu, die etwas betreten in ihr blasses, verstörtes Gesicht blickte.

Dem Chauffeur hatte sie sagen lassen, zu welchem Bahnhof sie gebracht werden wünschte.

Wie zu Tode erschöpft, lag sie in den Polstern und starrte vor sich hin.

Sie öffnete ihre Handtasche und atmete auf. Ja, ganz instinktiv hatte sie ihr Scheckbuch und ihre Geldtasche eingesteckt. Oder hatte sich beides in der Handtasche befunden? Sie wußte es nicht, sie war nur froh, daß sie mit dem Nötigen versorgt war. Vorläufig hatte sie noch Bargeld, später konnte sie einen Scheck ausstellen, um sich zu kaufen, wessen sie bedurfte.

Am Bahnhof angekommen, sagte sie dem Chauffeur, er möge pünktlich den Herrn Doktor abholen. Den Koffer übergab sie einem Gepäckträger. Dann ging sie, nachdem der Wagen fortgefahren war, zum Fahrkartenschalter. Sie überlegte, wohin sie sich wenden sollte, sie mußte doch beim Lösen der Karte ein Ziel nennen. Und da fiel ihr ein, daß sie mit ihrem Vater einmal zum Wintersport in einem kleinen Thüringer Ort gewesen war, wo man sehr still und zurückgezogen leben konnte. Sie verlangte eine Karte Erster Klasse dorthin. Dann konnte sie sicher sein, allein zu sein, denn jetzt mit Menschen zusammen zu sein, hätte ihr weh getan.

Der Zug fuhr zehn Minuten später ab, und Malve zog die Vorhänge ihres Abteils zu, legte sich auf die Polsterbank und vergrub das Gesicht in den Händen. Weinen konnte sie nicht, Tränen würden ihr eine Linderung gewesen sein, aber sie waren ihr versagt. Eine furchtbare Verzweiflung überkam sie. Und immer nur hörte sie in dem Rollen der Räder die Worte: Lutz liebt mich nicht! Lutz liebt mich nicht!

Etwas anderes konnte sie nicht mehr denken.

Spät am Abend kam sie an und überließ ihren Koffer einem Hoteldiener.

Zehn Minuten später war sie im Hotel angekommen. Es war dasselbe, in dem sie damals mit ihrem Vater gewohnt hatte. Erstklassig war es nicht, aber sehr sauber und gepflegt. Das genügte ihr. Sie bestellte sich einen Tee. Essen mochte sie nicht. Nur fror sie sehr, und deshalb bestellte sie den Tee sehr heiß und wider ihre sonstige Gewohnheit mit Rum.

Ihren Koffer packte sie nicht aus, sie fühlte sich elend und zu müde. Nachdem sie den Tee so heiß wie möglich getrunken hatte, begab sie sich zu Bett. Sie wußte, daß sie nicht schlafen könnte, daß ihre jammervollen Gedanken sehnsuchtsvoll zu Lutz zurückfliegen würden wie heimatlose Vögel. Still war es draußen in der winterlichen Landschaft. Nur zuweilen klang ein verlorener Laut zu ihr herauf.

Und ihr war zumute, als liege sie draußen im weichen Schnee und als falle Flocke um Flocke auf sie hernieder.

Begrabt mich, ihr kleinen Flocken, deckt mich zu, laßt mich unter euch Ruhe finden, damit ich nie mehr in eines Menschen Gesicht zu sehen brauche. Ich möchte sterben, damit ich Ruhe finde.

So dachte sie sehnsuchtsvoll. Aber nichts linderte den furchtbaren Schmerz in ihrer Brust, nichts konnte sie trösten und beruhigen. Und dann flüsterten ihre blassen, kalten Lippen immer wieder:

»Lutz liebt mich nicht! Lutz liebt mich nicht!«

So verbrachte sie die Nacht, und sie fühlte sich so elend und so herzenseinsam wie nie in ihrem Leben.

XVI

Ahnungslos darüber, was inzwischen geschehen war, kam Lutz wie jeden Abend nach Hause.

Doch kaum war er zur Tür herein, kam ihm die Dienerin entgegen und meldete ihm, was Malve ihr aufgetragen hatte. Er war zunächst nur sehr betrübt, sie nicht daheim zu finden. Was mochte in Grundhof geschehen sein, daß Malve so eilig dorthin gefahren war? Und weshalb hatte sie nicht wie sonst das Auto benutzt? Sie hätte ihm doch telefonisch Bescheid sagen können; er hätte sich dann ein Taxi genommen und wäre ihr gefolgt.

Sehr enttäuscht stieg er etwas langsamer als sonst die Treppe empor und betrat sein Arbeitszimmer. Der von Malve hinterlassene Brief hob sich sehr deutlich von dem grünen Tuch des Schreibtisches ab. Er wollte erst einmal ein Gespräch mit Grundhof anmelden, um zu hören, ob Malve gut angekommen sei, aber dann zögerte er.

Ich will noch eine Weile warten, vielleicht ist sie noch nicht eingetroffen. Und ich möchte sie selber sprechen. Es gefällt mir gar nicht, daß meine süße Frau mich allein gelassen hat, dachte er und griff, sich vor dem Schreibtisch niederlassend, nach dem Brief. Man hätte sich doch anders in Grundhof helfen können. Malve ist zu gut, für alle ist sie der helfende Engel, und das machen sie sich, mehr als zuträglich ist, zunutze, dachte er verstimmt.

Aber nun öffnete er den Umschlag und sah, daß zwei Schreiben darin enthalten waren. Er zog sie heraus und öffnete zuerst das mit der Maschine geschriebene. Und da ging es plötzlich wie ein Ruck durch seine Gestalt, und er wurde sehr blaß. Sofort erkannte er den von Richard nach Amerika gesandten Brief. Und zugleich durchzuckte ihn die

Ahnung eines Unglücks.

Richards Brief brauchte er nicht zu lesen, den kannte er auswendig. Aber – wie war der in Malves Hände gelangt?

Mit unsicheren Händen entfaltete er das andere Schriftstück und las. Wie vernichtet sah er darauf nieder. Vater im Himmel – was war seiner süßen Frau geschehen – sie hatte jenen Brief gelesen und glaubte nun, nicht von ihm geliebt zu werden. Wie mußte das auf sie gewirkt haben. Das war etwas Vernichtendes für ihre feine, stille Seele, für ihr innig liebendes Herz. O Malve, süße Malve, wie kannst du nur denken, daß ich dich nicht liebe, nach allem, was wir gemeinsam erlebt, nach all den süßen, glückseligen Stunden, die wir miteinander genossen! Meine arme süße Frau! Wohin bist du geflohen vor deinem Lutz, der dich so innig liebt? Wo weilst du jetzt, du armes, verscheuchtes Kind, und was denkst du jetzt von mir?«

Er schellte und ließ die Dienerin kommen, die ihm die Nachricht gebracht hatte, daß seine Frau nach Grundhof gefahren sei. Er zwang sich mühsam zur Ruhe, es durfte keinen Eklat geben, Malves wegen nicht.

»Warum ist meine Frau nicht im Auto nach Grundhof gefahren?«

»Gnädige Frau meinten, das Auto solle den gnädigen Herrn im Verlag abholen, gnädige Frau wollte die Bahn benutzen.«

Lutz' Nerven waren bis zum Reißen gespannt, aber er gab sich ganz ruhig.

»Ist sie wenigstens mit dem Auto zum Bahnhof gefahren?«

»Ja, der Chauffeur hat sie hingebracht.«

»Rufen Sie mir den Chauffeur!«

Als dieser kam, fragte Lutz:

»Zu welchem Bahnhof haben Sie meine Frau gebracht?«

Etwas erstaunt sah der Chauffeur ihn an.

»Zu dem Anhalter Bahnhof, gnädiger Herr, gnädige Frau wollten doch nach Grundhof.«

»Ach richtig! Und hat meine Frau Ihnen nichts an mich aufgetragen?«

»Nein, gnädiger Herr – sie hatte es sehr eilig.«

Lutz winkte ab und war wieder allein. Mit zusammengezogener Stirn sah er vor sich hin. Wohin war Malve gegangen? Es riß an seinem Herzen, wenn er sich ausmalte, in welcher Verfassung sie abgereist war.

Aber – war sie wirklich abgereist? War sie am Ende nicht doch nach Grundhof gefahren? oder – hatte sie heimlich Zuflucht gesucht bei Käte oder bei Tante Magda? Wie sollte er das erfahren, da sie sich anscheinend von ihm nicht wollte auffinden lassen?

Er überlegte – und kam zu dem Resultat, erst einmal telefonisch überall anzufragen, wo Malve vielleicht sein könnte. Viel Hoffnung hatte er freilich nicht, denn er wußte, ihr scheues Wesen würde es nicht zulassen, sich in ihrem Schmerz zu Bekannten zu flüchten.

Das Gespräch nach Grundhof hatte er bereits angemeldet, und jetzt war auch schon die Verbindung da. Er hob den Hörer ab. Frau von Heims meldete sich.

»Hier Doktor Falkner. Frau von Heims, ich wollte nur anfragen, ob meine Frau bei Ihnen ist.«

»Hier in Grundhof?« fragte Frau von Heims in hellem Staunen, das ihm sofort verriet, sie wisse nichts von Malve.

»Ja, sie wollte nämlich heute noch Weihnachtsbesorgungen machen und wenn möglich auf ein Stündchen zum Gut hinaus. Also ist sie doch nicht gekommen?«

»Nein, leider nicht, wir haben sie schon lange nicht mehr

gesehen. Aber für Weihnachten haben wir alles schon abgemacht.«

»Ganz recht, aber sie wollte gern noch verschiedenes mit Ihnen besprechen. Ich war in Sorge – weil es schon etwas spät ist. Aber – da höre ich sie gerade unten vorfahren. Entschuldigen Sie, Frau von Heims.«

»Bitte sehr. Und viele Grüße an Ihre liebe Frau, Herr Doktor, und auf frohes Wiedersehen am Heiligen Abend.«

»Auf Wiedersehen!«

Also, auch da war Malve nicht, Frau von Heims hatte ganz unbefangen gesprochen.

Lutz hängte ein und stand, das Herz voll Angst um seine Frau, eine Weile ratlos da. Dann rief er bei Tante Magda an. Ob Malve vielleicht bei ihr sei, leider sei sie von ihren Weihnachtseinkäufen noch nicht zurück. Tante Magda meinte lachend, Malve würde wohl wieder einmal kein Ende finden mit dem Einkaufen von Geschenken, aber die Läden würden jetzt doch geschlossen, und so würde sie wohl bald heimkommen.

Dasselbe negative Ergebnis hatte ein Anruf bei Käte und bei Tante Magda.

Nun rief Lutz bei Richard an. Ruth meldete sich am Apparat.

»Ist Richard zu Hause, Ruth?«

»Ja, Lutz, willst du ihn sprechen?«

»Bitte, in einer wichtigen geschäftlichen Angelegenheit.«

»Sofort! Grüße Malve herzlich!«

Also auch hier war Malve nicht. Das hatte er auch kaum erwartet.

Jetzt meldete sich Richard.

Lutz brachte die Worte kaum heraus.

»Richard, kannst du gleich einmal zu mir kommen – es ist

sehr wichtig. Ich brauche dich.«

»Was gibt es denn – du scheinst sehr bedrückt zu sein.«

»Verzweifelt bin ich – bitte komm schnell, sag aber Ruth nur, daß wir geschäftlich miteinander zu sprechen hätten.«

Richard war sehr erschrocken. Zunächst dachte er, Milda sei wieder unliebsam in Aktion getreten. Aber mochte vorliegen, was wollte – Lutz rief ihn, also mußte er zu ihm gehen.

»Ich komme, Lutz, in zehn Minuten bin ich bei dir.«

»Danke!«

Während Lutz auf den Freund wartete, nahm er sein einsames Abendessen ein. Er tat es nur der Leute wegen. Der Bissen blieb ihm im Munde stecken.

Als Richard kam, atmete Lutz auf. Nur sich einmal aussprechen, sich die Last von der Seele reden dürfen.

Er ging dem Freund entgegen und zog ihn in sein Arbeitszimmer.

Richard legte ihm die Hand auf die Schultern.

»Lutz, wie siehst du denn aus – was ist geschehen?«

Lutz vermochte nicht zu sprechen, er reichte dem anderen den Brief Malves und legte dessen eigenen Brief daneben.

Richard las und erschrak nun ebenfalls. Fassungslos starrte er, sobald er fertig war, Lutz an.

»Malve? Sie ist fort?« brachte er mühsam hervor. Lutz nickte. In seinem Gesicht zuckten die Muskeln vor verhaltener Erregung.

»Und ich weiß nicht, wohin, Richard«, stieß er heiser hervor.

»Hast du bei Käte und bei meiner Mutter nachgefragt?«

»Ja. Sie ist nicht dort, auch nicht in Grundhof. Was tue ich, Richard? Begreife doch, sie irrt irgendwo in der Welt umher, und ich kann nicht zu ihr. Sie ist in tiefster Seele verzweifelt, und ich bin nicht imstande, sie zu beruhigen und zu trösten. Und finde ich sie wirklich – wie kann ich ihr den Wahn nehmen, daß ich sie nicht liebe. Sie wird, nachdem sie deinen Brief gelesen hat, mir ja nicht glauben, was sie mir bedeutet. Wenn ich sie nicht in all der Zeit durch mein Verhalten überzeugt habe, daß ich sie liebe – heiß, stark und innig – ach, Richard, sie ist ja mein Alles – wie soll ich ihr auf andere Weise die Überzeugung beibringen, daß ich sie liebe, nur sie – nur sie. Ich bin außer mir, verzweifelt! Du kennst Malve nicht, wie ich sie kenne – das hat sie bis in ihr tiefstes Herz getroffen. Ihre sensible, scheue Art verwindet das nie. Unser Glück ist zerstört. Aber wenn ich sie nur erst irgendwo in Sicherheit wüßte, damit ich wieder ruhig werden kann.«

Richard sann angestrengt nach. Er wußte, sein Brief war schuld an diesem Herzeleid der beiden Menschen, und wenn er nicht ruhelos bleiben sollte für alle Zeit, mußten sie sich wieder zusammenfinden. Irgendwie würde man Malve doch die Überzeugung beibringen können, daß ihr Mann sie liebe, daß sie ganz gewiß keine ungeliebte Frau sei.

Jetzt aber mußte man vor allen Dingen Lutz aufrichten, ihn beruhigen. Richard las Malves Brief noch einmal durch.

»Weißt du, zu welchem Bahnhof sie gefahren ist?«

»Zum Anhalter.«

»Und um welche Zeit?«

»Da sie den Zug nach Grundhof offiziell erreichen wollte, wohl so gegen halb sieben.

Wir werden also zum Bahnhof fahren, Lutz, und werden feststellen, welche Züge zu dieser Zeit abfahren. Vielleicht gelingt es uns auch, eine Spur von ihr zu ermitteln. Mach dich fertig, ich rufe inzwischen bei meiner Frau an und sage ihr, daß es ziemlich lange dauern wird, bis ich heimkomme, ich möchte dich jetzt nicht allein lassen.«

Lutz drückte ihm schweigend die Hand.

Zehn Minuten später waren sie auf dem Weg zum Bahnhof.

Die Auskunft, die sie dort erhielten, brachte auch eine gewisse Klärung der Sachlage. Ein Gepäckträger sprach von einer jungen Dame, die in einem Auto vorgefahren sei und deren Koffer er zu einem Zug nach München getragen habe.

»Die Dame fuhr erster Klasse, das kommt heutzutage selten vor, und ihr Kupeekoffer war ziemlich groß und aus hellem Schweinsleder.«

Lutz nickte Richard zu, diese Angaben paßten auf Malve.

Richard drückte dem Mann ein größeres Geldstück in die Hand.

»Können Sie sich nicht entsinnen, ob die Dame direkt nach München fahren, oder ob sie unterwegs aussteigen wollte?«

Jetzt wandte sich Lutz an den Mann.

»Sie können sich fünfzig Mark verdienen, wenn Sie mir das Reiseziel der Dame angeben können.«

Der Gepäckträger nahm die Mütze ab und rieb sich den Kopf, als könne er die Station herausreiben, wo die Dame aussteigen wollte. Und plötzlich flog es wie ein heller Schein über sein Gesicht.

»Morgen kann ich es vielleicht herausbekommen, gnädiger Herr. Dann kommt der Schaffner, der den Zug begleitet hat – ich kenne ihn gut – von München mit dem Gegenzug zurück. Aber erst um neun Uhr abends, ach so, um einundzwanzig Uhr. Ich werde ihn dann ausfragen, wo die Dame ausgestiegen ist – wir haben noch vor der Abfahrt über sie gesprochen, weil es jetzt so selten ist, daß wir

Reisende erster Klasse haben. Er wird sich schon erinnern können, wo die Dame aus der ersten Klasse geblieben ist.«

»Gut«, sagte Lutz, »ich komme morgen abend wieder hierher. Von neun Uhr an bin ich an dieser Stelle, und sobald Sie mir Bescheid geben können, tun Sie das. Der Schaffner soll auch ein anständiges Trinkgeld bekommen, wenn er genaue Angaben machen kann. Und Sie bekommen Ihre fünfzig Mark.«

Danach kehrten die beiden Herren wieder zur Villa Renard zurück.

Richard tröstete Lutz, so gut er konnte. Er war selbst sehr bedrückt, weil er sich die Schuld beimaß an dem Zerwürfnis der beiden Ehegatten. Wenn er auch Malve noch immer nicht gut genug kannte, um voll zu begreifen, was dieser Brief von ihm in ihr aufgewühlt haben mußte, so sagte ihm doch Lutz' zerquältes, leidvolles Gesicht genug.

Richard wollte Lutz noch Gesellschaft leisten, aber dieser wehrte ab.

»Geh nur nach Hause, Richard, deine Frau wird auf dich warten. Geize mit jeder glücklichen Minute; wenn man erlebt, was ich heute erleben mußte, weiß man erst, wie kostbar eine Stunde des Glücks ist. Das eine sage ich dir, Richard, wenn ich Malve nicht zurückgewinne – wird es viel schlimmer werden als damals, als das Ende mit Milda kam. Malve ist mir tausendmal mehr wert als jene andere – und – ich liebe sie grenzenlos. Würde ich allein unglücklich sein, würde ich das ertragen, aber der Gedanke, sie unglücklich zu wissen, vernichtet mich beinahe.«

Richard sah ihn bedrückt an.

»So tief sitzt das, Lutz?«

»Es geht mir an den Lebensnerv, daß ich ihr das nicht habe ersparen können. Also geh heim! Wenn du morgen abend nichts von mir hörst, habe ich von dem Schaffner den Namen der Station erhalten und begebe mich unverzüglich dorthin. Sonst rufe ich dich an.«

Sie schüttelten sich die Hände mit festem Druck.

»Wenn du wüßtest, Lutz, wie nahe es mir geht, daß ich durch diesen unseligen Brief schuld geworden bin an eurem Unglück. Wenn ich dir nur wenigstens helfen könnte.«

Lutz wehrte ab.

»Du kannst ebensowenig von einer Schuld sprechen wie ich, Richard, es ist ein unseliges Verhängnis, das diesen Brief in Malves Hände spielte.«

»Wie kann sie nur in seinen Besitz gelangt sein?«

Lutz fuhr sich über die Stirn.

»Ich kann mir nur denken, daß ich ihn in meiner alten Brieftasche gelassen habe. Diese Brieftasche war wohl in einem abgetragenen Anzug und befand sich in meinem alten Koffer aus Amerika. Malve wollte dessen Inhalt durchsehen. Ich ahnte nicht, daß ich diesen Breif nicht vernichtet hatte.«

Noch einmal drückten die Freunde sich die Hände.

Lutz lief noch lange von einem Zimmer in das andere, in qualvolle Gedanken versunken. Als er sich endlich verzweifelt auf sein Lager warf, rief seine Seele sehnsüchtig nach Malve, und angstvoll fragte er sich immer wieder, wo sie weilen möchte, ob sie wenigstens in Sicherheit wäre und Ruhe gefunden hätte.

XVII

Malve hatte die Nacht in einem fürchterlichen Zustand verbracht, sie fühlte sich so elend und verlassen wie noch nie in ihrem Leben.

Als sie sich am nächsten Morgen erhob, stand sie lange am Fenster und sah auf die Bäume, die mit Rauhreif bedeckt waren, denn es hatte in der Nacht gefroren. Schnee gab es auch hier nicht viel, obwohl der kleine Winterkurort ziemlich hoch lag. Gäste schienen nur in sehr geringer Anzahl vorhanden zu sein. Wer sollte auch so wenige Tage vor Weihnachten sein schützendes Heim verlassen? Das taten nur Elende und Einsame.

Malves Gedanken wanderten heim in ihr schönes, behagliches Haus. Wie würde Lutz ihre Flucht aufgefaßt haben? Er war sicherlich sehr erschrocken! Denn wenn er sie auch nicht liebte, war er doch allzeit gut und ritterlich zu ihr gewesen und hatte sich stets um ihr Wohl und Wehe gesorgt. Es würde ihm schwer auf die Seele gefallen sein, daß sie Kenntnis von Richards Brief erhalten, daß sie daraus hatte ersehen müssen, wie ihre Heirat zustande gekommen war. O ja, unbeschreiblich leid würde sie ihm tun, das wußte sie. Aber was sollte ihr sein Mitleid? Das würde sich ihr nur qualvoll in die Seele brennen. Und – vielleicht war er sogar froh, daß er keine Liebe zu ihr mehr zu heucheln brauchte. Das mußte doch einem so stolzen, aufrechten Charakter schwergefallen sein. Ach – wenn sie daran dachte, wie zärtlich er zu ihr gewesen war, wie er sie geherzt und geküßt hatte – wie er ihr seine Freude und Seligkeit über ihre Liebe gezeigt hatte; war das alles nur Lüge gewesen?

Sie wollte sich selbst einreden, er habe es später vielleicht doch gelernt, sie zu lieben. Konnte das nicht sein? Aber sie beantwortete sich diese Frage mit einem betrübten Kopfschütteln. Nein, nein, er liebte sie nicht, konnte es ganz gewiß nicht. Sie war nicht so schön und verführerisch wie Milda Herfort. Die hatte er geliebt, wenn er heute auch nichts mehr von ihr wissen wollte. Wie konnte man einem Mann wie Lutz untreu werden? Kein anderer konnte den Vergleich mit ihm aushalten; keiner. Und sie war sehr vermessen gewesen, daß sie hatte annehmen können, er würde sie lieben.

Ihre angeborene und anerzogene Schüchternheit ergriffen wieder Besitz von ihr und drückten sie nieder. Und die Scham, daß sie ihm durch ihr Verhalten gezeigt hatte, wie groß ihre Liebe zu ihm sei, quälte sie unsäglich. Denn bei aller Bescheidenheit war sie doch ein stolzes Geschöpf, das sich im tiefsten Innern seines Wertes sehr wohl bewußt war.

Sie fühlte sich sehr schwach und angegriffen, und es fiel ihr ein, daß sie seit gestern mittag nichts zu sich genommen hatte.

Müde wandte sie sich vom Fenster weg und klingelte. Sie bestellte sich besonders starken Kaffee zum Frühstück. Er wurde ihr gebracht, und sie nahm ihn so heiß wie möglich zu sich, aß auch ein Brötchen und ein Hörnchen, denn sie wollte um keinen Preis krank werden.

Dann warf sie sich wieder auf ihr Lager und grübelte vor sich hin, was sie nun tun solle. Ob sie sich Käte anvertrauen konnte, ob diese sie verstehen würde? Ja – Käte gewiß am ersten. Käte liebte ihren Klaus, wie sie Lutz geliebt hatte – nein, noch liebte und bis in alle Ewigkeit lieben würde! Ja, Käte würde ihren Jammer verstehen und mit ihr fühlen. Und wenn sie diese inständig bat, Lutz nicht zu verraten, wo sie sich befand, dann würde sie auch schweigen. Auf Käte war

Verlaß! Aber vorläufig konnte sie sich noch nicht dazu aufraffen, irgend etwas zu tun oder zu unternehmen. Wenn sie nur schlafen könnte. Wie gut mußte es sein, ein paar Stunden von aller Qual erlöst zu sein. Wenn sie nur ein Schlafmittel hätte. Nie hatte sie ein solches gebraucht. Aber man könnte es sich aus der Apotheke besorgen lassen.

Sie warf einen Morgenrock über und klingelte dem Zimmermädchen. Sie sagte diesem, daß sie die erste Nacht in einem fremden Raum niemals schlafen könnte; sie möge ihr daher ein Schlafmittel aus der Apotheke besorgen, damit sie die Nachtruhe nachholen könne.

Das Mädchen sah, wie blaß die junge Dame war, und zeigte sich bereit, zur nahen Apotheke zu gehen. Es blieb auch nicht lange weg, und Malve war nun im Besitz eines Schlafmittels. Dankend entließ sie das Mädchen und schloß die Tür ab.

Sie sollte nur eine der Tabletten nehmen, nahm aber lieber zwei, falls die eine nicht helfen sollte. Nur erst einmal wieder schlafen können! Sie hatte im Augenblick keinen anderen Wunsch.

Nachdenklich sah sie auf das Pillendöschen herab. Wie, wenn sie dessen gesamten Inhalt auf einmal nähme? Es lockte sie, es zu tun; vielleicht, daß sie dann nicht mehr erwachte?

Aber sogleich verwarf sie diesen Gedanken. Vielleicht war das ganze Döschen nicht stark genug, ihr die ewige Ruhe zu sichern? Vielleicht machte sie sich nur krank!

Großer Gott, nur das nicht! Und so beließ sie es bei zwei Pillen. Der Schlaf aber wollte nicht kommen.

Doch lange lag sie nicht mit grübelnden Gedanken da, auf einmal war sie eingeschlummert. Und sie schlief tief und fest, bis zum Abend. Als sie aufwachte und auf ihre Uhr sah, dachte sie: Jetzt hat Lutz zu Abend gegessen und raucht seine Zigarette. Und dieser im Grunde gleichgültige Gedanke löste plötzlich ihre Tränen. Sie konnte weinen und tat das mit einer Hingebung und Ausdauer, daß ihr etwas leichter ums Herz wurde.

Sie ließ sich ein Abendessen auf ihr Zimmer bringen, und das Zimmermädchen, daß ihr die Speisen servierte, sagte ihr, ein Zimmerkellner sei jetzt gar nicht angestellt, es seien nur wenig Gäste im Haus und die speisten unten im Speisesaal. Und ob denn die gnädige Frau geschlafen habe? Malve bejahte es, und nun fragte das Mädchen, ob sie noch immer Kopfweh habe, sie sähe noch immer sehr blaß aus.

Malve zwang sich zu einem Lächeln.

»Morgen wird es schon besser werden.«

Da fragte das Mädchen mitleidig, ob die gnädige Frau hier ganz allein Weihnachten feiern wolle, ob sie niemanden habe, der ihr lieb sei. Malve mußte die Zähne zusammenbeißen und sagte dann heiser:

»Mein Mann mußte geschäftlich ins Ausland reisen und konnte mich nicht mitnehmen. Da wollte auch ich nicht zu Hause bleiben.«

»Nun, dann ist Ihr Alleinsein ja nur vorübergehend, gnädige Frau, dann wird ja alles wieder gut werden.«

Damit verschwand das Mädchen, und Malve weinte aufs neue. Ach nein, nie wieder würde alles gut werden.

Als sie sich endlich so weit beruhigt hatte, daß sie an das Essen denken konnte, war es kalt geworden. Sie aß aber doch davon und zwang sich, auch ein Glas Wein zu trinken.

Müde und verzagt sah sie sich um. Was sollte sie nun beginnen? Am besten, sie nahm eine Schlaftablette. Es hatte so wohl getan, alles Elend im Schlaf vergessen zu können!

Und sie nahm eine Tablette, legte sich nieder und schlief

wieder ein, schlief bis zum nächsten Morgen.

Es war noch dunkel, als sie erwachte, aber sie hörte schon Leute im Hause umhergehen. Als sie auf die Uhr sah, gewahrte sie, daß es bereits nach sieben war.

Sie erhob sich, nahm ein Bad und kleidete sich an. Sie hatte plötzlich das Bedürfnis, an die Luft zu gehen. Die Schlaftablette hatte ihr den Kopf ein wenig schwer gemacht.

Zunächst ließ sie sich das Frühstück bringen, und dabei mußte sie denken, wie sonderbar es war, daß man trotz aller Herzensnot immer noch essen konnte.

Es schmeckte aber nicht, sie zwang sich nur, etwas zu essen. Und dann setzte sie eine Mütze auf, zog ihren Pelzmantel an und ging hinaus.

Die frische, kalte Luft tat ihr gut, und sie ging in den Wald hinein. Wehmütig betrachtete sie die kleinen Nadelbäume.

Das sind nun meine Weihnachtsbäume, dachte sie, es hängt kein Schmuck daran, auch Schnee liegt nicht darauf – aber es sind so viele, viele. Man muß zufrieden sein, daß wenigstens die Bäume da sind.

Weiter und weiter lief sie in den Wald hinein, bis sie merkte, daß sie müde wurde. Da kehrte sie endlich um. Die Uhr sagte ihr, daß sie fast drei Stunden unterwegs gewesen war. Nun wollte sie sich in das Hotel zurückbegeben und an die Kusine schreiben.

Aber wie, aber was? Sie würde es nicht vermögen, Käte ihr Herz auszuschütten. Das hieße ihren Mann anklagen, und das wollte sie um keinen Preis. Mochte Lutz Käte mitteilen, was er für gut befand. Am besten – sie verwies diese an ihn. Nur durfte Käte Lutz nicht verraten, woher ihr Brief gekommen war. Am besten, sie wußte das überhaupt nicht. Ob man den Brief nicht auf den Bahnhof bringen konnte und in den Zug steckte? Dann kam vielleicht kein Ortsname darauf. Sie wollte es wenigstens versuchen.

Lutz war am nächsten Abend pünktlich auf dem Bahnhof. Er mußte eine Weile an der Stelle warten, wo er sich mit dem Gepäckträger verabredet hatte. Aber dann sah er den Mann in Begleitung eines Zugschaffners näher kommen. Erregt ging Lutz ihnen entgegen, und an dem vergnügten Gesicht des Gepäckträgers, der sich schon auf den Extraverdienst freute, erkannte er, daß er erfahren würde, wo Malve ausgestiegen war.

Er sollte sich nicht getäuscht haben. Der Schaffner entsann sich ganz genau, daß die junge Dame aus der Ersten Klasse in Rosenberg den Zug verlassen hatte; er hatte ihr selbst den schweinsledernen Koffer hinausgereicht, den dann der Hoteldiener aus dem »Weißen Pfau« in Empfang genommen hatte.

Lutz schlug vor Freude über diese Nachricht das Herz mit harten, lauten Schlägen. Er reichte dem beglückten Gepäckträger die versprochenen fünfzig Mark und belohnte auch des Schaffners Nachricht. Und dann fragte er die beiden Männer, wann er mit dem nächsten Zug nach Rosenberg fahren könne. Noch heute abend vielleicht. Er erhielt von dem Schaffner den Bescheid, daß er den letzten D-Zug, der um 22.02 abging, noch erreichen würde. Der Zug stand schon zur Abfahrt bereit. Er könne auch Schlafwagen haben, jetzt seien die Züge nicht sehr besetzt. Morgen früh würde er dann in Rosenberg eintreffen.

Lutz löste sogleich die Fahrkarte zusammen mit einer Schlafwagenkarte und begab sich auf den Bahnsteig. Eine Handtasche mit dem Nötigsten hatte er für alle Fälle mitgenommen. Die trug ihm der Gepäckträger in sein

Abteil und wünschte ihm gute Fahrt.

„Das haben Sie schon an mir verdient, gnädiger Herr, Sie haben mir und meiner Familie ein schönes Weihnachtsfest bereitet und dem Schaffner auch. Wünsche Ihnen frohe Weihnacht, gnädiger Herr!"

Lutz dankte ihm und sah auf die Uhr. Er hatte noch reichlich Zeit bis zur Abfahrt des Zuges und beschloß, Richard Bescheid zu geben. Der würde ja ebenfalls in Sorge sein.

So ging er zum Telefon. Richard meldete sich sogleich, und Lutz berichtete ihm, was er erfahren habe und wohin sein Reiseziel gehe.

Richard wünschte ihm alles Gute. Lutz bat ihn, Klaus anzurufen und ihm nebst einem Gruß von ihm zu sagen, daß er mit seiner Frau nach Grundhof habe fahren müssen, er möge im Verlag alles anordnen, falls er vor dem Fest nicht mehr dorthin kommen würde. Richard versprach, alles bestens zu erledigen, und verabschiedete sich mit herzlichen Wünschen von dem Freund.

Lutz ging in sein Abteil zurück, richtete sich darin ein, und gleich darauf fuhrt der Zug ab.

Viel Schlaf fand Lutz allerdings nicht. Er brannte darauf, Malve zu finden. Daß sie so allein in dem kleinen Thüringer Ort weilte – er zweifelte nicht daran, daß der Schaffner ihm recht berichtet hatte –, quälte ihn unbeschreiblich. Wie mochte sie leiden! Daß er selbst Qualen litt, daran dachte er zuletzt, und das bewies die Tiefe seiner Liebe. Nur Malve sollte nicht leiden, ihr mußte geholfen werden, alles andere war Nebensache.

Als er am Morgen in Rosenberg ankam, sprang er aus dem Zug. Er sah einige Hausdiener stehen und reichte kurz entschlossen dem, auf dessen Mütze »Weißer Pfau« stand, seine Handtasche. Und während er den kurzen Weg zum Hotel neben diesem dahinschritt, fragte er ihn scheinbar unbefangen:

»Meine Frau ist doch vorgestern abend gut angekommen, ich meine Frau Doktor Falkner?«

Daß Malve unter einem anderen Namen in dem Hotel abgestiegen sein könnte, erschien ihm ausgeschlossen. Sie konnte ja nicht ahnen, daß er so schnell ihre Spur entdecken würde.

Überrascht sah der Hausdiener zu ihm auf.

»Ach – Sie sind Herr Doktor Falkner, der Mann der jungen Dame? Sie hat doch zum Zimmermädchen gesagt, ihr Mann sei ins Ausland gereist?«

Lutz war sofort im Bilde, daß Malve das ersonnen hatte, um ihr Alleinsein am Weihnachtsfest zu erklären.

»Sie nimmt an, daß ich abgereist bin, aber ich konnte es nicht übers Herz bringen, sie Weihnachten allein zu lassen, und bin wieder umgekehrt. Aber ich möchte sie gern überraschen. Können Sie mir helfen, unbemerkt in das Hotel zu gelangen?«

Der Hausdiener lachte.

»Jawohl, gnädiger Herr, die gnädige Frau ist heute morgen zu einem Waldspaziergang aufgebrochen und wird wohl erst später zurückkommen. Außerdem liegen die Fenster ihres Zimmers nicht auf der Eingangsseite.«

»Gut! Hier haben Sie ein Trinkgeld, damit alles klappt. Ich werde also, wenn meine Frau noch unterwegs ist, in ihrem Zimmer auf sie warten.«

Der Hausdiener lachte.

»Die gnädige Frau wird sich freuen. Das Zimmermädchen sagt, sie hätte unglücklich und traurig ausgesehen und habe ganz verweinte Augen gehabt. Schlafmittel hat das

Zimmermädchen auch aus der Apotheke holen müssen.«

Diese Worte trafen Lutz bis in das Herz. Ach, wie gut konnte er sich den Seelenzustand seiner armen, süßen Frau ausmalen.

Malve war wirklich noch nicht zurückgekehrt von ihrem Waldspaziergang, und das Zimmermädchen half geschäftig mit bei der Überraschung.

»Hat mir schon von Herzen leid getan, daß die gnädige Frau so allein Weihnachten feiern muß. Aber nun wird ja alles gut sein.«

»Das wollen wir hoffen«, sagte Lutz und schärfte dem Mädchen ein, seiner Frau nicht zu verraten, daß er eingetroffen sei und in ihrem Zimmer warte. Das Mädchen versprach es.

»Ich werde doch dem gnädigen Herrn den Spaß nicht verderben.«

Lutz wurde noch gefragt, ob er ein anderes Zimmer für sich wünsche, aber er sagte: »Wahrscheinlich nicht, ich hoffe, meine Frau kehrt mit mir nach Hause zurück, da ist es Weihnachten doch behaglicher. Aber jedenfalls bekommen Sie Bescheid, sobald ich mit meiner Frau gesprochen habe, möglich ist es immerhin, daß wir bleiben.«

Lutz war fest entschlossen, nicht ohne Malve abzureisen. Entweder kam sie mit ihm, oder er blieb hier in ihrer Nähe. Allein ließ er sie auf keinen Fall.

Er mußte ziemlich lange warten, bis Malve eintraf. Er hörte sie draußen auf dem Gang einige Worte mit dem Zimmermädchen wechseln und stellte sich nahe an die Tür, daß er eventuell verhindern konnte, daß sie ihm wieder entfloh.

Blaß, müde und traurig betrat Malve das Zimmer, ohne Lutz gleich zu bemerken. Sie näherte sich dem Tisch und legte mit einer matten Bewegung ihre Mütze ab. Dann fiel sie wie erschöpft in einen Sessel, und nun erst sah sie Lutz.

Ein leiser Schreckensruf entfloh ihren Lippen, sie wurde erst rot, dann leichenblaß und barg dann außer sich das Gesicht in den Händen.

»Malve!« rief er leise, flehend und zärtlich.

Sie zitterte wie vor Frost.

»Geh! Ich bitte dich – geh – warum hast du mir das nicht erspart?« jammerte sie fassungslos.

Er trat zu ihr heran. Da sprang sie empor und wollte zur Tür. Er ließ sie aber nicht an sich vorbei, faßte ihre Hände und hielt sie daran fest.

»Malve – du darfst nicht fort, darfst mich nicht noch einmal allein lassen. Was denkst du, was du über mich verhängt hast. Ich bin in Angst und Sorge um dich, bin bald von Sinnen gewesen.«

»Ich weiß, du hast Mitleid mit mir – ich kenne dich doch – aber dein Mitleid will ich nicht. Bitte – laß mich allein.«

Sie hatte ihre Hände losgerissen und legte sie vor das Gesicht.

»Nein, Malve, diesen Wunsch kann ich dir nicht erfüllen. Nicht Mitleid trieb mich zu dir, sondern Liebe. Ja, Malve, nur tiefe, heiße, innige Liebe. Wie konntest du glauben, daß ich dich nicht liebte? Hältst du mich für einen so guten Komödianten, daß ich dir Liebe vortäuschen würde? Denkst du nicht an all die seligen Stunden, die wir gemeinsam verlebten? Kann ein Mann so zu einer Frau sein, wie ich zu dir, wenn er sie nicht liebt? Meine arme, süße Frau, du hast dich durch Richards Brief verwirren lassen. Ich liebe dich – Malve, wie ich noch nie eine Frau geliebt habe, wie ich nie eine andere lieben werde nach dir.«

Er zog ihr die Hände herab, nahm sie fest in seine Arme

und barg ihren Kopf an seinem Herzen.

Er fühlte, wie sie zitterte und bebte. Wie in tiefer Qual kam es aus ihrer Brust:

»Ich schäme mich so sehr.«

»Aber Malve, welchen Grund hättest du dazu? Selbst wenn die Sache so läge, wie du glaubst, hätte doch nur ich Veranlassung, mich zu schämen. Du nicht, du gewiß nicht. An dir und in dir ist alles lauter, hell und rein. Malve, glaube mir doch, daß ich dich liebe, von ganzem Herzen, von ganzer Seele. Es mag dir, nachdem du Richards Brief gelesen hast, schwerfallen, mir zu glauben, aber so wahr ich hier vor dir stehe, so wahr habe ich dir niemals eine Lüge gesagt. Meine Hochachtung vor dir hätte das nie zugelassen. Und ich war unsagbar glücklich an deiner Seite, war namenlos stolz auf dich. Ich betete dich an, Malve, tue es noch. Du darfst nicht von mir gehen, wenn du mich nicht todunglücklich machen willst. Komm, Malve, setz dich zu mir, du zitterst vor Erregung, meine süße Frau. Komm, ich will dir alles ausführlich erzählen, wie es kam, daß du meine Frau wurdest. Höre mich ruhig an. Oder fühlst du dich jetzt zu elend dazu? Dann wollen wir warten, bis du dich erholt hast. Aber glaube nicht, Malve, daß ich ohne dich nach Berlin zurückkehre, das kann ich nicht. Mir ist jetzt alles andere gleichgültig – ich lasse dich so wenig allein, wie du mich allein lassen darfst.«

Er zog sie hin zu dem Diwan, setzte sich neben sie, hüllte sie sorgsam in ihren Pelz, weil er merkte, daß sie vor Aufregung fror.

»Wenn du mir nur nicht krank wirst, mein geliebtes Herz! Wie glücklich bin ich, daß ich dich gefunden habe. Trostlos und verzweifelt war ich, weil ich wußte, wie unglücklich du sein mußtest. Sieh mich doch nur ein einziges Mal an, Malve, du mußt doch in meinen Augen lesen, wie unsagbar ich dich liebe.«

Er hob ihr Kinn empor und sah sie an, so daß sie zusammenschauerte. Aber schnell senkte sie wieder den Kopf.

»Willst du mich anhören, Malve?«

Sie nickte stumm, und er bettete sie an seinem Herzen, in seinen Armen und legte eine umfassende Beichte ab. Kein Wort verschwieg er ihr, sagte ihr ganz offen, er habe sie heiraten wollen, um dem Verlag ein Führer zu sein, auch wenn sie ihm nur sympathisch sein würde. Und wie sie ihm anfänglich auch nicht mehr als das gewesen war. Dann aber habe er erkannt, sie sei keineswegs das unbedeutende Geschöpf, als das man sie ihm geschildert habe, und später habe er sich nach jeder Trennung von ihr immer mehr nach ihrer Nähe gesehnt, um schließlich mit einem beseligenden Glücksgefühl zu spüren, daß er ihr teuer wurde und daß zugleich damit sein Gefühl für sie eine Wandlung erfahren habe bis zu dem Augenblick, da sie ihm angeboten, Leiter ihres Verlages zu werden.

»Siehst du, meine süße Frau, in diesem Moment war mir, als falle eine Last von mir ab, ich hatte nun nicht mehr nötig, um dich zu werben, um die Position zu erreichen, die ich erstrebt hatte. Und da ich nun in jeder Hinsicht frei vor dich hintreten konnte und zu gleicher Zeit erkannte, welches Gnadengeschenk du mir in deiner Liebe gabest, da spürte ich auch, daß es Liebe war, was ich für dich empfand. Und erfreut über dieses Gefühl, bat ich dich, meine Frau zu werden. Ich sagte dir damals nur: Ich bin dir gut! Wollte ich mir doch selbst erst klar über mich werden. Ich hatte bestimmt angenommen, ich könnte nie wieder eine Frau lieben, nachdem Milda Herfort mich betrogen hatte. Aber ich spürte dann von Minute zu Minute mehr, daß für dich etwas in mir lebte, was nichts gemein hatte mit dem ungestümen, egoistischen Gefühl, das mich zu Milda hingezogen hatte. Meine Liebe zu dir war besser, tiefer und reiner, sie gipfelte vor allem in dem Wunsch, dich zu beglücken. Ich wußte bald, daß, was mich jetzt bewegte, die rechte, wahre Liebe war. Ach, meine süße Frau, wie fest bist du mir in jener Zeit ins Herz gewachsen, wie habe ich dich bewundert und deine ganze Wandlung mit Wonne verfolgt. Malve, einzige Malve – hast du es denn nicht gespürt, wie sehr ich dich liebte, anbetete, wie ich nur Glück und Frieden fand in deinen Armen? Und all das genügte dir nicht, um zu erkennen, daß jener Brief von Richard aus einer Zeit stammte, da ich dich noch nie gesehen? Wie gern hätte ich dir alles längst gebeichtet, wenn ich nicht gefürchtet hätte, dich zu beunruhigen. Hätte ich doch nicht geschwiegen, es wäre uns viel erspart geblieben. Malve – willst du nun wieder an meine Liebe glauben?«

Sie hatte ihm zugehört, mit atemloser Spannung; und in ihrem Herzen kämpfte jubelndes Glück über seine Worte mit der Angst, er könne ihr das alles nur sagen, weil sie ihm leid tat. Als er schwieg, wagte sie zu ihm aufzusehen, und sein gequältes, blasses Gesicht zeugte für die Wahrheit seiner Worte. Er hielt ihre Augen fest. Die seinen baten um Glauben und strahlten zugleich so überzeugend seine Gefühle wider, daß es anfing, wieder hell und warm in ihrer Seele zu werden.

Sie faßte nach dem Knopf seines Rockes, was sie immer zu tun pflegte, wenn sie befangen oder verlegen war, und sagte leise:

»Ich möchte dir gern glauben, Lutz, aber – du mußt mir Zeit lassen. Ich habe immer noch Angst, du könntest mir all das nur aus Mitleid gesagt haben. Sieh – daß du deinetwegen niemals lügen würdest, daß weiß ich, dafür kenne ich dich zu gut, aber – du könntest um meinetwillen lügen, um die Qual der letzten Tage von mir zu nehmen. Ich weiß, du bist gut, weiß, daß es dich erbarmt, mich unglücklich zu wissen.«

Er küßte ihre Hände, innig und andachtsvoll.

»Meine süße Frau – ich will nicht in dich dringen, du sollst dich zu nichts zwingen, auch nicht zu dem Glauben an mich. Aber komm wieder mit mir heim, bleibe bei mir und stelle mich auf die härtesten Proben, bis du die Überzeugung wiedergefunden hast, daß ich dich liebe, heiß und innig liebe! Das kann ich dir nicht vorspielen, Malve, dazu bin ich nicht fähig. Bitte, komm wieder heim in unser liebes, trautes Haus. Da soll jedes Zimmer, jedes Möbel dir von meiner Liebe erzählen. Ich will dir Zeit lassen, will nicht in dich dringen, du sollst erst selbst deiner Sache sicher sein. Ich werde dich gewähren lassen – bis du den Glauben wiedergefunden hast, die geliebteste Frau auf Erden zu sein. Dann sollst du zu mir kommen und mir sagen: ›Ich glaube an dich und an deine Liebe.‹ Und dann, meine Malve, dann wirst du spüren, wie glücklich du mich dadurch machst. Wirst du mit mir kommen?«

Sie blickte zögernd zu ihm auf, sah in seine flehenden Augen hinein und merkte, wie sein Gesicht vor unterdrückter Erregung zuckte. Da faßte sie seine Hand.

»Ja, Lutz, ich komme mit dir. Aber – laß mir Zeit. Du weißt ja, ein wie schwerfälliges Menschenkind ich bin, weißt, wie wenig ich von mir selbst halte. Es erschien mir immer wie ein herrliches Wunder, daß du mich liebtest. Ich muß nun erst den Glauben an mich selbst wiederfinden – dann werde ich auch lernen, zu glauben, daß du mich liebst und nicht nur aus Mitleid mich heimholen willst.«

Er zog sie an sich und wollte sie küssen, aber sie legte die Hand auf seinen Mund.

»Bitte nicht – noch nicht. Wenn ich wieder glauben kann – dann sollst du mich küssen, nicht eher. Es wäre nicht gut, würde es früher geschehen.«

Er verstand sie auch jetzt, und ihre feine, stille Seele lag vor ihm wie ein aufgeschlagenes Buch.

Innig küßte er ihre Hände.

»Ich werde geduldig warten, meine Malve. So wie ich deiner Liebe gewiß bin, sollst du auch der meinen gewiß sein. Nur so finden wir wieder zu unserem großen, tiefen Glück zurück. Ich will nichts erzwingen, weil ich weiß, du wirst an mich glauben müssen. Alle Zweifel müssen von dir abfallen, weil du mich liebst, wie ich dich liebe.«

Ach, wie beseligt trank Malve diese Worte alle in sich hinein. Weit öffnete sie ihnen ihr Herz. Und alle Angst und Not schienen schon überwunden, da er bei ihr war und so zu ihr sprach.

Noch mancherlei hatten sie sich zu sagen, zu besprechen. Aber dann bat Lutz Malve, sich fertig zu machen, damit sie den Mittagszug noch erreichen könnten.

»Dann sind wir abends wieder daheim, Malve. Und niemand wird erfahren, daß meine süße Frau mich verlassen wollte. Nur Richard habe ich in meiner Sorge um dich eingeweiht. Er ist außer sich, weil sein Brief unser Glück gefährdet hat. Ich habe ihn tief genug in mein Herz sehen lassen, und er weiß, was ich ausgestanden habe. Sonst hat niemand eine Ahnung. Man glaubt, wir seien beide in Grundhof.«

Sie kleidete sich an, während Lutz die Rechnung bezahlte und alles sonstige erledigte.

XVIII

Malve traf nach ihrer Heimkunft schnell die letzten Vorbereitungen zum Fest. Lutz holte im Verlag nach, was er in diesen Tagen versäumt hatte. Er hatte von dort aus mit Richard telefoniert und ihm berichtet, wie er mit Malve stand.

»Gott mag geben, daß sie den Glauben an meine Liebe wiederfindet«, sagte er aufatmend.

Richard ging all das sehr im Kopf herum. Er fühlte sich nach wie vor schuldig an der ganzen Angelegenheit und grübelte darüber nach, wie er alles wieder gutmachen könnte. Plötzlich kam ihm ein Gedanke, der ihn hastig emportrieb. Er erinnerte sich des Briefes, den Lutz ihm bald nach seiner Verlobung geschrieben hatte und in dem er ihm gestanden hatte, daß er Malve liebe.

Wo war nur dieser Brief? Er hatte ihn doch aufbewahrt. Unruhig durchsuchte er seinen Schreibtisch. Endlich fand er, was er suchte. Wenn Malve diese Zeilen las, mußte sie an Lutz' Liebe glauben.

Es war am Morgen des Heiligen Abends, als Richard zu seiner Frau sagte, er müsse unbedingt noch eine Weihnachtsbesorgung machen, bei der er sie nicht brauchen könne.

Lachend ließ Ruth ihn gehen.

Und Richard fuhr zur Villa Renard und ließ sich bei Malve melden. Daß Lutz heute vormittag noch im Verlag arbeitete, wußte er.

Malve empfing ihn etwas befangen und verlegen. Aber Richard ließ ihr gar keine Zeit und sagte hastig:

»Liebe Malve, du weißt durch Lutz, daß ich allein in alles euer Zerwürfnis Betreffende, eingeweiht bin. Ich fühle mich gewissermaßen schuldig an allem, weil ich in das Schicksal zweier Menschen eingegriffen habe, wenn auch nur in bester Absicht. Ich habe lange darüber nachgedacht, wie ich alles wieder gutmachen und dir den Glauben an deines Mannes Liebe zurückgeben könnte. Und da ist mir heute ein Brief in die Hände gefallen, den Lutz mir gleich nach eurer Verlobung geschrieben hat. Das Datum kannst du selbst nachlesen. Diesen Brief bringe ich dir heute zum Weihnachtsfest. Lies ihn aufmerksam durch. Es ist eine Beichte. Lutz spricht darin zu seinem besten Freund, und ich schwöre dir bei der Liebe zu meiner Frau – jedes Wort ist lauterste Wahrheit. Weiter habe ich dir nichts zu sagen. Sei gut und vernünftig, Malve. Eine Frau, die von Lutz Falkner geliebt wird, muß großzügig sein, und er verdient es gewiß wie kein anderer, daß man ihm glaubt.

Er übergab ihr den Brief, küßte ihr die Hand und sagte:

»Wir haben wahrscheinlich beide keine Zeit für überflüssige Worte. Ich lasse dich jetzt allein, Malve, und hoffe, daß Lutz heute abend von seinen Qualen erlöst sein wird. Vergiß nicht, daß er nicht weniger leidet als du.«

Damit ließ er Malve allein.

Sie las den Brief von Lutz an seinen Freund, und was darinnen stand, besiegte ihre letzten Zweifel an seiner Liebe. Ihre Augen standen voller Tränen, süßer, beseligender Glaube an seine Liebe zog wieder in ihr Herz.

So fand Lutz sie, als er heimkam. Erschrocken beugte er sich zu ihr nieder.

»Malve – um Gottes willen, Malve, was ist mit dir?«

Da sah sie mit dem alten, süßen Ausdruck zu ihm auf und sagte leise und innig:

»Ich glaube an dich und deine Liebe, mein Lutz!«

Tief aufseufzend hob er sie empor, nahm sie fest in seine

Arme und küßte sie, wie ein Verschmachtender am Lebensquell trinkt. Und hätte sie noch einen Zweifel an seiner Liebe gehabt, dieser Kuß hätte ihn besiegt.

Sie sahen einander an und erkannten beide die heilige Flamme in ihren Augen.

»Meine geliebte Frau – wie ist dir dieser Glaube nun endlich gekommen?«

»Ein Brief Richards an dich hatte mir den Glauben an deine Liebe genommen, ein anderer Brief, den du an Richard geschrieben hast, hat ihn mir wiedergegeben. Richard war hier und brachte mir den Brief, um sich von seiner vermeintlichen Schuld zu lösen.«

Und sie reichte ihm das Schreiben. Er sah darauf nieder und atmete befreit auf.

»An diesen Brief hatte ich nicht mehr gedacht, Malve, vielleicht hätte ich ihm auch nicht die Kraft beigemessen, dir den Glauben an mich wiederzugeben. Ihr Frauen seid wunderliche Geschöpfe. Alles, was in diesem Brief steht, habe ich dir doch selbst schon gesagt. Aber das überzeugte dich noch nicht vollkommen. Doch weil ich all das einem anderen schrieb, glaubst du daran.«

Sie umfaßte seinen Hals und küßte ihn freiwillig, was sie selten tat.

»Ach, zanke mich nur tüchtig aus, Lutz, es tut so gut.«

Er küßte sie wieder und wieder.

»Das ist besser, als zanken, nicht wahr?«

Sie nickte und sah ihn mit leuchtenden Augen an.

»Mein Lutz – mein geliebter Lutz, wie herrlich ist es, an deine Liebe glauben zu dürfen.«

»Willst du nie mehr daran zweifeln?«

»Nie mehr – ach, es war so traurig, daß ich es tun mußte.«

Wieder küßten sie sich, und die Welt versank um sie her, bis sie wieder zur Wirklichkeit zurückgerufen wurden.

Es wurde ein herrliches Weihnachtsfest für Malve und Lutz – und für die anderen auch.